男孩裡的小宇宙

蓋文・艾克坦斯 Gavin Extence 著
林師祺 譯

THE UNIVERSE VERSUS ALEX WOODS

1

ENTENDER（瞭解）

回國時，他們終於在多佛邊界把我攔下來。我多少也料到了，但是柵欄沒升起來，依然讓我有點震驚，心情這般五味雜陳眞是怪有意思。畢竟都走到這一步，我還以爲可以順利回家。你知道……在別人插手之前，如果能向我母親解釋來龍去脈就太好了。

凌晨一點，天空下著雨，我把彼德森先生的車子開進「免申報」車道，此時只有一位海關人員値班。他全身的重量都放在手肘上，雙手捧著下巴，因爲這個活像上斷頭臺的姿勢，導致他整個身子猶如快掉到地上的一袋馬鈴薯。從黃昏到黎明的晚班時間既枯燥又乏味，有那麼幾秒，這位長官似乎缺乏必要的意志力，無法轉動眼球檢查我的證件。然而這一刻突然天崩地裂，他的眼球開始移動，兩眼張得老大，作勢要我等等，還對著無線電快速說話，顯然很激動。這時我就確定了。後來我發現，原來從亞伯丁[1]到普利茅斯[2]的各大港口都有我的照片。況且電視不斷播出

※本書註解全為譯註。

1 Aberdeen，英國東北部。

2 Plymouth，英國西南角。

呼籲畫面，我根本毫無勝算。

接下來我的記憶頗混亂，但是我盡可能描述給你聽。

檢查站的側門盪開，就在這時，一波丁香花田的氣味向我襲來。突如其來，莫名其妙，我立刻知道自己必須更專心才不至於魂飄太虛。日後回想起來，這類的插曲早就有可能發生。你別忘了，我已經幾天沒睡好，而且睡眠習慣不佳向來會引發我的痼疾，壓力也是。

我筆直看著前方，努力集中精神。盯著雨刷左右刷動，想辦法數呼吸次數，才數到五就發現，這麼做還不夠。周遭所有事物變得緩慢又模糊，我只能把汽車音響的音量開到最大。車內流瀉著韓德爾的《彌賽亞》，「哈利路亞」的歌聲大到震動排氣管。這不是我事先計畫，我是說，如果我有時間先準備，可能會選簡單、平靜又安詳的曲目吧，例如蕭邦的夜曲或巴哈的大提琴組曲。但是我從蘇黎世之後開始聽彼德森先生的音樂，這時剛好聽到韓德爾的《彌賽亞》，這簡直就像命運之神開的玩笑。當然啦，後來這首曲子對我毫無幫助，在海關人員對警方的詳盡報告中，他說我長時拒捕，說我坐在車裡盯著車外的黑夜，一邊聽著超大音量的宗教音樂，彷彿他自己是死神之類的角色。你可能已經聽過這段話，因爲每家報紙都登過，他們超愛這種細節。然而你要明白，當時我別無選擇。我眼角可以看到那名穿著鮮黃外套的長官駝著背站在窗邊，但是我強迫自己別理會他。他拿手電筒直接照射我的眼睛，我也決定視若無睹。我只是盯著前方，專心聽音樂，否則就會靈魂出竅。丁香花的味道還在，拚了命想讓我分心。回憶中的阿爾卑斯山脈也來湊熱鬧，崎嶇、冰天雪地，利如縫衣針。我用音樂裹住它們，不斷告訴自己，車內只有音樂。只有弦樂、鼓聲、喇叭聲和無數讚美主恩的歌聲。日後回想，我自知當時的模樣一定很可疑，雙眼無神地坐著，音樂又大聲到連死人都會被我吵醒，整個倫敦交響樂團彷彿就在後座表演。但是我能怎麼辦？癲癇要發作的先兆這麼強烈，絕對不能放任不管。老實說，有好幾次就站在懸崖邊，差那麼一丁點就要痙攣了。

過了一陣子，危機漸漸解除。有個齒輪又接上。我隱約意識到手電筒的燈光不再直射我的臉，現在停在左側兩呎之處，然而我已經累到無法推敲原因。後來我才想起彼德森先生還在副駕駛座上，我沒想到要幫他換個位置。

★★★

時間一分一秒過去，手電筒終於挪開。我努力把頭轉四十五度角，看到海關人員又對著無線電說話，可以感覺到他的情緒激動。接著他拿手電筒敲車窗，又急速地往下揮。我不記得按了鈕，但是記得車窗往下時，濕冷的空氣竄入車內。海關人員的嘴巴無聲地動了起來，我卻看不出他要說什麼。接下來他伸長手，關掉引擎，引擎停止運作，一秒鐘後，最後一句「哈利路亞」便消逝在夜空裡。我能聽到毛毛雨下在柏油路發出的嘶嘶聲，慢慢地，聲音越來越大，猶如事實漸漸還原眞相。海關人員也在說話，雙手奇怪地亂揮一氣，然而我的腦子還無法接收解碼。這時候還有另外一件事情正在同時進行，有個念頭正對著光線摸索出路。我花了幾萬年才把思緒整理成字句，好不容易可以說出口，以下就是我所說的話：「長官，我應該告訴你，我的狀況已經不適合開車，你恐怕得找人幫我開車。」

不知為何，這句話似乎令他語塞。他的臉孔出現各式各樣的扭曲表情，然後有好長一段時間，他都瞠目結舌地站著。如果是我嘴開開地在原地發楞，別人一定覺得我沒禮貌，但是這種事情不值得在意。所以我就等著，畢竟我已經說了該說的話，而且還耗費相當力氣才說出口。我不在意拿出耐心。

海關人員的呼吸道終於暢通之後，他說我必須下車，立刻跟他走。好笑的是他一說完，我便瞭解自己還沒準備好移動。我的雙手扣著方向盤，而且緊到指節都發白，看來手指還不打算放開。我問他能否等我一分鐘。

「孩子，」海關人員說，「你現在就得下車。」

我轉頭瞥了彼德森先生一眼，被人家叫「孩子」可不是好事，我可能有大麻煩了。

雙手鬆開了。

我想辦法下車，踉蹌了幾步便靠著車邊休息幾秒。海關人員想叫我往前走，但是我說除非他肯揹我，否則得等我找到重心先站穩。綿綿細雨扎著我露出來的頸部和臉龐，淚珠般的雨點開始在我的衣服上形成珠串。我察覺所有知覺再度歸隊。我問雨下了多久，對方看著我卻不回答。那個表情的意思就是他沒興趣和我閒話家常。

有部警車開來載我去多佛警局的第三訊問室，但是我得先在港口的窄小活動房屋等待。我看到港口許多官員，沒有人和我交談，只給我簡明扼要的指示，例如：「在這裡等」、「不要動」，然後告訴我接著會發生什麼事情，彷彿是古希臘話劇中的合音。他們每說一句話，就會立刻問我明不明白，似乎當我是白癡。坦白說，我可能讓他們有這種印象吧，誰曉得。我尚未從癲癇發作中恢復，感覺疲倦，整合能力七零八落，總之就是覺得與世界脫節，腦袋裡似乎塞了棉花。此外我也很渴，但是我不想問有沒有販賣機，免得他們以爲我要耍什麼手段。你可能也知道，如果已經碰上麻煩，再簡單、正當的問題都可能捅出更大的樓子。我不明白，似乎跨過某道看不見的界線之後，人們就突然不承認有販賣機或健怡可樂的存在。某些情勢大概太危急，大家不想拿碳酸飲料這種小事來囉哩叭唆。

總之，總算有警車來載我去第三訊問室，而我的狀況絲毫不見改善。第三訊問室不比櫥櫃大多少，當初肯定以最小程度的舒適爲設計準則。牆壁和地板都光禿禿，室內有張長方形桌子和四張塑膠椅，後面高處有一扇看起來從沒開過的小窗戶。接近天花板的角落有煙霧警報器和監視攝影機，這就是所有的設備，連個時鐘都沒有。

坐下之後等了許久都沒有人進來，這可能是存心安排，好讓我覺得緊張、不自在。但是這個想法無憑無據，純粹只是假設。幸好我樂於獨處，也擅長讓腦子轉個不停。我大概有一百萬種不同的方法可以讓自己保持冷靜，專心一致。

疲倦卻不得放鬆時，就得想些需要技巧的事情讓你的腦子怠速空轉。所以我開始背西班牙文的不規則動詞變化，先從簡單的現在式開始，再循序漸進到更複雜的時式。我沒唸出來，因爲房裡有攝影機，但是我在腦海中默唸，而且依舊很注意腔調和重音。兩名警員開門走進來時，我正背到*entiendas*，也就是*entender*（瞭解）的第二人稱現在式假設變化。一個是開車載我來的警員，他拿著寫字板，上面夾了幾張紙。另外一個我沒見過，但是兩人看起來都很惱火。

「早安，亞雷克斯，」我沒看過的警員開口。「我是賀斯督察長，你見過副督察康寧罕了。」

「是的，」我說。「哈囉。」

我不會大費周章形容兩位督察的模樣。上了年紀的英文老師崔史東先生說過，描寫人物不需要鉅細靡遺，應該點出最顯著的細節，幫助讀者想像他或她。賀斯督察長的右臉頰有個五便士大小的痣，副督察康寧罕則穿著我見過最啵亮的鞋子。

他們坐在對面，示意我也坐下。這時候我才發現，我起身迎接他們進來。這是我們學校的規矩，只要有成人進入房間就要起立，大概是爲了表示尊敬吧。但是做久了便習慣成自然。

他們看著我好一會兒，什麼也沒說。我本想移開視線，又覺得可能太無禮，只好直視前方，等他們開口。

「亞雷克斯，」賀斯督察長終於說話，「這一週以來，你造成莫大轟動，成了家喻戶曉的人物……」

電光石火之間，我立刻有了不祥預感，完全不知道他希望我說什麼。有些問題就是沒有合理的答案，因此我沉默不語。接著我聳聳肩，這個反應實在不聰明，然而當下很難什麼都不做。

賀斯督察長抓抓臉上的痣說：「你明白自己闖了大禍吧？」

這可能是問句，也可能是簡單陳述，總之我點了點頭，以防萬一。

「知道自己爲什麼闖禍嗎？」

「大概吧。」

「你知道問題很嚴重?」

「知道。」

賀斯督察長別過頭看康寧罕副督察，後者尚未開過口，然後又轉頭看我。「亞雷克斯，你過去一小時的行爲似乎是處於狀況外。如果你知道問題有多大，表現出來的舉動就會更憂心。告訴你，換作我是你，恐怕比你擔心多了。」

他用的時態不正確，我之所以會注意到是因爲剛才正好背到假設法，但是我沒糾正他，人們不喜歡別人指正這種事情。彼德森先生常提醒我這一點，他說人們不喜歡話說到一半就被糾正文法，這只會讓我看起來**超級臭屁**。

「告訴我，亞雷克斯，」賀斯督察長繼續說，「你擔心嗎?就目前的狀況看來，你似乎有點太過平靜，太無所謂。」

「我不能讓自己太緊張，」我說。「否則對我的身體不好。」

賀斯督察長終於嘆了一口氣，然後望向副督察，對他點頭示意。康寧罕副督察從夾紙板上遞過一張紙。

「亞雷克斯，我們檢查過你的車子，你也知道有幾件事情需要討論吧。」

我點頭，某件事情尤其需要。結果賀斯督察長讓我大感意外，他們並未問我預料的問題，爲了紀錄之便，反而要我確定自己的全名和生日。我頓時困惑了起來，這似乎是浪費時間。他們早就知道我是誰，畢竟警方扣押了我的護照，根本沒必要不打開天窗說亮話。可是我別無選擇，只能配合他們的遊戲規則。

「亞雷克斯桑達・摩根・伍茲，生日是一九九三年九月二十三日。」

老實說，我不太欣賞自己的全名，尤其是中間名。但是多數人就像這些警察，都叫我亞雷克斯。有「亞雷克斯桑達」這種名字，幾乎沒有人會大費周章唸出你的全名，我母親就不會。她比別人少唸一個音節，只簡稱我「雷克斯」，就像雷克斯・路瑟[3]，而且早在我還有頭髮時就這麼叫我。我掉髮之後，她開始認爲我的名字預言了未來；以前她只認爲這個稱呼很可愛。

賀斯督察長皺眉，又轉頭看康寧罕副督察，再點點頭。他不斷重複這個動作，彷彿當自己是魔術師，副督察則是拿道具的助理。

康寧罕副督察從夾紙板背後取出一個透明塑膠袋，丟到桌子中央，啪的一聲。這個動作充滿戲劇性，眞的。看得出來這就是他們的**目的**，警方有各式各樣的心理戰術，看過電視就知道。

「從你的置物箱，」賀斯督察長的語氣充滿抑揚頓挫，「搜出一百一十三公克的大麻。」

坦白說，我根本忘記大麻的事。其實我從瑞士之後就沒開過置物箱，因爲沒必要嘛。但是凌晨兩點在海關被攔下，你大可以試試看這麼回答警察。

「亞雷克斯，這些草也太多了。**全**都是你個人要用的？」

「不是……」我改變心意。「事實上，對。的確是個人使用，但不是給**我**用。」

賀斯督察長的眉毛挑了有一呎高吧。「你是說這一百一十三公克的大麻**不是**你要用？」

3 Lex Luthor，超人的光頭宿敵。

「對，是彼德森先生的。」

「這樣啊，」賀斯督察長說。接著他又抓痣，搖起頭來。「我們也在你車裡找到一些錢。」他低頭看明細。「總共有六百四十五元的瑞士法朗、八十二歐元和三百一十八英鎊。就放在駕駛座旁邊的信封袋裡，袋子旁邊就是你的護照。就一個十七歲少年而言，這些現金也太多了，你說是不是？」

我什麼也沒說。

「亞雷克斯，這件事情很重要。你究竟打算拿這一百一十三公克的大麻做什麼？」

我沉思了許久。「不知道，什麼打算也沒有，可能直接丟掉或送人，我不曉得。」

「你可能會送人？」

我聳肩。伊莉可能會喜歡這個禮物，也許還會感激我，然而我沒說出口。「我個人對這種玩意兒沒興趣，」我斬釘截鐵地說。「我是滿喜歡種大麻，也僅止於此，我絕對不會把它留在身邊。」

康寧罕副督察開始大聲咳嗽，因爲這是他頭一次發出聲音，我還嚇了一跳。我本來以爲他可能是啞巴。

「你種大麻？」

「我幫彼德森先生種。」我澄清。

「我懂了，你種來送人，算是慈善事業？」

「不是，畢竟這不是我的，這是彼德森先生的，所以我也不能擅自送人。我剛剛說過，我只負責種植。」

「對，你種植，而且**個人**對這種禁藥毫無興趣？」

「只對藥效有興趣。」

賀斯督察長看著康寧罕副督察，手指在桌上敲了一分鐘左右。「亞雷克斯，我再問你一次，」他說。「你嗑藥嗎？現在是嗑了藥嗎？」

「沒有。」

「你嗑過藥嗎？」

「沒有。」

「那麼有件事情要勞煩你說清楚，」康寧罕副督察遞給他另一張紙。「我們和那位在海關把你攔下的先生談過，他說你的舉止非常詭異。他說他試圖扣押你的時候，你拒絕合作。事實上他的確切說法是，『嫌犯把車裡的音量轉到最大，恐怕連法國都聽到了。之後他有幾分鐘都不理睬我，只管盯著前方，眼神呆滯。等到我終於想辦法把他弄下車，他說他的狀況不適合開車。』」

賀斯督察長放下文件，注視著我。「亞雷克斯，你要不要解釋一下？」

「我患有顳葉癲癇，那時正好發作了。」

賀斯督察長再度挑眉，然後緊鎖雙眉，似乎不想聽到這個答案。「你有癲癇？」

「對。」

「沒有人告訴過我。」

「我從十歲開始發病，就在出事之後。」我摸摸疤痕。「我十歲那年……」

賀斯督察長不耐煩地點頭。「我聽說過那次意外，大家都知道。可是沒有人對我提過癲癇的事情。」

我聳肩。「我幾乎兩年沒發作了。」

「你又說先前發病，就在車裡？」

「對，所以我才說我不適合開車。」

賀斯督察長盯著我看，良久之後又搖搖頭。「諾爾斯先生的報告非常詳細，卻一次也沒提到你病發。如果眞有這種狀況，他應該會提起，你說是不是？聽說你一動也不動地坐著，看來完全不著急。他還說，在那樣的狀況之下，你實在太冷靜了。」

賀斯督察長對我太鎭靜這件事情似乎頗有微詞。

「那是局部癲癇，我並未失去意識，也沒有抽搐。我也想辦法阻止發作病情擴大。」

「這就是你的解釋？如果我現在要你驗血，結果一定是毫無問題？你沒服用任何藥品？」

「只有卡巴氮平。」

「那是什麼？」

「治療癲癇的藥物。」我說。

賀斯督察長彷彿準備吐口水。他認爲我是搞笑，還說就算我說的是實話，就算我**眞的**有顳葉癲癇，也眞的有複雜局部性發作，對他而言，也無法解釋我的行爲舉止。他們在置物箱找到一百一十三公克的大麻，我卻把這件事情當兒戲。

「我的確不認爲這有多嚴重，」我坦承。「在人生路上不是什麼大事。」

賀斯督察長的頭大概搖了十分鐘，然後說持有管制藥品，又有可能提供他人使用，這就**很**．**大**．**條**。如果我不以爲意，要不就是我自以爲幽默，要不就是我肯定是他所見過最天眞的十七歲少年。

「我不是天眞，」我說。「你有你的觀點，我有我的看法，純粹只是意見不同罷了。」

不消說，他們討論大麻又說了幾百年。怪的是我越努力坦白，他們越認爲我說謊。最後我說我**要**驗血，他們可以和我吵到世界末日，至少吵不過科學事實。等到我要求執行驗血的權利時，他們也決定不再原地踏步。事實上，我們還有一件事情未討論，這才是開宗明義就該切入的主題。但是誠如我所說，如果警方認爲戲劇化可以達到目的，他們絕對演到最高點。

「清單最後一項……」賀斯督察長開口，然後就把手肘支在桌上，雙手捧著腦袋。他低頭，久久不語。

我等著。

「最後一項，」他再度張口。「是一個銀色小甕子，本來放在副駕駛座，重量約是四點八公斤。」

老實說，我不明白他們何必費事去秤重。

「亞雷克斯，我得問你甕子裡面放的是……」

賀斯督察長直視我的雙眼，什麼也沒說。儘管他這麼說，然而這顯然不是問句，我顯然也知道他要說什麼。我已經受夠這些心理戰術，此刻又累又渴。所以我沒等賀斯督察長是否準備說完句子，只點頭回答他想知道的答案。

「對，那就是彼德森先生。」

你可以想像，接著他們又有幾百萬個問題。顯而易見，他們主要想知道過去一週究竟發生什麼事情。老實說吧，我還沒準備要談。多談無益，在當時更沒意義。賀斯督察長說，他要知道我被海關攔下時，車上為何有一百一十三公克的大麻和彼德森先生的骨灰，以及事情演變至此相關情節的「切實、明確的全盤解釋」。然而，打從一開始，我的努力注定要失敗。當人們要求你通盤解釋，有時你很清楚對方絕對口是心非。實際上，他們只希望你的陳述證實他們自以為知道的情節。他們只希望這個解釋的長短剛好填入警方的供詞表格空白欄，當然就不是全盤通透的解釋。詳細說明更雜亂無章，不可能突然在五分鐘之內交代清楚，非得有足夠的時間和空間才能完整呈現。

所以我才要從頭說起，也是警方不肯聽的最起點。我要說出我的故事，要說得完整無缺，而且要用我認為妥當的方法敘述。一時半刻恐怕說不完。

2

鉉193

我可以從我母親如何受孕細說從頭。家母對這方面向來坦率直接，可能是因爲她沒有太多關於父親的事情可以告訴我，就用這種方法彌補我。故事滿有意思，只是有點古怪，令人不太自在。儘管如此，也不適合拿來當開場，況且和這次的事件也沒什麼關聯。也許稍後會提到吧。

這次便從更理所當然的地方切入吧，也就是我十歲那年碰上的意外。當然啦，你可能多多少少有所耳聞。國際新聞報導了好幾週，然而那也已經是七年多前的事情。因爲記憶很短暫，而且這起事故影響我未來的人生發展，所以不能略過。

我稱之爲意外，實在是因爲沒有其他字眼可以形容，儘管這種說法並不適當，我也知道世上沒有任何字詞可以恰如其分地描述那件事情。媒體多半說是「不尋常的意外」，或是「有史以來前所未見的意外」，結果後者的說法不盡其然。在我失去意識的那兩週之內，相關報導大概有千萬個字；對我而言，這是最難理解的怪事。因爲我自己對事發經過毫無記憶，我只記得學校遠足去了布里斯托動物園，我因爲拿巧克力棒餵蜘蛛猴被訓了一頓，然而那件事情離我被送進醫院起碼有兩星期之久。因此以下敘述有絕大部分是外界的陳述，綜合我後來讀到的新聞、我在療傷期間與醫生和科學家的對談，還有成千名證人的目擊證詞。我漸漸康復時，許多目擊者寫信給我或母親，我們也留下每封信和剪報，整理成三吋厚的剪貼簿，後來我肯定反覆翻了十幾次。說來也妙，現在我知道的絕對不比別人少，卻全是聽來、看來的。我本人對這起事件毫無意識，可能也是地球上最後一個知道自己發生什麼事情的人。我對整起意外的第一印象，就是二〇〇四年七月三日週六在由維爾[4]地區醫院醒來，喪失整整一個月的記憶。

醒來之後，我以爲上了天堂，絕對不是其他地方，因爲放眼所及，盡是一片刺眼的白色。儘管已經死了，經過幾番實驗，我知道自己還有眼睛，眼皮能開闔，而且還可以謹慎地間歇眨眼，這似乎是讓雙眼習慣死後世界幾百萬瓦強光的最佳作法。

學校略略提過天堂，朝會時也常唱到這類聖歌，然而當我親身在那裡醒來之前，我都是半信半疑。我不是在所謂的傳統宗教環境中長大，母親不相信有天堂，只相信死後會進入肉眼不可見的靈界，而亡魂的活動空間並不完全自外於生者的世界，只是另一個次元。雖然我們看不見、嗅不到也摸不著，卻常接收到亡靈捎來的信息。母親就靠解讀這些訊息賺取生計，她是少數可以「感應」另一個次元的人。我總想像這個原理類似無線電，而我們多數人只能聽到靜電干擾。

總之我非常確定自己置身天堂，而不只是另一度空間，透過半張的眼睛可以看到支持這種假設的證據。因爲有兩個天使，一黑一白，身著藍綠服裝分別站在左右兩側低頭看我，儘管我不太

4　Yeovil，位於英格蘭南部，巴斯西南方。

清楚她們究竟要做什麼。爲了進一步探究，我無視生理痛楚，強迫自己睜開眼睛。白天使立刻往後跳，發出高音頻的叫聲，我隨即感受不知從何而來的劇烈拉扯感，便緊閉上雙眼。

「靠！」白天使說。「靠！靠！靠！」

這時我才發現自己的左手還在，因爲白天使此刻正緊握著。

「老天爺！這是怎麼回事？」黑天使問。

「他醒了！妳沒發現嗎？」

「他醒了？靠，那是血嗎？」

「他的導管掉了！」

「掉了？」

「誰叫他把我嚇得半死，我一時不小心！」

「床單上都是血了！」

「知道知道啦！其實沒那麼可怕，妳先去叫派托，動作快！我要留在這裡壓住他的手。」

一陣匆促的腳步聲，沒多久就有個男聲對我說話，語調低沉、平靜，充滿權威。

「亞雷克斯？」他說。

「上帝嗎？」我回應。

「不算是，」對方說。「我是派托醫生，你聽得到我說話嗎？」

「聽得到。」

「可以張開眼睛嗎？」

「眼睛好痛，」我說。

「知道了，」派托醫生說。「先別擔心這個。」他把手掌蓋在我的額頭上。「你現在有什麼感覺？」

「不知道。」我回答。

「好，什麼都別擔心。傑克森護士已經去叫你的母親，她馬上就來了。」

「我的母親？」我開始懷疑這裡不是天堂。「這是哪裡？」

「醫院，你已經住院十三天了。」

「都快兩週了。」我指出。

「是的。」派托醫生確認。

「我爲什麼在醫院？」

「你發生意外，」醫生說。「先別擔心這件事。」

我在黑暗中摸索了一會兒。「我在動物園發生什麼事情嗎？」

長長的靜默。「動物園？」

「就是動物園。」

「亞雷克斯，你現在可能有點糊塗，恐怕還有一陣子才會恢復記憶。現在先回答我幾個問題，你就得休息了。可以把你的全名告訴我嗎？」

「可以。」

這問題也太古怪了。

「麻煩你**現在**告訴我，好嗎？」

「我的名字是亞雷克斯桑達．摩根．伍茲。」

「很好，你的母親呢？」

「蘿文娜．伍茲。」

「好，很好。」派托醫生嚴肅地說。

「她是占卜師。」我補充。

「你的生日是哪一天？」

「九月才到，」我說。「我快死了嗎？」

派托醫生大笑，天使護士握了握我的手。「沒有，你不會就這麼死了！」

當時我聽到更大聲、更快速的腳步聲，接著是奇怪的尖叫和一連串的啜泣，我不必睜開眼睛就知道那是母親。天使護士鬆開我的手，一秒鐘之後，我便覺得脖子被轉到旁邊，許多柔軟的鬈曲髮絲落在我的臉上。

「伍茲太太，請不要這樣！」派托醫生告誡她。

母親不斷嗚咽，熱熱的淚珠打濕我的臉龐。

「伍茲太太，妳要小心他的傷口縫線。」

但是母親打定主意，往後廿四小時都要緊緊抱住我。我睡著之後，她還把我抱在懷裡。

我很快就摸出耳朵以上的頭頂包滿繃帶，繃帶底下的頭皮摸起來就像不織布，原本的頭髮幾乎都沒了。

「我們必須剃光你的頭髮才能開刀，」派托醫生說。『這是標準程序。」

「你們必須開刀？」我覺得不可思議。

「是啊，」醫生說得很爽快。「你一到院就得火速送進開刀房，醫院動員整組外科醫生，花了四小時才把你補好。你右耳上方的頭骨裂開，就像碎裂的蛋殼。」

我的下巴都快掉到地板，「像**蛋殼**？」

「就像**蛋殼**。」派托醫生複述。

「派托醫生，別說了！」母親說。「想到就令人覺得不舒服。雷克斯，閉上嘴巴。」

「他們可以看到我的腦子？」我問。

「對，我相信可以，」派托醫生鄭重地回答。「但是要先抽掉多餘的組織液，挑開堆在傷口的沙礫。」

「『那顆石頭』上的沙礫？」（打從我第一次聽說那件事情之後，我都把它稱爲「那顆石頭」。）

「其實多半來自天花板的石膏。」

「喔，」不消說，這個答案令人有點失望。「你確定只是天花板？」

派托醫生瞥了我母親一眼，她雙手交抱在胸前，眉毛挑得老高。「很快就知道了，」他告訴我。「抹片應該送去分析了。」

「抹片？」

「就是從你傷口上抹取的樣本。」醫生解釋。

「從我的腦子取抹片？」

「不是，是從你的頭皮和頭骨取樣。如果腦子沾到沙礫，最好不要亂動。」

「醫生，拜託你！」我母親說。「雷克斯，別摸了。」

我把手從繃帶上挪開，大家都沉默了一會兒。

「派托醫生？」我問。

「請說，亞雷克斯。」

「如果不能碰，要怎麼把沙礫取出來？」

派托醫生微笑，我母親搖頭。「他們用抽吸器。」

「就像吸塵器的管子？」

「對，就像那種。」

我皺皺鼻子。「聽起來也不怎麼安全嘛。」

「那是非常微小又能精確對準的吸塵器。」

「喔。」我轉頭看母親。她已經放下雙臂，假裝看起書來。「然後呢？」我問。「就是取樣、導出組織液又抽吸沙礫之後呢？」

「之後就簡單了，」派托醫生說。「就用鹽水清理傷口，用特別的板子放在你的頭顱上掩蓋骨折處，從你的大腿取一小塊皮膚補你的頭皮，就能把你縫得煥然一新。」

「哇！」難怪我腿上也貼了繃帶。「所以繃帶底下的我就像科學怪人囉？用很多縫線補好，還有一塊金屬板子蓋在我的腦袋上？」

「完全正確。」派托醫生說，然後短暫頓了一會兒。「但是那塊板子不是金屬，而是特別的可吸收材質，底下的頭骨在幾個月內會慢慢癒合，板子也會漸漸分解，最後完全消失，縫線也會融解。到時你就像個普通男孩了。」

「至少我會有道傷疤吧？」

「**也許**會有。」

我皺眉，拍拍腦袋。

「雷克斯！」母親告誡我，頭卻還埋在書裡。

我停止拍打頭。「派托醫生，那些縫線和板子融解到哪兒去？」

「這個嘛，身體可以用到的材質都會被回收，轉化爲有用的東西，例如肌肉和脂肪。其餘就是分解、排泄掉。」

我思索了一下。「你是說從糞便裡排出來？」

「雷克斯！」母親大吼。

「醫院都這麼說，」我指出。「這是很恰當的醫學用法。」

「其實多半隨著尿液排出。」派托醫生說。

「一天知道這麼多已經夠了。」我母親說。

此後派托醫生就不肯多提我傷口的有趣事情，除非我母親不在場，然而這種機會並不多。

儘管我的腦袋在特殊材質的可吸收骨板底下漸漸癒合，我還是得多住院一週，接受院方觀察，確保我得到充分的休息和蛋白質。我見了幾百萬個醫生，護士數量更是醫生的兩倍，必須照X光讓醫生檢查我的頭骨狀況，還要回答許多問題、進行各種奇奇怪怪的測試，確保我的腦子在各方面都運作無虞。

結果顯然沒問題。

我的五感很正常，依舊可以讀書寫字，背得出一到十二的乘法表。組合奇形怪狀積木的能力完整無缺。攝食固體食物和增加運動量幾天之後，我的行動和協調能力也恢復得八九不離十。唯一受損的就是記憶，而且有特定性，所以根本不成問題。我還記得字彙表和數字，在辨識差異和拼圖遊戲方面也都表現傑出。我記得早餐吃了什麼、昨天或開學第一天發生了什麼事情，記得那次在海濱小鎮韋斯頓坐到一個黃蜂窩，還能說出在布里斯托動物園看到的每種動物，有蜘蛛猴、環尾狐猴等等。根據這些事實，我的情節記憶或語意記憶沒有大礙。只是有一整個月，也就是四週多的記憶落入陰暗黑洞。雖然派托醫生一再保證，我依舊懷疑那一個月可能被又小又精準的吸塵器給吸入集塵袋了。

想當然耳，發現我的人是母親。她從廚房聽到兩次爆炸聲，中間至少間隔一分鐘。她說第一聲猶如遠方傳來的槍聲，或汽車引擎的回火聲。第二聲就像屋頂崩塌，二樓的樓梯頂端就像發生過慘案，布滿掉落的相片、碎玻璃以及樓梯對面櫃子上的白蠟燭臺、聖杯之類的小擺飾。浴室門關著，但沒上鎖，我就躺在地上的血泊和碎瓷器中。我母親說她尖叫得超大聲，年邁的鄰居史達波頓夫婦可能是因此才一路奔來，而不是聽到爆炸聲。幸好他們出現，我懷疑母親可能會歇斯底里到無法叫救護車。

接下來兩星期，母親顯然鮮少離開我身邊。她堅持住在醫院，護士只好推張特別輪床到病房，因爲她斬釘截鐵地指出，就算醫院沒有留宿設備，她也會睡在地板上。從她的描述聽來，過程應該相當令人發窘，幸好當時我昏迷不醒。其實我根本毫無知覺，然而母親很快就駁回這個醫學事實。

「我每天都和你說話，」她說。「一定還有一部分的你可以聽得到我。」

「我聽不到。」我說，大概說了一千次吧。

「一定還有一**部分**的你聽得見。」她堅持。

「我不**記得**聽到妳說話。」

母親快活地咯咯笑。「那當然囉，你睡得很熟嘛。我們熟睡的時候哪裡還記得什麼，對不對？但是那不表示你**當時**聽不見。」

我皺眉。我不確定這種說法是否說得通，但是過去這個月以來有很多事情都沒道理。

排名第一的就是這起意外本身。我當然知道事發經過的大概，就從我母親、史達波頓夫婦，和我醒來之後就不斷探視我的救護人員那裡聽來，卻也無法還原出眞相。他們馬上就看到「那顆石頭」，顯然絕對不會錯過，可是沒有一個人可以確定它打到我。有個救護車上的先生說，我比較可能是被炸開的碎片或天花板的水泥砸到。「如果你被『那顆石頭』打中，」他說。「我們現在可能無法進行這段交談。」

令我失望的是第一個撿起「那顆石頭」的史達波頓先生也支持這種說法，他說石頭大小相當於一顆柳丁，但是他估計至少有四、五磅重，差不多是一瓶兩公升的健怡可樂。**「拿起來像鉛錘，」**他大叫。（史達波頓先生總是大吼大叫，因爲他超級重聽。）我問起石頭的模樣，他說是**「黑色，而且看起來很特別，似乎是用模子鑄的。」**可是這段描述在我聽來根本太貧乏。

「什麼意思？哪種模子？」

「冰得要命！」史達波頓先生再三強調。

「哪種模子？」我再問一次。

「特別的模子，就像是外星人做的！」

當然啦，我想看得不得了，但是我一問母親，她說有人幾星期前就拿走了。

「誰？」我質問。

母親只是聳肩。「其實我也不太確定她是誰，她自稱是科學家，什麼嗚哩哇啦蒙妮卡博士。那時我還難過得無法接受事實，她來的時候，我正在打包行李要回醫院。」

「她究竟是誰？哪個機構的人？要把我的『那顆石頭』拿到哪裡？」

「雷克斯，我說過了，我不知道！她只說要拿去做什麼重要實驗，當時我才不在乎哩。」

「她還會再來嗎？」

「她沒說。」

「妳沒問？」

「雷克斯！別逼我一直重複同樣的話。」

我好絕望。我確定母親的短視害我永遠見不到「那顆石頭」，我想知道的事情也沒有人可以告訴我了。暫時，我只能不斷翻閱史達波頓夫婦和各個醫生、護士收集的剪報。這些消息就被我拿來填補記憶黑洞，否則絕對還是一片空蕩死寂。

據報，那團火球初次出現是在二〇〇四年六月二十日，週日下午三點二十七分，地點是北愛爾蘭的東北角。當時待在戶外，或望向窗外正確方位的人都看得到。它比滿月亮三倍，就像顆子彈般劃過天際。在貝爾法斯特地區成千上萬人親眼目睹之後，它不到幾秒就越過愛爾蘭海，衝過安格塞，隱沒在北威爾斯的厚重雲層之後。再度出現是在塞汶河口北端，還嚇壞布里斯托大半居民，然後又消失在索美塞特[5]上空。那時，沒有人知道它究竟落在哪裡，但有各式各樣的臆測。好幾百人信誓旦旦說他們見到它在威爾士大教堂[6]上方炸開，有一陣子，地方甚至全國報紙都這麼報導。兩天後，牛津大學的研究人員在電視新聞上表示，那顆隕石撞擊地球的角度是極小的銳角，又在大氣層高空爆炸，「任何一個目擊者要明確指出爆炸地點都非常困難。」《威爾斯前鋒報》的記者葛蘭．艾卡克則回應，證詞不是來自「一個目擊證人」，而是「兩名警察、三部遊覽車的遊客和一整團的朝聖修女。」兩天後，布里斯托的心理學家米莉安．韓森投書，因爲她想

5　Somerset，位於英格蘭南部。
6　Wells Cathedral，位於英格蘭南部索美塞特，建於十一世紀，被譽為英國最具詩意的教堂。

「澄清，就這起事件而言，可信度的問題不是取決於目擊者的人數多寡，更與他們的人格無關。隕石看來在威爾斯大教堂上方炸開，很有可能是因爲建築物的高度和占地遼闊相對於觀察者的位置，所產生的錯覺。在這種前提之下，目擊者的證詞只能姑且聽之，不可盡信。」這封標題爲〈廿八位修女也可能全錯了〉的讀者投書並未平息眾人的激辯，隔週，正反兩方還是各說各話，甚至連坎特伯里大主教、《仰望夜空》[7]的克里斯・林塔特等名人都加入戰局。

終於有機會拜讀時，我覺得所有說法都饒富趣味，所以現在才會提起。但是我也要嚴正說明，「威爾斯爭論」只是主稿旁的配稿。大部分人沒興趣知道確切的爆炸地點，也不想瞭解這顆流星體原來如何繞著太陽轉。他們只顧「人員傷亡」，在這方面倒是眾口一詞。大主教、科學家、記者、投書讀者全都異口同聲：根據**我的**隕石碎片的體積和成分（媒體很快就得到這些數據），以及它穿破我家浴室屋頂的速度而言（這個速度可是很快），我能逃過一劫絕對是奇蹟。

由維爾地區醫院准我出院的五天後，我終於得到遍尋不著的答案。就在這一天，嗚哩哇啦蒙妮卡博士再次出現，就像一縷輕煙般站在我的床邊。她突然來訪，揹著一只破舊的運動背包和大

7 The Skyat Night，英國國家廣播公司ＢＢＣ的天文學紀錄片，稍後提到的 Chris Lintott 是牛津大學的宇宙學家，也是目前該節目的主持人。

量關於流星、隕石、流星體[8]的資料，聽得我的腦子在往後一星期都還頭昏腦脹。

原來她的名字是蒙妮卡・威爾博士，我第一次當然也聽錯[9]。她不是醫生，而是倫敦帝國學院的天體物理學博士，專門研究行星。她不像我所見過的其他大人，首先，你提任何問題，她似乎都答得出來；更意外的是，她也願意回答。多數成年人（尤其是我母親）都有個極限，連續聽到第三或第四個問題就不再回答；要不然就是說了等於沒說，例如，「事情就是這樣！」諸如此類令人氣餒的答案。然而威爾博士沒有極限，她可以解釋各種事情，還答得鉅細靡遺。你問得越多，她就丟出越多資訊轟炸你。即使答案超過十個字，她說起來也不像引述皇家科學研究院的聖誕講座演講稿。此外，她穿得也很怪。那種怪又不同於我母親，母親的打扮只是「非主流」，比較老派又不協調，彷彿從一九五〇年代的清倉大拍賣中隨便拿幾件套在身上。威爾博士的穿著流露出她只關心「更高層次的事情」，我是不在乎啦，不過老實說，起初我也有點懷疑她，主要是因爲我依然覺得是她偷走「那顆石頭」。而且這麼想的人不止我一人。

好幾個天文物理學家都和我有同感，他們得知她在新聞播出的幾小時後就飛奔到索美塞特取得隕石，立刻發出強烈抨擊，其中多次出現「無情麻木」、「卑劣不義」的字眼。此外，布里斯

8 根據中央氣象局網站，流星體（meteoroid）是在行星際空間中運行的一種小天體，大小大致在 100 微米（μm）到 50 米之間，是太陽系的成員之一。當流星體進入地球大氣層時，在流星體行進的路徑上會形成一道閃光，便稱為流星（meteor）。假如流星體在到達地面之前並未燃燒殆盡，剩下的殘骸就稱為隕石（meteorite）。

9 因為威爾的 Weir 音類似「詭異」的 weird。

托、貝斯的大學研究人員也寄了語氣憤怒的電郵，指責這麼重要的地方天文大事，竟然在塵埃都未落定前就被奪到倫敦。然而威爾博士完全不爲所動，後來還告訴《新科學家》雜誌，「最重要的事情就是迅速取回隕石，以免受到損壞或污染。如果我晚點趕去，很有可能就被私人收藏家取走。畢竟這次狀況非比尋常，全國人都知道隕石墜落地點。不要忘了，在廿四小時之內，所有熱衷收藏隕石的人都湧入這個郡。以科學之名，我自認有義務立刻去取走！」

她對我解釋之後，我很高興威爾博士以科學之名，迅速拿走我的隕石。在她持有的兩週之內，她對我的石頭研究得相當透徹。她第一件急著釐清的事實，就是那**不是**普通的石頭。

「亞雷克斯，」她興奮地說，「你這顆隕石含有大量的金屬成分，應該算是鐵鎳亞族，比一般的球粒狀隕石或無球隕石更稀罕，密度也更高，所以才能輕易穿過你家屋頂還沒碎掉。你的隕石大概二點三公斤，撞到你家時的終端速度是時速接近二百哩。亞雷克斯，你還活著真的是奇蹟。」

「是啊，」我在指關節上轉換身體著力點。因爲心神不寧，我把雙手壓在身體下坐著，而且兩隻眼睛緊盯著那只破舊的運動背包。人家對你說話時，不直視對方很沒禮貌，我知道，不過我就是忍不住。我被催眠了，熊熊的目光看得包包都快燒起來了。

「威爾德博士……」我開口。

「亞雷克斯，其實我姓威爾。」

「喔。」

「你可以叫我蒙妮卡。」

「威爾博士，我的鐵鎳流星在那個包包裡嗎？」

威爾博士按捺住性子微笑。「亞雷克斯，背包裡面有你的鐵鎳隕石，流星落到地球之後就稱爲隕石，還在大氣層燃燒才叫流星。在此之前，也就是還在太空時則稱爲流星體。想拿拿看你的隕石嗎？」

「超想。」

隕石約莫一顆柳丁大，但是形狀很怪異。從原本的撞擊體上裂開的一端有點尖，另外一端，也就是和大氣層摩擦產生高熱的那端則是弧形。突出的那側有許多小裂縫和至少十幾個凹陷口，就像小外星人的拇指印。威爾博士雙手溫柔地捧在胸口，彷彿當它是脆弱的森林小動物。「小心點，亞雷克斯，」她說。「要記得，它比外表看起來重多了。」

我伸出拱成淺盤狀的雙手，也準備好接過重物，卻沒想到隕石那麼冰。原本放在我屁股下的手還很暖，但是鐵鎳隕石彷彿剛從冰箱拿出來。

「好冰喔！」我倒抽一口氣。「是因爲來自外太空嗎？」

威爾博士再度微笑。「其實是室溫。你覺得冷，是因爲隕石有高傳導性，吸收了你雙手的溫度。至於它的出處，唔，這是我們非常篤定的一點。應該是有個巨大的小行星在幾十億年前被撞毀，而這顆隕石就來自那個小行星的熔融核心。你知道什麼是小行星嗎？」

「就是太空中的超大巨石，」我說。「『千年鷹號』必須穿過一整片的小行星，才能逃離黑武士達斯維德的『滅星者』。」

威爾博士熱切地點頭。「對，沒錯，但那是在很遠很遠的星系。在我們的太陽系，小行星大概有幾百萬個，絕大多數都在火星和木星之間繞著太陽轉。」

此時，威爾博士爲我畫了一張詳細的圖表，秀出太陽、行星和小行星帶的位置。比例並不正確，她說，但對這次的解說而言卻已經夠精準了。

「亞雷克斯，你看，這些小行星通常不會靠近地球。但是偶爾也會脫離它們的穩定常軌，有時會像撞球般被撞開，有時則受到木星極大引力的吸引，改變了繞著太陽公轉的軌道。你可能早就知道，木星非常巨大，也有超強的重力場。有些小行星最終會撞上木星，有些則被遠遠拋出整個太陽系。這之中只有極小的比例會成爲隕石，也就是被拋到某個軌道，繼而直接撞上地球。」

威爾博士在圖表上畫虛線，代表與地球軌道相遇的小行星假想路徑。母親看到這個應該很開心，她常提到行星的運轉會影響地球上發生的事件，卻始終無法解釋這種理論的原理。威爾博士說明得清楚多了。

「總之，」威爾博士繼續說，「多數撞上地球的小行星都很小，而且在高層大氣就蒸發了。然而有一些，例如你這一個，體積和密度都夠大，因此可以落到地面又沒蒸發。有更少比例的隕石則是又大、又重，通過大氣層之後幾乎也沒慢下來，這種就會留下隕石坑，還會導致威力無與倫比的毀滅性爆炸。多數科學家認爲，可能是來自小行星帶的隕石體殺了所有恐龍。」

看著手中柳丁般大小的隕石，「我不太相信一個隕石體能殺光**所有**恐龍。」我懷疑地說。

接下來，威爾博士滔滔不絕說了好久，講解滅絕恐龍的隕石體可能比我的大上許多，可能至少有十哩寬，這麼大的隕石體可能會引發山岳一般高的海嘯、酸雨、森林大火，塵土還會包圍整個地球，遮蔽陽光達數年之久。那個隕石體沒留下任何隕石，因爲炸開的威力等於一千億噸的黃色炸藥，墨西哥附近的海底卻有個六千五百萬年前的巨大隕石坑。當地的岩石樣本中竟然含有高濃度的銥１９３，這是銥唯二穩定同位素的其中一種，在地球上極其罕見，在隕石中就普遍多了。同位素和原子量與超小粒子中子有關係，但是其間的道理較難理解，威爾博士說我不需要立刻搞清楚這當中的奧妙。重點就是，她說，在六千五百萬年的岩石中發現銥１９３，猶如找到確鑿的證據。

我花了好長的工夫消化上述資訊。

「威爾博士，我的腦袋裡有發現銥１９３嗎？就是他們取樣之後有發現嗎？如果有，也算是人贓俱獲吧？」

威爾博士聽到這個問題很開心，她說這就是科學家會問的問題。答案是肯定的，抹片經過各種特別化學試驗，確定含有某些隕石金屬，包括鐵、鎳、鈷和高含量的銥１９３。還不足以多到可以製成火星塞，她說，但照地球的標準而言已經超標了。所以我的腦袋被隕石碎片砸到的機率有百分之九十九點九九九九，不只像救護車人員所說，只是給落下的水泥Ｋ到。所以，我是史上第二個直接給隕石砸成重傷的人。

此時我得意非凡，同時又有點緊張。因爲我還有個問題。

「威爾博士，」我說。「現在我這顆鐵鎳隕石怎麼辦？妳又要帶走嗎？」

威爾博士微笑，半晌都不說話。「亞雷克斯，這就看你了。我不需要了，我已經有足夠的資料和樣本，往後至少半年都有得忙。以往我都會說，這麼美的樣本應該放在博物館展出，因爲一定有很多人想看。然而這件事情要由你作主，想留下就留下。不要聽任何人說三道四，說什麼不能留下。」

我把那顆隕石緊緊攬在胸口，「我想留下來，」我說。「至少現在先留著。」

我的確那麼做了。我把我的隕石放在房間裡特別的櫃子上，一放就是五年。後來，在二〇〇九年六月二十日，我決定讓別人也能欣賞。當時我覺得時機成熟了，這就容後再提了。現在我已經說夠隕石的事情，你想去看也沒問題。就在倫敦自然史博物館一樓的玻璃櫃中，那一區稱爲「保險庫[10]」，離恐龍廳大概一百公尺遠。

10 就是Natural History Museum的Vault區。

3

聖杯皇后

當所有醫生都認爲我的腦子沒問題，可吸收骨板下的頭骨也漸漸癒合，我便獲准出院，卻得穿過一連串的媒體大陣仗。第一次是主要出口的六呎外，第二次是母親的車邊，第三次是我們家前門，第四次是隔天早上同一地點，第五次是母親的店鋪外，第六次是當晚要打烊時，往後兩天就是輪番重演。我昏迷十三天竟然大幅刺激報紙銷售量，讀者不在乎其中十二天的新聞根本毫無變化。就憑幾個無望的隻字片語，居然也衍生出一整個充滿臆測的小宇宙。根據醫院不願具名的可靠來源指出，我的狀況是危急，然後轉爲攸關生死，然後是危急但穩定，接著是穩定，然後是情況不明，再來是病情有起色（只有十二小時），然後又是不明，接著則是每天持續惡化，最後則是人人都認爲我不太可能再醒來。結果我就是在那時甦醒，死裡逃生，接下來的發展都寫在前面了。

醫院當然不會放任記者進來，除非他們骨折或染上什麼恐怖重症，然而幾十名「善心探視的訪客」（「病患家屬的朋友」和「遠親」）可沒有因此就不來探病（但是我先說在前頭，我的「家人」只有三個朋友，一個親戚也沒有）。我母親交代櫃檯，沒有她本人同意，任何人都不准進房，所以各界人士很快就被請走。因此關於我康復的報導就像我昏迷時期一樣，盡是充滿猜測、新聞價値不高的文章。然而在我醒來的那一週，媒體至少有充裕時間先做好部署，等待我出院那刻的到來。

我們穿越醫院停車場的速度已經緩慢無比，等到我們終於把車開出來上圓環交流道時，我母親已經下定決心，絕對不讓我再回答任何問題，也不再站定讓媒體拍照。她無法阻止記者埋伏在她的車邊，或翻看我們的垃圾桶，但是她可不打算拿我招搖撞騙。她只有一次差點推翻這個決心，那是浴室屋頂修繕傳奇的最後階段，或許我應該把這件事情也說給你聽。

一出院回到家，我驚恐發現浴室屋頂竟然已經修好，恢復正常。我只能從新聞剪報看到，一點三公斤的隕石以兩百哩的時速落下造成多可怕的破壞。據報，屋頂在幾週前就修好，是當地的包商好心免費提供服務。事發不久之後，他便試圖聯絡我母親，但是她都住在醫院，也沒心思考慮修繕屋頂這檔事。幸好幫忙收郵件、照顧露西的史達波頓夫妻可以代我們接受這番好意。我清醒之後，母親又恢復思考能力，她滿懷感激，立刻告訴包商，她做夢也不敢不回報對方的慷慨義舉。畢竟這家公司只是家族經營的小公司，我們家浴室的工程又如此繁瑣浩大。要修補的不只是被砸得開花的一平方公尺屋頂，地板的磁磚需要重鋪，洗手檯也得更換，工資和材料費肯定相當可觀。因爲我們的保險包羅萬象，建築公司分文不取就太沒道理了。

當然，最後這段資訊終於令他改變心意。他寄了費用清單，我母親又轉寄給保險公司。兩天後，保險公司寄來冗長信函，表示他們無法、也不願意支付帳單。因爲一時失察，我們家雖然保了針對火災、洪水、沉陷、地震、竊盜、恐怖分子攻擊和各種極端氣候（包括暴風雪、龍捲風和颶風）所致的保險，卻漏了隕石，這項是落在「天災」類別。他們身爲國際知名大企業，考慮到股東、紅利等因素，所以若同意理賠，在道德方面就顯得過於輕率，何況包商先前大方允諾免費修復（地方報紙登載的小事也沒逃過保險公司的法眼）。

「天災！」我母親暴跳如雷，那封信被她揉到猶如中子星（neutronstar）的密度。

「威爾博士說，也許和木星有關。」我告訴她。

母親一臉賊樣地看著我好久，然後神祕兮兮說：「雷克斯，應該和火星有關。」

我母親常說些怪話，通常要她解釋也沒用，因爲她只會讓我聽得更糊塗。有時之後就會瞭解她的意思，有時不會。就這次而言，我最後**的確**明白了，理由就和塔羅牌、塔牌，和怪異的預言行爲有關，但是你得等等才能聽到這段故事。現在我要先說完屋頂傳說。

母親不是易怒的人，通常是飄浮在與世隔絕的泡泡中，就像包裹著沒有免疫系統的小娃娃的那種泡泡。但是收到保險公司來函的那天，她滿腔熊熊的正義怒火。她自認只有三條令人不快的選擇：一，告訴包商，他無法收到錢（絕對不可能，我母親這輩子從未食言）；二，申請二胎房貸；三，把我和我的獨家專訪賣給出價最高的媒體。我先前也說過，第三條路似乎比較可行。當時雜誌社和電影公司拚命在我母親的答錄機裡留言，至少也已經一個月了。我們都知道只要她點頭，〈理查和茱蒂脫口秀〉[11]很樂意幫我們整個屋頂鋪上防隕石的堅固屋瓦。但是對我母親而言，主要問題還不是金錢。她認爲，即使保險公司並未違反保單上的文字條款，也已經違背合約

11 Richard and Judy，英國的訪談節目，兩名主持人是夫妻，也是電視主播與專欄作家。

精神，這可不是小事情。她非得逼保險公司瞭解他們的處理方法有誤，否則不會善罷甘休。

接下來的晚間與隔天早晨，她左思右想。早餐時間，她的態度已經改變，我就知道她有解決方法了。所謂的解決方法根本就是威脅、勒索，然而因爲有了上述的理由，母親肯定不會這麼想。她認爲唯有這個手段，才能在道德簿上兩不相欠。

她分秒不差九點整打去保險公司，說了以下這番話：如果他們（保險公司）眞心認爲不該支付我們修理屋頂的費用，因爲這是神降災難於我們家，並不包括在保單條款內，也許他們有興趣把這個意見公諸於世？如果懶得自己來，她很樂意幫他們宣傳。

隔天，保險公司寄來第二封信。信上指出，儘管他們沒有責任支付屋頂修繕費，卻很願意出資表示關懷之意。母親回信說，她雖然強烈懷疑他們「關懷之意」的眞誠度，還是願意接受他們提供的金援。然而她建議對方，往後最好審愼考量合約內容的措辭。有好一段時間，她對「天災」條款的說法頗有微詞。

我醒來出院，躲過媒體，看著母親順利申請到屋頂修繕費用，時節已經進入暑假，母親不知道該拿我怎麼辦。她在店裡一週工作六個整天，而且打從我有記憶以來就是這樣，其實這根本不是什麼新問題。但是那年夏天，母親似乎認爲一定要有人隨時妥善看顧我。我瞭解她不希望我獨處，但是在我看來，最簡單的方法就是最好的解決之道。其實答案顯而易見，我很驚訝母親竟然完全不考慮。

「我不知道爲什麼不能和露西留在家裡就好，」我說。「她大部分時間都在，所以家裡不是只有我一個人，嚴格說來不算。」

「雷克斯，這是你今天早上說過最蠢的話。」母親說。

「沒有那麼蠢。」我厲聲回答。

「我不認爲露西算是合格的監看人。」

「她可以照顧我，我也能盯著她。免得她又出去野，最後大著肚子回來。」

聽到這句話，露西抬頭，投來令人膽寒的眼神。我母親嗤之以鼻，「雷克斯，我們都知道，如果露西決定再度懷孕，你和我都無能爲力。」

「對，可是如果有人陪她……」

「雷克斯！」

母親的眼神表示，**這段對話就此結束！**就在這時，露西從椅子上起身離開房間，鼻子抬得老高。幾秒之後，我聽到貓咪小門砰地關上。露西就是這副德性，不太像普通的貓咪，我從沒見過她爬樹或追小鳥；打從我懂事以來，我比較把她當成姊姊看待。我知道這麼說很詭異，但是請別忘了，我的家庭很迷你，我沒有人類的兄弟姊妹，也沒有父親。外公外婆都已經過世，沒有阿姨、舅舅，自然也沒有表兄弟姊妹。我有母親，她有我，我們兩個都有一隻貓。在這種環境下長大，露西向來就是家裡的一員，我連想都不敢想像少了她的景況。此外，我在前面也說過，顯然露西和我都擔心家裡人丁太單薄。在我十歲時，她已經生過四胎，等到我寫作這時，數目已經增加到九胎。聽起來似乎不太可能，但是別忘了，貓到死前都有生育力，而且每年可以生產好幾次。世界紀錄指出，一隻母貓一生可以產下四百二十隻小貓。

不幸的是，就算露西有心想壯大這個家，也毫無勝算。母親拒絕帶她去結紮，因爲她認爲這有違自然天理，但是無論露西生的是長毛、短毛、公貓、母貓、黑貓、白貓或花貓，她卻一隻都不肯留。每一胎都是父不詳，結果就是五花八門的基因組合變化。這些變化關係到母親在店鋪櫥窗張貼小貓送養廣告的時間長短，通常長毛貓比短毛貓更快被領養，因爲長毛貓似乎象徵著優良血統。但是在我看來，一身蓬亂短毛的貓咪往往更友善，也更有趣。遺傳到母親白色長毛的貓咪，通常也繼承了她的冷淡個性，也許這兩種特徵有其關聯性。不過這純屬臆測，我畢竟不是貓咪遺傳學家。

總而言之，我母親死活不相信露西適合當我的暑期保母。其實經過上次昏迷，我消失在她視線內十分鐘都不行，我覺得她這麼做既不公平，也不理性。後來威爾博士寄給我講述隕石體、流星和隕石的超厚書籍，我就能向母親解釋我這輩子再被隕石砸到的機率是四乘以百萬的三次方（也就是四加上十八個零）分之一。當時她是否在旁邊，都不會影響這個數字。倘若她眞心想保護我，就該把我關在地下室的金屬箱子裡。我至少反覆練習十次，才發表這番演說，而且我說得可流利了，無論措辭或順暢度都無可挑剔。但是母親依舊不爲所動，她才不管有幾個零，我還是得每天跟著她去工作，否則就必須留在史達波頓家。私下告訴你，這不是絕佳選擇。所以我幾乎整個夏天都待在母親的店裡。

有時，我可以幫忙做些小事情，例如補充架上商品或數零錢。母親算命時，我負責點蠟燭，看管燭火別熄滅，其餘時間就得靜靜坐著看書，不是坐在櫃檯後，就是在樓上賈絲婷和小珊家，那還是我走運呢。賈絲婷也在店裡工作，至於小珊，我就不知道她從事哪一行。她比賈絲婷年輕好幾歲，多半時間都待在公寓裡。小珊的全名是珊曼莎，小珊和賈絲婷是女同志。我六歲那年，母親解釋所謂的女同志，就是與其找男人作伴，她們寧可和對方在一起。（幸好當時我還不算男人，所以她們可以容忍我。）當我問母親她是不是也是女同志（因爲她似乎也寧可和賈絲婷與小珊在一起，也懶得找男人），她笑得差點厥過去。等她終於直起身子，停止大笑，她說現在不太考慮找男人或女人，因爲她禁慾獨身。然而這也是她不肯多加解釋的事情，我查字典又找不到。原來這個詞的寫法不同於我的想像，查「淨玉」或「境遇」當然沒有答案。

你放心，我十歲時已經查出那個詞的解釋，意思是就我們家而言，只有貓咪有性生活。

★★★

母親的店就在格拉斯頓柏立[12]大街旁的巷子裡，店名是「聖杯皇后」。你可能早就知道這是某張塔羅牌的名稱，看過龐德電影《生死關頭》的人更清楚。《生死關頭》是少數我們母子永遠有共識的話題，我們都認爲這是○○七系列最棒的作品。我母親愛死片中的塔羅牌和巫毒那套，我則喜歡大壞蛋吞下壓縮空氣彈在鯊魚缸上爆開。不過，這是我在成爲和平主義者之前。

總之，看過那電影的人可能會記得，「聖杯皇后」如果上下顛倒（逆位）象徵狡猾、不忠或

12 Glastonbury，此地每年舉行全英國大型音樂季。據稱，這裡和史前巨石群一樣有神祕的力量。

不可靠的女子。但是如果像母親店鋪招牌一樣直立，就是相反意思，表示睿智和明理的女子，有眼光、充滿靈感等。母親選擇這個店名就是希望傳達這種意象。

一樓有四個房間，前面的大房，後面的小房，倉庫和洗手間。我們在前面的房間販售關於魔法、星象學、命理學、卜卦、神祕符號等的書籍，塔羅牌教學當然也包括在內。店裡也賣各種塔羅牌和塔羅飾品、蠟燭、水晶、薰香、精油和藥劑。我母親自己混合許多藥劑和精油，只不過不是用大鍋子，而是用七公升容量的湯鍋。

後面的房間不比倉庫大多少，母親就在裡面占卜，房間總是光線昏暗，唯一一扇窗戶永遠不打開。四面牆壁都漆成如同凝固血塊的紅色，我也說過，母親喜歡燭光勝過燈光，因爲前者有助靈動波，也能營造出合適的氣氛。少了蠟燭、少了鋪著黑絲布的塔羅桌，這個房間就老實呈現原本的樣貌，也就是普通尺寸的紅色小密室。

我負責看管燭火，因此可以陪母親算命，但這不是正常程序。塔羅牌占卜需要屏氣凝神，第三者通常被視爲不受歡迎的干擾，影響占卜師和問事者。然而在場的人是我，人們彷彿就不在意。可能是因爲多數人不認爲孩童算是第三者，而且我坐在角落，很容易就被忽略。必須點蠟燭時，我都照母親指示，盡量放慢動作，舉止肅穆。如此這般，我才不會擾動現場的微妙氛圍。認眞說來，我可能還**更添**幾許神祕，只要燭火將熄，我就像無聲的小精靈，從幽暗處緩緩走出。只要不碰到牌，我在場也不會影響占卜的平順磁場。無論何時，碰觸塔羅牌絕對是**萬萬不可**。

即便發生意外之前，母親每週至少占卜三到四次。後來，確切說來，是她接受《超自然新聞》專訪之後，上門的客人才越來越多。有一陣子，還有人大老遠來給母親占卜四十五分鐘。

你可能不知道，《超自然新聞》不是普通新聞刊物，而是報導通靈世界新知的月刊。我醒來兩個月後，母親才同意接受訪問，當時媒體早就對我的意外失去興趣。

不必我多言，你應該也猜得到，所有關於這起意外的怪文章中，就屬《超自然新聞》這篇最詭異。母親在訪談中指出，她早就預測這起災難。當然啦，她在事發之後才領悟，也因此無法採取預防措施。況且，事情要來，擋也擋不住。

儘管事發前八天的那次算命，我也在場，然而那個記憶也進了醫院的抽吸器。因此以下事件完全由我母親轉述，只能姑且聽之。

問事的客戶是寇森太太，她是店裡的常客。她每兩個月就會來問卜，通常是有事情要求教。塔羅牌不是用來預測長遠的未來，多數客戶都有特定的問題想尋求幫助，例如工作、戀情甚至財務狀況。但是寇森太太這次來卻沒有明確的問題，只是日子平靜得太過異常，所以想知道當時有哪些行星的力量正在影響她，未來幾週又會碰到什麼狀況。寇森太太可不喜歡驚喜。

身爲經驗老到的塔羅牌占卜師，母親習慣用不會驚恐到顧客的態度傳遞壞消息。但是那次幫寇森太太看牌，滿手牌**都是**壞消息，必須絞盡腦汁反覆思索，才能降低對方的震驚程度。事後回想，母親甚至說那不僅是她看過最慘的牌，任何牌應該都無法組合出更糟的結果。幾年後，我計算抽到這七張牌（母親就是用這種算法）的機率只比一千兆分之一多一點點。根據以上數字，我甚至可以大膽推論，如果母親所言不假，那手牌是史上最駭人的組合，而且肯定空前絕後。

一般人以爲「死神」是最可怕的一張牌，其實不然，但是也不難理解世人爲何會有這種誤會。沿襲中古世紀插畫的傳統塔羅牌所畫的死神就是大眾熟習的形象，瘦骨嶙峋，身著斗篷穿越不毛之地，揮舞長柄大鐮刀掃開骷髏頭。然而仔細看便有不同的體認，死神行經之處都有漸漸冒出頭的嫩芽。在多數塔羅牌中，「死神」不如表面可怕，只代表改變，往往也象徵釋放或重生，例如某件事情的結束和另一件事情的開始。

相反地，**真正**糟糕的牌通常都有無害的名稱，就拿「高塔」來說吧，一定代表崩壞。圖片就是塔樓被蔚藍天空中的一道閃電擊中，通常還有兩個人頭下腳上地從窗邊跳出來。寇森太太顯然就抽到這張牌，先前還抽中遽然失去控制的「戰車」逆牌，和預示恐懼、迷惑與受到不詳星相影響的「月亮」。

「妳是巨蟹座，對不對？」我母親問寇森太太，語調平穩地令人不得不佩服。

寇森太太的答案是肯定句。

「嗯，這就……有意思了。」

「是嗎？」寇森太太接話，緊張地坐直身子。

「目前火星正在妳的星座，」母親解釋。「這也和高塔牌有關，而『戰車』一般就對應到巨蟹座，妳抽出這些牌恐怕不是巧合。這個月可能充滿試驗，在火星二十三日進入獅子座之前最難熬，往後就會漸漸緩解。」

丟出這個渺茫的希望之後，母親翻開下一張牌，臉色又更蒼白了。

「寶劍九。」她宣布，再次控制住音調。

「這不是好牌吧？」寇森太太嚥了嚥口水。

「並不特別受歡迎，」母親矇混帶過。「但也不是最糟糕的牌。應該繼續看，不要妄下結論。」

說著說著，母親迅速翻開最後一張牌，也就是逆位的「寶劍十」。這張才是最爛的牌，逆位的「寶劍十」是另一張象徵大禍臨頭的牌，而且不同於死神牌，這張往往代表眞正的死亡。母親翻出最後這張拼圖之前便開始絞盡腦汁，想辦法把眼前這手討厭的牌簡化五分鐘摘要，還要說得不會引發對方心臟病發。唯一令她安慰之處，就是這副牌並未明確指出特別事項，這在塔羅占卜並不常見。結果的確有幾個清楚的惡兆，但是這組牌卻未明確點出厄運來自何方。象徵「現在」的牌本來應該提供資訊，指出問題的根本性，結果卻是這組當中最令人困惑的一張。這張是「錢幣隨從」，圖像通常是一個正經又好學的年輕人，可能是親朋好友。然而寇森太太是四十五歲的寡婦，沒有親人，卵巢肯定也快過期了。她的生活中沒有重要的年輕男子，日後大概也不可能改變。

母親問了許多問題，想破頭又徒勞無功，最後只能整理成下述文句告訴寇森太太。

在不久的將來可能會發生某種災難，性質不得而知，而且完全出乎她所能掌控的範圍。這件事也許和某個年輕人有關，也許緊跟著貌似好消息的事件而來，寇森太太最好對兩者都提高警覺。此外，這起不幸可能和久遠過去某個錯誤決定有關。就長遠看來，寇森太太最好準備迎接困難時期，或許還會碰上不少未知數。

當然，母親心裡不安得要命。她擁住寇森太太久久不放之後才讓她離開店裡，還覺得自己不該收取這次的占卜費。但是她非收不可，否則會讓對方覺得極度不祥，寇森太太也會婉拒。根據母親的計算，她認爲寇森太太的陽壽只剩不到十一天。

事後回想，除了一、兩個枝微末節之外，那次預測準得叫人害怕；唯一重要的問題就是算錯人了。後來母親問過好幾次，我該準備蠟燭時，有沒有可能趁她和寇森太太進房之前玩過那副牌，任何一丁點可能都要告訴她。但是因爲我失憶，當然無法給她滿意的答案。我只能再三確保，我知道在任何情況下碰觸塔羅牌都是**萬萬不可**。

至於這段小插曲背後的長遠意義，我寧可保留意見。總之，我只會複述黑白分明的事實。母親看到可怕的塔羅牌組合，而且絕對是前所未見的悲慘。沒多久之後，從天而降的災難打中我。這段期間，寇森太太則過了平靜無波的一週。

幾個月後，母親不斷反省深思，反覆回想那起**事件**，快速做出結論，我不可以再與她共處一室幫客人占卜。不只是因爲我的心智漸漸成熟，靈動越來越大聲，干擾度越來越高。另外還有一個原因，她幾乎是憑直覺得知。店裡生意清淡時，我好幾次發現她若有所思地噘嘴皺眉盯著我看。某天，她直接走來問我是否有什麼事情應該告訴她。母親三不五時喜歡提這個惱人的問題，否定的回答通常會讓我比較開心，事情也會就此打住。然而這個時期非比尋常，除非給個像樣的答案，否則她不會善罷甘休。

我也皺眉片刻，決定告訴她，我最近做了幾個怪夢。

「什麼樣的夢？」母親急切地問。

「就像白日夢，但又很特別。」

我一看母親的表情就知道，她要的不是這個答案。我只做嘗試。

「上次還發生一件怪事。」我稍微猶豫了一下。

母親點頭，示意我說下去。

「我走到倉庫途中，」我解釋。「以爲聞到隔壁燒起蠟燭。我去看過之後，發現沒有一根蠟燭點著火。」

我知道自己太輕描淡寫，然而想到母親可能因此不再追問，就讓我欣慰不少。

「可能沒什麼。」我推論。

「怎麼會。」母親不同意，眉頭深鎖。「當然有關係。」

「什麼關係？」我小心翼翼地問。

「**就是有關係**。」她回答。

母親再度證明她的直覺奇準，因爲發生那次意外的半年後，也就是十一又四分之一歲時，我第一次癲癇症發作。

4

狂風暴雨

事情就發生在聖誕節後不久的某個週間日晚上，時間約莫九點鐘。母親聽到我倒在廚房，一切又像隕石事件重演，只不過這次規模小多了。看過屋頂之後，母親跪在旁邊，捧著我的頭，我則發著抖、抽搐、口吐白沫，眼睛張得好大，眼球卻往後翻到只能露出眼白。我當然渾然不知，早已經失去意識。痙攣停止的幾分鐘之後，我才醒來，而且只記得自己要進廚房拿牛奶。此外我頭痛欲裂，彷彿有人拿榔頭敲我的腦袋，而且全身發冷，睡褲也濕了。昏過去時，我的膀胱也失控。我應該告訴你，全面性發作不是什麼有尊嚴的過程。

十分鐘後，對街的道森醫生過來幫我檢查。他給我幾顆丹祈屏錠（diazepam），這種鎮定劑會讓人昏昏欲睡，也有助於預防癲癇發作。他約我們隔天早上到診所看診，當時他就懷疑我是癲癇症，但還是要我先去醫院接受進一步檢驗。

這次我沒被轉到由維爾，必須前往布里斯托皇家醫院，因為那裡的設備比較精良，還有很多專科醫生。在檢驗前後與我們母子商談的醫生是安德彼，他還是三方面的專家。他是主攻癲癇，尤其是孩童癲癇的神經學家。我被分到安德彼醫生看診實在很幸運，英國沒有幾個醫生比他更瞭解孩童癲癇。

這時我應該撥點時間聊聊安德彼醫生，因爲他在往後幾年對我有莫大影響力。

我很喜歡安德彼醫生，然而我是喜歡多數的醫生和科學家，而且我在十歲到十一歲之間認識得可多了。正常的孩子蒐集足球貼紙，有段時間，我似乎專門蒐集醫生和科學家。總之，我要說的是我打一開始就覺得安德彼醫生和我有很多相似之處，儘管他是知名神經學家，我只是個小學生。

安德彼醫生和我一樣，沒什麼頭髮。我光頭的原因是因爲發生事故之後，右耳上方的頭髮總是長不全，有一小塊區域特別稀疏。母親說根本不明顯，我應該讓頭髮有機會恢復成原本茂密的模樣。反正幾個月之後，那塊稀疏的地方就會徹底被遮住。（母親不太喜歡短髮。）然而事故之後，頭髮一超過某個長度，大概是十二公釐左右，我就不自在。因爲試圖用頭髮遮遮掩掩，遠比坦然露出傷疤，更讓我害羞。所以後來我都留著小平頭，自己也有剃刀，至多不超過三週不理髮。

當然，我的平頭和安德彼的光頭略有出入。我可以把頭髮留長，安德彼醫生已經沒有這條路可選。他十八歲就開始掉髮，念完醫學院時已經頂上無毛。我的平頭是可怕意外的結果（就像雷克斯[13]），安德彼醫生則是因爲家族遺傳。他不需要檢驗ＤＮＡ才知道，因爲兩個在同一家醫院服務的哥哥們都是光頭。安德彼醫生（神經學家那位，我都當他是一號安德彼，雖然他排行老么）說他們三兄弟約法三章，絕對不在醫院內碰面。因爲多數病患認爲住院令人膽戰心驚，看到

13 根據影集《超人前傳》，超人克拉克帶著超多隕石抵達地球，雷克斯因此治好氣喘，卻也掉光了頭髮。但是根據漫畫，雷克斯是在研究化學武器時發生意外，因此成為光頭。

三個光頭醫生別著同樣姓氏的名牌，只會令人更錯亂。安德彼醫生耍起幽默，也滿有一套呢。

此外，他也相當特立獨行，奇特程度恐怕不輸威爾博士。他除了致力神經學研究，也是虔誠的佛教徒。所以他不相信上帝或天堂，卻依舊認爲人們應該友善相待，因爲這是度過人生最巧妙的方法。他也相信，定期冥想可以讓人變得更善良，更睿智（只不過這不是他推薦我做的主要理由）。他說，冥想有助於探求內心力量，以培養快樂情緒，走過人生各種壓力。在不信上帝的佛教宇宙中，仰賴自己心靈力量的能力尤其重要。

安德彼醫生對上帝和冥想的觀點，肯定與他對大腦的看法有關聯。他辦公室的牆上有個奇特的小匾額，上面寫著細長的黑色字體，就像一氣呵成寫下的古式筆跡。這段文字寫著：

頭腦和**上帝**一般重——
因爲——**秤**一秤——**一磅一磅**相對應——
它們的區別——如果真有這回事——
就像那**音節**不同於**單音**——[14]

第一次看到那塊匾額，我不太瞭解，也不懂哪來這麼多破折號和散亂無章的大寫字母。（崔史東先生，我後來的英文老師，一定會用紅筆逐一改正。）然而，我還是喜歡這首詩唸起來的節奏。

14 粗體字粗略代表原文中的大寫。

幾年後，我終於找機會問安德彼醫生，他說這段文字取自一位作古多年的美國詩人艾蜜莉．狄瑾蓀[15]某首詩最後一節。我問到這首詩的涵義，他又不肯說，只問**我**怎麼想。

「不知道欸，」抓了小平頭幾秒之後，我說。「我知道每個字的意思，放在一起卻看不出所以然。」

「嗯，」換他抓頭。「那麼你認爲音節和單音之間有什麼差別？」

「差不多囉，」我說。「單音就是單音，音節也算是某種單音。字裡有音節，音節又由一串單音組合而成。有時，一個音節就是一個字。例如『sound』，就是一個單音組合成一個音節的字。」

我不太滿意自己的解釋，安德彼醫生卻似乎聽得懂。「所以囉，」他說。「也許它們的確差不多，就像上帝和頭腦也沒什麼差別。」

「上帝和頭腦怎麼會一樣？」我蹙眉問道。

安德彼醫生微笑著推了推眼鏡。「對我們每個人而言，腦子創造出獨特的宇宙，涵蓋我們所知道、看到、觸碰到、察覺或記得的所有事物。就某種意義而言，頭腦爲我們創造出所有事物。沒有腦子，就等於什麼也沒有。有人認爲這種想法很恐怖，我倒覺得頗有詩意。所以我才會把這塊匾額掛在牆上，才能天天看。」

15 Emily Dickinson（1830~1886），十九世紀的美國詩人，生前只發表過少數作品。三十歲後漸漸與世隔絕，親人在她身後才將作品集結出版。

我說我還是有點霧裡看花，因爲他畢竟是佛教徒。

「我看這首詩只把上帝當成比喻。」醫生解釋。

「所以你不認爲上帝創造腦子？」

「對，我不認爲，」安德彼醫生回答。「反而是腦子創造出上帝。因爲人腦無論有多奧妙，難免有謬誤，這點你我都很清楚。人腦永遠想尋找答案，但是就算正常運作，得到的解釋鮮少完美無缺，尤其是碰上深奧複雜的問題。所以我們才要好好愛惜腦子，提供充足的發育空間。」

以上就是安德彼醫生回答的摘要。他的腦子花費大量時間，玩味思索腦子的問題。

我們初次見面，他說我所謂的「第一次發作」或許不是第一次，可能是第六、第七，甚至第二十三次，總之沒有人可以確切回答我。我先前提過，我在廚房昏倒之前曾有多次莫名其妙的想法，這些念頭包含怪誕的畫面、聲音，而且往往伴隨著詭異的氣味。我都當它們是白日夢，儘管內容更像入睡後做的夢，因爲它們短暫、獨特，毫無預警的出現，又一陣風地消失。此外，這種情況發生的程度和頻率都很嚴重，以至於師長認爲我有「聽課無法專心的問題」。

我向安德彼醫生說明之後，他說我的問題是源自顳葉的部分癲癇發作的「典型」症狀，通常此時他會問患者，過去一年半當中，頭部是否受過重傷。因爲病患是我，所以沒必要問。安德彼醫生親眼看到我的傷疤，而且也知道流星意外的新聞。**每個人**都知道。

但是我依舊得接受許多身體檢驗，安德彼醫生才能做出最終的診斷。他拿手電筒照我的眼睛，在我身上不同部位又戳又捏，測試我的感覺和反射動作。接著我還得驗血，在頭皮接上許多電線照腦波圖，測試腦子的電流活動。也許你不明白，所以我先說明，癲癇就是腦子出現過多電流。原理如下：

每個人的腦子有許多電流，通常所有電流訊號都有正常的運轉模式，也就是依照需要的開始、傳播、停止。癲癇發作時，就會有異常現象。神經細胞開始不規律放電，多半都是混亂的電流。平常精確的規律電流會轉變爲在腦子內亂竄的大量放電。病患體驗的特定症狀，就是電流故障之處。所以抽動、打顫或痙攣就是負責控制動作的運動皮質區出狀況，幻覺則是某個知覺中心有問題。至於全面性發作會完全喪失意識，意味失常狀況已經從整個皮質區散布到腦幹。這就是我在廚房的經歷，也是多數人認知的典型發作。安德彼醫生說，癲癇發作就像腦子發生暴風雨，這場風暴暫時中止所有通訊連結，因此外界的資訊無法傳進來，或是變得雜亂無章，只剩下腦子自說自話。

不言而喻，我的腦波突有許多異常的陡峭尖峰。再加上其他證據，證實了先前疑似癲癇的診斷，卻無法判斷病因，所以我還得接受核磁共振，便是用巨大的磁波和無線電波描繪出腦部結構的三度空間圖。安德彼醫生警告，有一半以上的癲癇患者找不到病因。但是就我而言，很有可能迅速找到病因，果不其然啊。

核磁共振結果顯示我的右側顳葉有微妙的損傷，位置果然如同醫生所料。然而確定我罹患癲癇的病因不見得是好事，結構性的腦部損傷表示我的症狀不大可能自行痊癒。我可能還會發作，必須吃抗癲癇藥物控制。

兩週後，確實給安德彼醫生料中，我再次全面性發作，只好開始服用抗癲癇藥物，至今都沒停過。

5

困於腦

往後發展如下，先說濃縮版。

我的發作狀況越來越嚴重，已經無法上學。我們和小珊與賈絲婷交換公寓，我才得以在家裡，並又能讓母親繼續工作。我的世界縮小成五個狹隘的房間。我會看到奇怪的畫面。我看許多書。我繼續和威爾博士通信。我漸漸習慣控制病情。我的病情漸有起色。某一天，大概是過了一年後，我好轉到足以回去上學。我們又回去住原本的家。

以下才是詳盡的版本。

事情好轉之前，我們先經歷了急轉直下的階段。我被診斷患病不久後，我每週都全面性發作，幾乎每天都有複雜部分性發作。我的癲癇病況嚴重，控制不佳，起初彷彿無可預測，所以才如此令人疲憊不堪。我無法陪母親上超市，因爲擔心我在走道昏倒。當然啦，全面性發作時，我樂見自己對整齣鬧劇毫無所覺。朦朦朧朧清醒之後，我才能衡量先前有多難爲情。發作時往往會出現淚水、唾液，還有不少尿液。通常會有一小圈目瞪口呆的路人甲乙丙，畢竟人們愛看可怕、丟臉的出醜事件，十一歲男孩在一灘尿中持續抽搐，當然穩坐恐怖又丟人的第一名寶座。

要不了多久，出門成爲導致我發作的主因。或者如同安德彼醫生說的，擔心在公眾場合發作的壓力才是導致癲癇發作的原因，我必須學會控制焦慮情緒。

我沒什麼機會學會處理這種焦慮。每次母親想帶我出門，我立刻開始恐慌，然後便會發作。我唯一覺得安全的地方就是家裡、店裡、車上和醫院。在醫院發作無所謂，因爲這種行爲在醫院是理所當然，況且還有幾百個人等著照顧你。我一丁點都不擔心在醫院發作，結果從未在這裡發病。我的病情折磨人又愚蠢。

在病發早期階段，我不只因爲頻繁發作才不能出門，另外一個原因是抗癲癇藥物的副作用。頭兩個月，我的身體還沒適應卡巴氮平（carbamazepine），腦筋總是糊里糊塗。我覺得反應遲鈍，思緒不清，永遠疲倦不堪。總是反胃、頭暈、頭痛欲裂，視線模糊，雙腳發抖。我開始變得「胖嘟嘟」，那還是母親寬宏大量的說法。最後，醫生開更多藥物給我，包括強效止痛藥和止吐劑，就爲了抗衡其他藥物的副作用。有好一陣子，這種作法的確有幫助，但是我的病情沒有太大改善。因此醫生加重卡巴氮平劑量，原本已經被壓下去的副作用又開始作亂。安德彼醫生要我們別擔心，因爲每個病患都不一樣，有時要試過好幾個月，才能找到合適的藥方。

這時，母親表示她想讓我開始採用輔助療法，也就是順勢療法[16]。安德彼醫生不肯支持這項決定，他說某些另類療法可能有助於治療癲癇，卻不包括順勢療法。從科學的角度來看，順勢療法從未被證明可以治療**任何**疾病。採用這種方法，病患往往會忽略（而且還得花大錢）已被證實

16 順勢療法是一種讓身體的不平衡狀態排除於體外，進而痊癒的方法。順勢療法和身體自然的防禦系統產生作用，不僅只是抑制症狀，還促進身體自癒能力，從某種角度來看類似疫苗。

爲有效的治療。

母親平靜地指出，她認識好幾個人都因爲順勢療法得到莫大幫助。安德彼醫生也沉著地反駁，他知道有很多人都一無所獲。接著他說起安慰劑。然後兩人長時間耐住性子說服對方，只是徒勞無功。

最後安德彼醫生終於讓步，同意讓母親採用順勢療法，只要我繼續服用該吃的藥物。說得更仔細，以下是他的措辭：無論如何，順勢療法也不會傷害我。

諮詢順勢療法的醫生之後，母親要我服用銅和顛茄（belladonna）。起初，我服用的兩種藥都是12X的濃度，也就是稀釋到萬億分之一的濃度。後來因爲沒有顯著效果，劑量又改成24X，即萬億平方分之一。再來，我服用的顛茄濃度是100X，這種劑量已經更稀釋，也更有效。其實，這個濃度無異是公然侮辱四百年的西方科學。換句話說（這可不是我瞎掰），如果把一個分子的顛茄成分丟入宇宙那麼大的水杯中，我服用的顛茄藥丸濃度也只有它的十的二十次方分之一。

難怪安德彼醫生認爲順勢療法也傷不了我，這種濃度的顛茄恐怕毫無致命可能。然而我是日後才瞭解這些事情，對十一歲半的我而言，採用順勢療法也只是多吃兩顆藥丸。我曾經一天至少吃六顆藥丸，而且連吭都不吭一聲。

因爲我已經無法離開家裡，不能上學，母親就面臨了棘手問題。她不得不工作，但是我人小，病得太重，不能自己待在家裡，她又請不起全天候的保母。母親希望我待在她身邊，癲癇發作時，她才能就近照顧我，然而從店裡開車到家裡卻要花上十分鐘車程。

我們家位於下嘉德里，就在格拉斯頓柏立東北方六哩。你沒聽過也無所謂，畢竟下嘉德里是個小村莊。基本上這裡只有一條筆直的漫漫長路，兩旁是房舍，後方就是草原，中間有個商店街、教堂和郵局。人口約是四一二人，公車班數也少得很。我所想到關於下嘉德里的有趣特色如下：下嘉德里這個名字暗示還有另一個上嘉德里，但其實沒有（而且村裡沒有一個人答得出來爲什麼）。就算以前有那麼一個地方，現在也已經不存在。可能當初取名的人認爲用「嘉德里」當村莊名字很傻氣，所以天外飛來一筆地加了「下」這個字。誰曉得。總之，我們的村莊有這麼一個令人誤會的名字，而且還是本地最有意思的特徵。

回到正題，我們位於下嘉德里的家離母親工作的地點太遠，我白天獨自待在家裡會讓她擔心死，所以我們才會和賈絲婷與小珊交換公寓。對了，我母親除了擁有這家小店之外，樓上的公寓也屬於她。當初她用外公留下來的遺產買下這兩件物業，而外公之所以過世，就是聽到她懷了我，不久便心臟病發，撒手人寰。

小珊和賈絲婷願意交換公寓，理由如下：第一，我們位於下嘉德里的家比店鋪樓上的公寓更大、更舒適。第二，我們家的花園有各種有趣的小動物。第三，她們樂於助人。她們也不介意照顧露西，因爲露西不能一起搬來，畢竟公寓太小，她對附近的巷弄也不熟悉，所以裝設寵物小門並不安全。露西是戶外貓，母親認爲她不會喜歡被關在屋裡。

「至少可以阻止她繼續增產報國。」我氣呼呼地說。

我很生氣，因爲我也不喜歡被關起來。但是我搬家之後才發現，公寓眞的太小，無法再養一隻貓，光是我們母子都快住不下。顯然以前可以容納我們，因爲我在那裡住到三歲左右，但是我不太記得。況且當初我小多了，所以也不覺得那麼擁擠。

公寓的五個房間大小不一，從小依序遞減爲無敵迷你，就像俄羅斯娃娃一樣。唯有母親的房間接近正常尺寸，接著是較小的廚房，更小的客廳。浴室更是超級小到可以同時使用水槽、淋浴間和馬桶，只是會被濺得一身濕。最後，也就是最小的娃娃，就是所謂的箱子房。小珊想辦法塞下一張書桌和椅子，就能充當她不知道做哪門子工作的辦公室。我呢，硬是擠進一張床。所以只剩下一呎寬的地板走道，房門也無法全開。起初，母親堅稱箱子房塞不進一張床，要我和她同房。但是她低估了我重視隱私的程度，無論如何，我決心要把床擠進那個房間。拆掉床腳的輪子、門框的線板之後，我的床如同俄羅斯方塊般，剛剛好擠進房門。接著，經過一番深思，我決定犧牲那一小塊空地，擺設超薄的書櫃。櫃子上就放著檯燈和我的隕石。所以我的房間只有一個地方可以讓我站立，面積比電話亭還小。

我的衣服都得放在客廳的櫃子，不過多數時間我都穿著睡衣。

我的世界變得非常小，如此這般維持了好長好長一段時間。

只要時間夠長，任何事情都會變成慣例，就連癲癇發作也不例外。我已經習慣，最後母親也見怪不怪了。安德彼醫生很早就向我們解釋，癲癇發作看起來比實際情況可怕多了。你不會眞的因此受傷，除非你剛好跌倒撞傷頭，或是在喪失意識時咬斷舌頭。癲癇導致的重傷很罕見，尤其是短時間的發作，我每次大概不超過幾分鐘。

我學會辨識癲癇發作的初期症狀，幾個月後就知道如何減緩發作速度。某些人發作前會有警訊，這就稱為「先兆」，通常是非常獨特的感覺或情緒，例如耳鳴、失去平衡、突然出現似曾相識的感覺。就我而言，先兆從未改變過，一定會突然聞到強烈氣味。聽起來可能很奇怪，其實不然。安德彼醫生說，很多顳葉癲癇的病患都會經歷強烈的嗅覺幻覺。根據我的先兆，他推斷我的癲癇源自嗅覺皮質，進而傳到顳葉其他部位，例如負責記憶和情緒等的位置。

一旦有辦法辨識先兆，瞭解發作過程，癲癇就沒那麼令我手足無措。有時是部分性發作，我並未喪失意識，感覺就像睡著，好比半夢半醒之際，看到腦海中出現許多畫面跳進跳出，就像電影片段。這些幻象依舊很奇特，但是我已經知道是怎麼回事，也就鮮少因此感到心煩。

母親幫我買了安德彼醫生推薦的癲癇的書籍，書上寫到罹患顳葉癲癇的人往往會看到宗教幻象。至於這些內容則和病患的宗教背景與成長環境相關。據稱，有許多人看到各種古怪的幻象，例如天使、魔鬼、耀眼的白光、珍珠白的大門、蓄鬍男子、有許多手臂的大象、聖母瑪利亞、吹喇叭的耶穌等等。

在重複出現的幻象中，我最常看到瘦骨嶙峋的骯髒農夫赤裸著被倒吊在樹上。

「那是『倒吊人』。」我告訴母親之後，她輕聲說。

「我知道那是『倒吊人』！」我咆哮，然後馬上想到自己不該告訴她，這下她肯定會大驚小怪。

「這張牌通常表示惰性，中止的人生。」母親指出。

「我知道『倒吊人』的意義。」我鄭重告訴她。

「你再看到其他畫面，會告訴我吧？」她問。

當時我就決定，往後最好**別**告訴她。我知道她怎麼想，看得出她如何推論。無論安德彼醫生怎麼說，她始終認爲我繼承了「家傳天賦」，開始預測未來，就算沒有，至少也能看清現在。

哪裡也不能去的這段期間，我貪得無厭地大量閱讀，因爲看書是我少數**能**做的事情。我無法出門，又不太愛看電視，除非播的是〇〇七系列的電影。我喜歡看的節目大概只有一個，就是《辛普森家庭》，有時母親關店之後會陪我一起看。多數時候，我都覺得穿睡衣看電視彷彿是重症病人。

但是，閱讀從不讓我自覺是病患。而且書所需的靜心和專注力，有助於減少我每天發作的次數，這種精神狀態對我有好處。

我重複閱讀那本癲癇的書好幾次，接著又請母親幫我從行動圖書館借相關書籍，以及一本人腦與神經學的導讀《大腦天才班》[17]。我也重看了威爾博士寄給我關於流星和隕石的書，作者是住在索美塞特隔壁的威特郡的馬汀・畢契[18]。我最愛的章節是討論人們被一公克以上的流星直接砸到的機率，畢契先生指出，就算是活到一百歲的人，機率也只有二十億分之一。畢契先生說（他出書時尚未發生「伍茲事件」），儘管有幾次都只差那麼一丁點，但是人類被流星所擊而受

17 作者應該是借用著名出版品 For Dummies 系列編造出這本書 The Brain for Dummies，因為臺灣出版社將此系列翻為《天才班》，此處便沿用此譯。

18 Martin Beech，英國天文學家。

重傷的詳細文獻只有一例。這位婦人安妮哈吉斯住在美國阿拉巴馬州夕拉科加，她在一九五四年一月二十八日遭四公斤的流星擊中腹部。那顆流星和我的一樣，都先穿過屋頂，但是她的傷勢較輕微，因爲腹部比頭部的承受度更高。

馬汀．畢契的書裡有哈吉斯太太的照片，畫面中的她站在天花板破洞下，旁邊是夕拉科加市長和警長。市長和警長都對著鏡頭微笑，哈吉斯太太卻全無笑容，死盯著雙手捧著的四公斤隕石，表情似乎很火大。

作者馬汀．畢契先生對哈吉斯太太與她所受的傷論述如下：「這個故事提醒我們，機率再低的事件都可能發生，也的確發生了。」

我很喜歡這句話，還用黑色原子筆畫線。

然而我不只閱讀人腦和流星的書，我的興趣還要更廣泛。我還看了《愛麗絲夢遊仙境》、《愛麗絲鏡中奇遇》。（我那本癲癇的書中提到，路易斯．卡羅也罹患顳葉癲癇，也許這就是他擁有奇特幻想力的原因之一。）我看完路易斯．卡羅的書之後，便開始看更多奇幻小說，多數都是小珊留給我的。我看了《哈比人》兩次，接著看了《魔戒》兩次，然後又看了兩次《黑暗元素三部曲》。之所以都看兩遍，是因爲我太喜歡，一看完就立刻從頭再看。回想起住在箱子房的時光，應該就是這些書籍讓我不致自怨自艾，並且認爲自己的人生還不算太糟糕。只要捧起這些書，我便不再覺得自己被關在狹隘的迷你世界裡，不再覺得自己只能待在家裡、只能臥床不起。我告訴自己，其實我只是被腦子困住，沒什麼大不了。有了其他人腦子的協助，我的大腦可以帶我去遨遊奇趣世界，創造各種美妙的事物。儘管我的腦子出了狀況，但是我認定，這絕非世上最可怕的地方。

出院之後直到今天，我都持續和威爾博士通信。以下附上我從箱子房（二〇〇五年）寄出的信件影本和我收到的回函。

親愛的威爾博士：

謝謝妳寄聖誕卡片給我。木星真是顆美麗行星，不過還是地球漂亮。我很驚訝，原來木星上的大紅斑比整個地球大上三倍，肯定是非常驚人的暴風。木星比我想像中的大多了，如果妳還有行星的其他照片，我也非常想看。通常我可以上網用Google搜尋，可惜我現在沒有網路可用。

抱歉這麼晚才向妳道謝，因為最近常常癲癇發作。也許妳不知道，癲癇發作就是腦波太過旺盛，導致痙攣和幻覺等等。聖誕節之後不久，我在廚房昏倒，醫生判斷我得了顳葉癲癇（TLE），現在好多了。我的神經學家安德彼醫生人很好，開抗癲癇的卡巴氮平給我。以前吃了會覺得很累、很想吐，習慣之後就好多了。

糟糕的是我已經好幾個月不能上學，因為太常發作，症狀也太嚴重了。安德彼醫生說，目前看來，壓力是導致我發作的主因，不過我可以靠幾種練習制止發作。不用上學的好消息就是我可以拚命看書，我起碼看了馬汀．畢契的隕石書五遍，還看了許多關於腦子的書籍。安德彼醫生說，我應該多瞭解自己的病情，我也喜歡研讀顳葉、神經細胞和神經鍵等等的書。我現在才知道人腦這麼複雜，安德彼醫生也說，腦子是整個已知宇宙中最複雜的原子組合，哇靠！我長大想當個神經學家，否則就是立志當天文物理學家。☺

此外，雖然我努力在家自學，地方教育單位還是寫信給我母親，說我若不能去上學，他們就得派家教來幫我上課。幸好我們不必額外付費，全都包含在母親繳交的稅金中了。

再次謝謝妳寄卡片和馬汀．畢契的隕石書給我，希望妳健康平安，研究順利。其他天文物理學家也原諒妳第一個跑來看我的鐵鎳隕石了。我依舊計畫日後要把它捐給博物館，但是現在我想常常看到它。我就把隕石放在床旁邊的櫃子上，起床看到的第一件東西就是它，這樣就太開心了。

亞雷克斯．伍茲敬上

【威爾博士回函】

親愛的亞雷克斯：

很高興收到你的來信，但也很遺憾聽到你病得那麼重。我知道癲癇不好應付，但是我上網查過安德彼醫生，老實說，你找對人了。保持樂觀的心情，相信你一定會漸漸痊癒。

你對科學這麼有興趣真是讓我太開心了！照你的口氣聽來，你似乎已經相當瞭解大腦，相信你一定能成為優秀的神經學家（如果你決定當天文學家，當然更好了）！

既然你這麼喜歡馬汀・畢契的隕石書，應該也會愛看《宇宙：入門導覽》（我隨信附上了）。就當是祝你康復的禮物吧！書裡詳細介紹星星、行星和小行星帶，還有許多用哈伯太空望遠鏡拍下的高畫質照片。

請繼續寫信給我，我很想知道你的近況，尤其想瞭解你的讀後心得！

祝你早日康復

蒙妮卡・威爾（博士）筆

P.S. 請代我問候令堂。

往後幾個月，我越來越明白如何控制病情。安德彼醫生教了我幾招，這些練習都有助於我在發作早期就能加以控制，當然這都在我瞭解先兆之後。這些練習的基礎都是保持鎮靜、警覺和專心，都是將注意力從多餘的想法、情緒轉移到某種精神依靠。

我會注意呼吸，數到五十。我會從太陽開始，依序唸出每個行星和主要的衛星，然後一路唸到庫伯帶[19]。我會列出《辛普森家庭》每個我所記得的角色。我保持鎮定，提高警覺，將所有雜訊趕到腦袋一隅，心無旁鶩地鍛鍊自己的專注力，這種經歷很不尋常。我告訴安德彼醫生，感覺就像絕地訓練。醫生回說，這**就是**絕地訓練。這是某種冥想訓練，可以幫助我的腦子保持鎮靜與

19 Kuiber Belt，存在於海王星之外，遙遠的外太陽系，據推測可能有數十萬個小天體，圍繞著太陽系的最邊緣地帶，此為庫伯帶大體。

祥和。

音樂是我嘗試的另一種力量。安德彼醫生說研究指出，對多數人而言，聆聽音樂有助於減緩或抑制癲癇發作。但是一定要**聽進去**，而且某些種類的音樂又更有效。最理想的音樂應該平靜，而且要具備複雜地恰到好處的結構，樂器演奏的古典音樂顯然效果最卓越。可惜母親沒有幾張古典音樂CD，這個公寓只有五張CD。四張是「舒緩音樂」，有鯨魚、海豚、牧神笙等，另一張則是一九八〇年代的詭異合輯。第一首歌是〈愛諾拉・蓋伊〉[20]，這首老歌出自英國樂團「黑色行列」[21]，歌詞講述原子彈轟炸廣島。第二首是「妮娜」[22]的〈九十九顆紅氣球〉，同樣也是關於反核。這是一九八〇年代的當紅議題，因爲當時美國總統是雷根，大家都憂心忡忡。不過，這都是後來我和彼德森先生長談才知道的事情。

經過一番實驗，我發現海豚的聲音完全無效，牧神笙的效果普通，〈愛諾拉・蓋伊〉讓我病情更嚴重。

地方教育當局派來的家教是蘇麗文老師，她人頗和善。但是政府只支付她一週來上課三小

20 Enola Gay，當初載原子彈去轟炸日本廣島的轟炸機駕駛 Paul Tibbets 的母親就是愛諾拉・蓋伊，飛行員就用母親名字為轟炸機命名。

21 Orchestral Manoeuvres in the Dark，簡稱 OMD，英國電子樂團。

22 德國樂團「Nena」，主唱的名字就是妮娜，這首歌的德文名稱是〈Ne■nundneunzig Luftballons〉。

時，而多數上課時間都在複習我已經會的課程。蘇麗文老師說，當時最刻不容緩的問題就是趕上第二關鍵學習階段[23]的國定課程標準考試[24]，我幾個月前就該參加考試了。她不肯上新課程，不願意教授我在那個年紀**應該**上的中學內容。

「一樣一樣慢慢來，亞雷克斯。」她堅持。

可惜她這種態度導致上課冗長乏味，以致我無法集中注意力。我認定，自己更喜歡穿睡衣在箱子房學習。

我終於獲准參加國定標準考試，也輕鬆過關。但是學習進度已經徹底落後同級生一年，地方教育當局下令，等我回去上中學，必須降級一年，因爲我的程度還不足以落掉一年。

我眞想告訴下達最後命令的人，其實我懂得不少，知道許多十二歲學生**不**知道的事情。我熟習腦子結構和運作原理，可以辨識流星體、流星和隕石的差別。我認得「無球隕石」、「嗅覺器官」、「小腦」等生字，不過這恐怕沒有太大助益。再怎麼說，我的自學內容都太過分散，多數知識都不重要。身爲十二歲少年，有一半我**應該**學習的事情，我都不明白。

23 Key Stage 2，約十一歲學齡兒童。

24 英國國定課程標準考試（National Curriculum Tests，又簡稱為 SATs）在英國行之多年，每年五月間進行，約有六十萬學童參加考試。科目涵蓋英語、數學與科學。測驗結果是每年英國報章媒體上所公布之學校成績紀錄表（league table）的內容依據，而英國家長可依此學校成績紀錄表為其子女選擇欲進入學習的學校。

我知道銥１９３是銥唯二穩定同位素的其中一種，也是非常罕見的高密度金屬，但是我根本不知道有所謂的元素周期表。

我知道十的十八次平方有幾個零，然而我以爲代數是某種池塘中的生物。

我零星學會了幾個拉丁字和少數的精靈語，但是完全不懂法文。

我看過好幾本超過一千頁的書（還不止一次），不過就算看到隱喻也認不出來。

就中學的標準而言，我算是劣等生。

6

歡迎光臨禁閉室

也許你有所不知，在中學，尤其是頭幾年，與眾不同可不受到讚揚，還可說是中學最嚴重的罪行。事實上，與眾不同大概是**唯**一的罪行。聯合國認定的犯罪事實，在中學都不違法。對人殘忍，沒問題。對人兇暴，小事情。討人厭，沒事。膚淺做作，更是好事情。突如其來的暴力行為，有你的。羞辱他人還引以爲樂，正常啦。把同學的頭壓進馬桶，漂亮（而且對方越弱小，馬桶越髒越好）。以上這些事情都不會影響地位，但是鶴立雞群，嘖嘖，那就不可原諒。如果你異於常人，保證立刻被打爲賤民。賤民就是受到主流社會排擠的人。倘若你十二歲就知道這件事情，你大概沒什麼人氣。

格格不入聽起來只是簡單的概念，其實相當複雜。首先，有幾種差異可以接受，只有少數幾種喔，也不會因此被丟泥巴或石頭。例如你家超級富有（而且致富的方法受人贊同），有三部車（必須是大家都覺得正點的車），可能就沒問題。第二，有幾種差異可以相互抵銷。例如你幾乎每科都差到爆，卻恰巧有異常優異的手眼或腳眼協調性，也就是你特別擅長運動，那麼你絕對不必擔心。

其實令人不快的特立獨行才算不名譽，這又可以分成好幾種類別。

1. **窮光蛋：**這種罪行最糟糕，而且不如表面這麼顯而易見。所謂的「窮光蛋」是沒有該擁有的物品，例如：耐吉慢跑鞋、恰當金額的零用錢、PlayStation、Xbox、手機、液晶電視、臥室裡的專用電腦，諸如此類等等等等。只要沒有上述物品，就算你家不是眞正的貧戶，你還是會被歸類爲窮光蛋。

2. **外表與衆不同：**太矮、太瘦高、太多斑點、暴牙、戴牙套（以防暴牙）、太瘦、太肥（就等於**非常肥**）、太多體毛、體毛不夠多、太醜、口吃、聲音頻率不受歡迎、口音不受歡迎、體味不受歡迎、四肢長短不合比例、斜視、近視／眼鏡太醜、身體有腫塊、駝背、太多雀斑、有明顯可見的大痣、不討人喜歡的膚色、體弱多病、殘障、骨架大小不討人喜歡、一頭紅髮。

3. **心智與衆不同：**太聰明、太笨、太用功、太書呆、嗜好或興趣太詭異、只是太詭異、不正確的幽默感。

4. **親友令人無法接受：**與有上述罪行的人當朋友，或者犯了以下罪行，就算你被迫住在他們家。父母不讓你做你該做的事情，也就是其他同學顯然都在進行的事情，這點也是絕對不可饒恕。

5. **同性戀：**這和你如何處置私處竟然沒什麼關係。（也許應該說是，你**喜歡**如何把弄私處。）這個罪行和心態比較有關係，在某些較罕見的案例中，有時也和你的生理狀態有關。這可以歸到第二或第三類，涵蓋範圍又遠超過這些項目。因爲這種特別的指控太常出現，當然需要自成一類。其實最清楚的解釋方法，就是明白舉出實例。

男孩展示多愁善感的那面，肯定是同性戀。富有同情心，娘砲。哭泣，超級大娘砲。看書，通常是兔子。欣賞某些歌曲和音樂，同性戀。喜歡〈愛諾拉．蓋伊〉絕對是G佬。聽情歌，同性戀。愛情本身更是娘得一塌糊塗，其他真心誠意的情感也很娘。唱歌，軟趴趴。不過哼歌可不算。打手槍比賽，很好。足球比賽時，男生抱成一團，不娘；賽後一起淋浴，超man。（同性戀的定義不由我規定，我只是客觀轉述。）

女生也可能被稱作同性戀，但是她們不容易落入這個範圍。而且女生不常說其他女生是蕾絲邊，這點不同於男生。說女生是同性戀，就管她叫T，理由包括四肢粗壯、髮型難看或穿平底鞋。

通常要犯上好幾個罪行（或是在某種分類中罪行嚴重），才會永久不得翻身。不過你也許已經發現，我符合每一項。

1.我是窮光蛋：母親生意興隆，有一棟平房、一間公寓和一部車，相較於其他單親家長，她簡直是女強人。但是我先前解釋過，中學生對窮光蛋有不同的定義，就算我影印母親的存摺給大家看，同學還是認定我窮酸到家。我的罪證確鑿，該有的東西我一樣都沒有，所以我就是窮到家。

2和3，羅患癲癇表示我在外型和心智上都有顯著的不同：我的身心都有病，體型矮小，很晚才開始發育。幸好我晚一年就讀，但是比同學大一歲在許多方面都沒有好處。更證明我可能是智障兒，儘管我具備豐富的怪知識（都不是中學生該瞭解的事情），而且還非常用功。我之所以與眾不同，是因爲全班只有我看起來既聰穎又駑鈍。

4. 你已經認得我母親了。

5. 我的個性和興趣都超級超級娘。

不用說，我進中學頭幾年並不是太愉快。

我中學就讀亞斯奎斯學院，母親選這家是因爲它的成績優異，資源豐富，擁護「雋永」的價值觀。（亞斯奎斯學院在簡章和網站上都寫著：「擁有雋永價值觀的現代學府」。）如果是**她**被迫上這所學校，她一定恨死了。然而我說過了，適合她與適合我的規則有所不同。對她而言，最重要的事情就是可以暢所欲言，自由追隨她的美好信仰，無論那些信念有多少邏輯謬誤。對我而言，最重要的事情就是我的考試成績優異，**日後**才有機會決定自己的志願。如今我罹患癲癇，這點愈發重要。母親認定，我絕對不能落後同儕，也堅信郡裡沒有學校敢拒收我。無論校園多小都不重要，校方膽敢拒收就是歧視。

亞斯奎斯學院以羅柏．亞斯奎斯命名，此人出資打造這家學校，至今還持續支付校方開銷。我們學生在第一年就知道，羅柏．亞斯奎斯是白手起家的富翁，這是最完美的模範之一。起初他的公司幫滑鼠打造滾輪，而且有好一段時間都無人能出其右。後來有家新公司做出更好的產品，羅柏．亞斯奎斯便買下競爭者，再加以解散，這就稱爲自由市場。之後他將工廠轉往中國，那邊多數人民都是農夫，樂於比英國人領更低的工資，這就稱爲全球化。後來因爲雷射光問世，滑鼠不再需要滾輪，因此中國的工廠必須關閉，中國農民失去薪水超低的工作，就像當年英國工人一般。但是這時羅柏．亞斯奎斯早就把錢投資在軟體、電子科技和電子顧問之類的領域。

儘管羅柏・亞斯奎斯的故事包含了許多試驗和苦難，卻又非常激勵人心。背後的寓意就是努力工作，永遠別放棄。

亞斯奎斯學院的架構仿效金主十一歲到十八歲待過的中學，那所學校位於謝普頓馬利特附近，一九八〇年代因爲鍋爐室意外被炸成焦土。幸好爆炸事件發生在清晨，除了一名工友之外，無其他人身亡。

亞斯奎斯學院不太可能爆炸，因爲中央暖氣系統是埋在地板下的先進設備。本校還有個拉丁校訓，寫在所有校徽和信頭上的小旗幟中。這個校訓和亞斯奎斯先生被炸掉的中學院一樣，就是 *Ex Veritas Vires*。

翻譯過來就是：「歡迎來到禁閉室。」

開玩笑啦。這才**應該**是我們的校訓。

Ex Veritas Vires 的意思是「眞理生力量」！

好一個高貴情操，但是我不確定學校是否把這個精神發揮得淋漓盡致。

在亞斯奎斯學院，學習以成果論。學生學習如何考高分，所以校方才會年年在國考中交出亮麗成績。這的確有它的道理。不會出現在考試的知識就不値得學習，這就是亞斯奎斯學院的政策。如果我們還需要更多靈感，可以回想富可敵國的金主的傳說。學習不一定要帶來樂趣，學習有益對將來有幫助。只要我們努力上課，通過考試，永不放棄，總有一天也能和羅柏・亞斯奎斯一樣坐擁金山銀山。

成果論的教育表示講課往往流於塡鴨，學生必須學習許多事實，還要學習對這些事實該做何感想。我並不介意學習事實，可喜歡著呢，但是如果能知道來龍去脈就更好了。就拿物理學而言吧，老師教了所有關於重力的事情，教了F＝ma，教了牛頓的運動定律，還要我們逐字背誦，然而我們對牛頓的事情卻一無所知。我上網查詢他的資料，發現牛頓這傢伙既詭異又有意思，原來他因爲被關在家裡躲避鼠疫（只能優游於腦海），無事可做之餘才發現重力和運動定律。這就有意思了。我還查到他發明新望遠鏡，而且耗費許多空閒時間想把賤金屬提煉成黃金。這些事實也相當引人入勝。此外，牛頓隨時都像瞪著別人，還有一頭白髮，頭號敵人就是可能有嚴重駝背的羅柏・虎克。這些事實的確饒富趣味，顯然科學界也有精采故事和人物，但是自然老師卻從來不提。我不是要學生花好幾小時聽牛頓的生平傳記，但是能聽個五分鐘就太好了。略微認識牛頓，F＝ma公式就更能啓發人心。可惜認識牛頓對考試無濟於事，當然也就沒有必要學習。

你可能已經猜到，亞斯奎斯學院的校方頗古板。學生必須稱呼男老師爲「先生」，稱女老師爲「小姐」。只要有成年人走進房間，大家都得起立表示尊敬。所有事情都有所謂的正確做法，每件事情務必正確完成。站要有站姿，坐要有坐相，握手要有適當的方法，打領結需有特定的步驟，說話該有正確的措辭。其中又以正確的說話方法尤其重要。

副校長崔史東先生是我從七年級到十一年級的英文老師，也是負責英文絕對不遭褻瀆的主要把關人，無論是寫作或日常哈拉都要一板一眼。崔史東先生要求任何字都要好好發音，最好不要有任何口音，例如「西南部的鼻音」。他也堅持要我們用完整句子，而不是次級的衍生字。要說「哈囉」，別說「嗨」；要說「是的」，別說「對啊」、「哼啊」、「對」或「嗯哼」。崔史東先生很快就發現我的問題，就是我習慣用模糊又多餘的口語，尤其是我試圖解釋某件事物時。我太常說「例如」，字句鮮少用對場合。我要說「非常」，卻選用「相當」。我把「你知道」放在句子中間，當成無意義的贅語。（他不知道，所以我才告訴他啊。）最糟糕的是我說的話一旦超過三句，中間一定會用「有一點」當修飾語。這種慣用語在英文中根本毫無容身之處，如果我要用修飾語，他建議我用「非常」、「頗」、「主要」或「多數」。以上這些字眼都好過我悲慘地重複字句。

儘管我現在使用這種說法的頻率已經降低，但是五年後，我認定崔史東先生對「有一點」的嫌惡有一點不公允。有時，這個說法顯然太多餘或太簡短，放在某些句子中也許太缺乏文采，但是並非毫無例外。舉例來說，我就不會說「南極洲有一點冷」，或「希特勒有一點邪惡」。然而世事不是非黑即白，這時「有一點」反而最到位。例如我說我的母親有一點特別，我還眞想不出其他措辭呢。

就崔史東先生而言，刺耳的「有一點」是我的英文問題中最令人惱火的一環。理論上，他說我應該努力從更基礎的層面，解決我對修飾語的依賴。崔史東先生堅信，永遠都有適切的字眼可用。畢竟英文是世上最豐富的語言，如果找不到恰當的用法，發現自己說得又模糊又令人難以理解，這就表示你的字彙能力有待加強。因爲絕對有相對應的字眼，那個字彙還急著認識你呢。

在亞斯奎斯學院的頭幾年，我不斷加強自己的語彙。由於我廣讀群書，尤其是晦澀艱深的醫療和科普書籍，往往碰上其他人也不懂的生字。然而我依舊發現，只要自己一張口，一旦試圖解釋某些事情，我就很難找到適切的語彙。後來，我每次想不到該用哪些字眼，就習慣想像彼德森先生的反應，他總是有辦法直搗黃龍，而且還說是「廢話少說」。

至於崔史東先生嘛，我想彼德森先生肯定會說，崔史東先生屁眼一定給堵住了。

亞斯奎斯學院充滿許多古怪的矛盾。校內有超摩登的建築物（我就讀時也才只有五、六年的歷史），卻有古老的拉丁文校訓。中庭的建材是不鏽鋼和玻璃。學生在課堂上學習如何通過考試，下課學習正確的語言、舉止和儀態。亞斯奎斯學院不斷努力提升學子的道德倫理和價值觀，但是就許多案例看來，校方這場仗是必輸無疑。我早先提過，校內有許多學生都不太文明。有些人甚至不算**進化過**，充其量只能說極度表裡不一。他們學會在監管的場合中行禮如儀，在其他地方則活像大猩猩。

我那個學年的大猩猩都有一目了然的綽號。有個傑米・艾斯卡，無論朋友或死對頭都叫他「傑米艾變態」，因爲他在鄰居家池塘幹下那樁好事。另外還有個萊恩・古文，綽號「猛文」或「阿猛」。這個名號不是因爲他把妹有一套，也不是因爲他的遺傳基因優良（這點我相當懷疑），而是因爲他一記滑鏟導致彼得・多夫因此入院。另外還有個狄克倫・麥肯錫，多數人都叫他「K倫」，不過這只是名字縮寫，也更不過他湊巧喜歡海K別人。艾變態、猛文和K倫組成可怕的霸凌聯盟。學校也有其他惡霸，之所以特別提到這三個，是因爲他們剛好都住在我家附近。我們搭同一班校車，我最常碰到這幾個混混，而且在我的故事中扮演重要的角色。

狄克倫・麥肯錫是這幫人的老大，卻不是因爲他最強壯、體格比人魁梧一倍半的猛文三兩下就能解決他。他也不是世上反應最快的傢伙，艾變態比他更聰明、更冷血。他只是三人裡面嗓門最大、最有侵略性的人。我不確定野外的運作方式，但是就我們的操場而言，狄克倫・麥肯錫純粹憑著他個人的意願就當上老大，就因爲他堅信自己有權利一統校園。猛文和艾變態只是他的手下，忠心的嘍囉。

金字塔底端飽受欺負的人也會被取綽號（多半是傑米艾變態胡謅的），有伊恩屎尿（本名是伊恩．史坦菲爾德）、吉普賽強森、布萊恩乞丐畢斯佛（他母親堅持幫他修補衣服也不肯買新衣）、鼻涕王喬治傅萊德曼等等。至於我呢，則有各式各樣的外號。有一陣子是「亞歷爬帶」（根本就是抄襲哈利波特，因爲我有明顯的傷疤，母親是巫婆，動不動就癲癇發作，所以肯定是傻子）。後來又有怪咖伍茲、打手槍伍茲等類似的名字（手槍怪、打不停、抽不停）。幸好沒有一個受歡迎，同學大多叫我伍茲，我眞希望自己就像這個姓氏一樣普通、常見、沒有特色又平庸。

7 雜酚油

有兩點懇請大家想一想。

1.現實人生沒有眞正的開始或結束。事件紛湧而至，越想把它們獨立放進盒子裡，越是四處流洩，就像沖破堤防的運河。所以我們所謂的「開始」和「結局」，在現實生活中往往也是無可區分，根本就是同一碼子事。這也是死神牌的象徵之一，結束也意味嶄新開始。

只有故事才有清楚的開頭和結尾，而且還是從各種可能性所組成的深井裡萬中選一。我的故事大可以從母親如何受孕說起，或從她的青春期開始聊，也可以從太陽系起源——四十五億年前，太陽、行星、小行星帶產生——侃侃而談。就算從以上各個時間點細說從頭，合理性也不輸我最後的選擇。

2.宇宙既有秩序又混亂。有大規模的機械決定論[25]，例如牛頓的運動定律、重力、撞球、彈道學、天體軌道。另外還

25 mechanical determinism，所有的事物（包括人在內）都是由物質粒子構成，而物質粒子根據機械法則盲目地運動，沒有目的，沒有意圖，也就沒責任。

有混沌理論，這還是某種決定論，只是更深奧複雜。我們很難瞭解或預測混沌系統，因爲任何微小的改變或震動都有莫大的影響（也就是所謂的蝴蝶效應）。就次原子等級而論，還有所謂的量子隨機性，不確定、不可知、機率遊戲和或然率取代標準的可預測性。更遑論還有自由意志了。

混亂中也可能理出秩序，顯而易見的次序中也可能看到混亂。秩序和混亂是模稜兩可的概念，就像喜歡互換衣裳的雙胞胎。秩序和混亂經常交互出現或有所重疊，如同所謂的開頭和結尾。世事往往比表面更複雜，或更單純，就看你用什麼角度檢視。

敘述故事就是試圖將複雜的人生說得較簡單，想辦法從混亂中找出秩序，從雜亂無章中找出模式。其他方法還包括塔羅牌和科學。

我即將描述的這刻是某些混亂事件的最高峰，也是另一階段的開端。這一刻讓我想到人生竟然如此井然有序，又如此紊亂不堪。不但是結束，也是個新開始。

這一天是二〇〇七年四月十四日，星期六，馮內果[26]二天前才過世，但是我日後才曉得，當時我從沒聽過馮內果先生。

我到村莊的商店買幾樣必需品，正要走風景優美的路線回家，也就是繞過教堂後方、經過鴨子池塘，跨過矮梯，走上騎馬小徑，經過菜園和房舍，離開小徑改走侯登街，穿越接吻門，經過

26 Kurt Vonnegut（1922~2007），美國當代幽默諷刺大師，著有《沒有國家的人》、《第五號屠宰場》等。

路口，然後走一小段馬路就到家了。我拿著母親的麻布袋，上面用綠色墨水印著「減少、循環、再利用」。我很清楚自己不該提這種模樣的布袋在外面晃蕩，但是我只是去趟商店就回家，而且下嘉德里又不是時尚之都米蘭來著，應該無所謂。結果證實，我錯了。

「袋子很正點啊，伍茲！」

K倫麥肯錫正坐在教會墓園牆上，喝著「紅牛」，這種提神飲料含有咖啡因、牛磺酸和大量的糖分。一如以往，兩邊坐的就是猛文和艾變態。猛文的耐吉棒球帽壓得超低，幾乎蓋住整張臉，手上拿的粗樹枝大概是從橡樹或梧桐樹上落下的。他拼命用樹枝戳泥巴地，那副模樣彷彿原始人剛發現自己有大拇指。艾變態正在捲菸。他**無時無刻**都在捲菸，沒有十二歲少年抽的菸多過艾變態捲的數目。沒有師長監督的時間非常少，艾變態私下可能忙著鬆開紙菸。我不知道。我一不注意竟然闖進他們的地盤，原因就是先前太專心看雜誌封面，現在它已經被我丟進母親那只丟人的布袋裡。這個舉動實在不智，他們只會因此更注意這本雜誌和袋子。

「裡面放了什麼，伍茲?」

我盯著地上往前走，這是唯一的明智對策。我馬上就能安全離開，繼續走我的路。

「袋子裡有什麼?」K倫咆哮。

「那不算袋子吧。」艾變態補上一槍。

「應該說是垃圾袋，」K倫修正。「裡面有什麼?」

「沒什麼。」我鎮靜地說，可惜語氣毫無說服力。

其實袋子裡放了我幾天前才訂購的最新一期天文雜誌，以前我都請商店代訂；一箱貓食給又懷了小寶寶的露西；我打算拿來餵幾週大的鴨子寶寶的葡萄。這些東西不值得大聲宣傳，尤其是葡萄。因爲餵小鴨子肯定是最娘砲的事情。

我想閃開他們，但是猛文伸出怪物般的粗壯手臂擋住我。

「別這樣，伍茲，」艾變態奚落我。「大方點。」

「只是**隨便買買**。」我低聲說。

「嗯，」K倫深思。「隨便買買，很可疑喔。」

他捏扁手裡的紅牛飲料罐，隨手往後丟到墓園。罐子先砸到某個墓碑，最後才落在生前是個好丈夫、好父親的爾尼斯特．夏沃斯的長眠之地，途中還驚擾了一隻黑鸝。

「天啊！」K倫突然大聲說，彷彿突然福至心靈。「不會是A書吧，伍茲？」

「可能是同志A書，」艾變態解釋。

「**顯然是**，」K倫附議。

「嘖嘖嘖，」猛文咂嘴。（對猛文而言，這已經算口齒流利了。）

「是A書，對不對？」K倫重複。

顯然這個問題怎麼答都不對，不回答才是上策。如果我說「對」，他們就會說我是性變態，然後把我袋子裡的東西都倒出來。說「不是」，他們就會說我沒老二，然後把袋子裡的東西都倒出來。我應該繼續維持緘默，結果我選了最糟糕的第三個選項，竟然想用邏輯打敗白癡行爲。

「不可能是A書，」我說。「因爲那家商店不賣A書，也沒有同志A書。」

這句話引來一陣嬉笑怒罵。

「是啊，他媽的問你最清楚了，對不對？」K倫問。猛文開始猥褻地摩擦樹枝，他的動作應該是這個意思吧，否則就是想辦法用它生火。

「我要回家了。」我踏上馬路，步伐大到足以遠離猛文的樹枝，然後快步往前走。

可惜，被欺負的人無法決定何時喊停，擅自決定中止鬧劇免不了招致惡霸報復。我立刻發現他們跳下圍牆跟上來，離我只有幾公尺。

「別回家嘛，伍茲，還有好幾個小時才天黑。你的媽咪不會不開心啦。」

「他的媽咪可能騎掃把出去了。」

我咬牙忍下來，加快腳步。母親的掃帚只是裝飾品。

「伍茲，你爲什麼不喜歡我們？爲什麼不肯當我們的朋友？」

我應該不必解釋這是反話，而且是王爾德口中最駑鈍的一種。可是王爾德顯然沒聽過火燒自己放的屁，這在我的學校也是相當受歡迎的幽默舉動。

我保持冷靜往前走，看著胸膛因爲呼吸而起起伏伏。有東西打到我的肩膀，我摸了一下，是泥巴。（至少我希望只是泥巴。）我保持冷靜。我繼續數到十，想像每個數字寫成金色斜體的模樣。一、二、三……又有一團東西掠過我的右耳。靠，所有人都死到哪裡去了？遛狗的人呢？慢跑的人呢？郵差呢？那是個晴朗無雲的日子，爲什麼每條車道都是空的？我感受到做噩夢的無助，也不知道自己該怎麼辦？我**能**怎麼辦？（跳過教堂圍牆，短跑衝過墓園，狂敲緊閉的橡木大門，嘶吼著「誰來救救我」？）

我拐彎時又加快速度，矮牆就在前方了，依然不見半個人影。我開始計算自己能否甩掉這些人，結果似乎不可能。儘管我的病情已經好轉，在某個程度而言，我還沒擺脫穿睡衣在家裡晃來晃去的「胖嘟嘟」體型。相反地，這些惡霸都是足球隊員，但是也全都抽菸。希望生物老師班克斯先生沒說謊，抽菸果眞有損肺活量，聽起來是有那麼點道理。至於抽菸會妨礙成長，顯然是瞎說。

又有個東西打到我的背部，緊接著就是一陣歡呼聲。

我的沉著就在此時跳船逃逸，理智也慌慌張張地繞著圈圈蹦跳。接著雙腿和脊椎決定發動政變。沒時間等主將下令：我們要閃了。

許多越過新皮層[27]的決定都糟糕透頂，這個也不例外。只要我繼續不回應，這些惡霸可能很快就覺得無趣，所以被獵殺的小動物才會裝死。但是我一旦拔腿逃跑，他們便開始追逐，我們四個就成了命運共同體，而且賭注也提高了。等他們抓到我，就不得不採取行動，不能放我走，不可能突然後退，只說幾句難聽話就放開我。他們一定得逮到我，對我吐口水，可能還會剝光我的衣服，把我丟到最近的蕁麻叢中。侮辱步驟已經結束，痛苦現在才要開始。

我沒走岔路到鴨子池塘（如今鴨子寶寶必須自求多福，我死了對牠們也沒好處），繼續全速往前衝。我因為突然開始奔跑，所以領先，可以順利越過矮梯，這對追我的那三個人而言就是個小障礙，因為他們要先講好再輪流上下階梯。然而我的優勢維持不了多久。就像所有獵

27　大腦最外層的皺褶組織，主掌思考、認知。

物，我有較強烈的逃命誘因。但是我開始懷疑，掠食動物才更有殺力。此外，我還有個累贅的購物袋。袋子雖然不重，總是礙手礙腳。露西的貓罐頭上下跳，規律的聲響猶如軍鼓。我的心臟也怦怦跳，還能聽到耳朵裡的血液奔流聲，聽到上氣不接下氣的濃濁呼吸聲。此時還是一個鬼影子都沒看到。

我回頭，這個舉動浪費時間又冒險，不過也因此知道我們的距離既未縮短，也沒拉長。他們離我的距離大概還有一部卡車遠，卻沒有放慢速度的徵兆。這對他們而言就像運動，無異於足球練習。我清楚知道，早在他們累到決定不追之前，自己有一部分，例如雙腿、肺部，一定會先放棄。在寬敞的空地奔跑，我絕對沒有機會跑贏他們。我離開騎馬小徑，跨過泥濘的空地，奔向遠方的樹籬，暗自希望從那裡回到文明世界。

腳下的土地凹凸不平，我的腳痛、腿痛、胸口痛，頭也痛。前方有條排水溝，狹窄的棕綠色水溝之外就是我的目的地了。我幾乎沒放慢速度，滑步衝下，跳躍，爬上較遠的堤岸，連跑帶跳地來到樹籬邊。我回頭看，他們三人都在水溝的另一側，我已經無法再跑，穿越樹籬是唯一的選擇，雖然現在看來實在很無望。這道籬笆是由成熟的針葉樹所組成，每棵都種得很近，就是為了讓樹木形成茂密又糾結的暗色樹牆，以至於一般體型的正常人看到都曉得不可穿越。但是我這個一般體型的人早已經把理智丟在教堂後面的巷子裡，因此我把母親的袋子舉到胸口，硬從兩棵結實的樅木中穿過。一片黑暗吞沒了我，有東西被扯掉。斷裂的樹枝掃過我的臉，針葉扎著我的手。我緊閉雙眼，低頭往前走，猶如死命向前衝的鬥牛。然後，周圍沒有任何阻礙了，我迎向炫目的陽光。有東西被我踩斷，好像是株小植物或灌木。我聽到針葉樹叢外的吼叫聲，然後一陣樹枝、石頭、爛泥開始落到我附近。

我迅速掃視周遭環境，這是某人的狹窄長型院子。房子周遭都是樹木和格子棚，我的左方有個儲物間，右側是溫室，遠處有高大的圍牆。後方傳來窸窣聲，我的雙腳已經累壞，一停下來就沒辦法再跑了。現在我只能蹣跚地走向儲物間，門沒鎖，這是今天第一次也是唯一走運的一次。一走進去，我便開始尋找用得著的東西。有老舊的花盆、一小段水管、幾枝竹竿、一雙園藝手套、一支生鏽的耙子。只剩下一丁點氣力的我想辦法拖來一袋極重的堆肥靠在門邊，我就坐在堆肥袋上，背抵著門，雙腿緊貼身子，全身動也不動，猶如奈米碳管[28]中的原子。

一秒後，有人想打開門。力道越來越大，還有人捶木門。但是這扇門顯然動也不動，因爲另一側頂住門的力量太大了。

外面傳來許多辱罵聲，接著有人打破玻璃，又是一陣叫囂。最後一切歸於寧靜。

我數到一百。

等我向外看，已經沒有人。但是從陽光底下閃閃發亮的碎玻璃數量看來，大半的溫室應該被搗毀了。後來，我才發現只碎了七面玻璃，但是當時我恍惚得無法看清楚。三個惡霸跑了，現在不必只顧著專心保護自己，我的心思又開始迅速原地打轉。我知道要想辦法鎮定，必須坐著不動，屏氣凝神等這個階段結束。

28 carbon nanotube，著名的奈米材料，不但柔軟，且強度佳。製成光纖的硬度是鐵的一百倍，重量僅有鐵的六分之一。

我回到陰暗的儲物間，避開室外的亂象，坐在地上，背抵著較遠的那面牆，雙手捧著頭。當時我已經非常錯亂，雖然努力想集中注意力，但是儲物間的杏仁糖和雜酚油味道搞得我心神不寧。現在要離開已經太晚，此時任何動作都會讓我的病情加劇。我必須動也不動地坐著，逐一完成所有練習。我看到戰車、腳步紛亂的馬兒。我努力呼氣、吸氣，開始列出質數。我看到黑鸝繞圈圈，覺得氣力耗盡。

不知道過了多久，當我終於清醒，氣氛已經截然不同。某件事物使我醒來，有股空氣穿過雜酚油，儲物間的門被完全推開，門口有個人，人影周圍就框著夕陽的餘暉。

來人是個男性。門口有個朦朧的男子身影，他拿著一根棍狀物指著我，而且是根長長的圓柱，在一片黑暗中發出模糊的閃光。心臟差點從我的嘴裡跳出來。

他拿槍指著我。

8

懺悔

「別開槍！」我大叫，雙手舉到頭上。「我是癲癇病患！」我補充。我不知道自己為何補上這句，可能是太想解釋以致精神錯亂，也可能是懇求槍手大發慈悲。

槍管杵體依舊對著我。

我覺得腸胃開始結冰，眼睛泛出淚水，以致死前最後一眼中的景物輪廓都變得模糊。然後暗處突然出現一圈亮橘色，我以為會聽到子彈被擊發的聲音，聞到火藥味道。結果只聽到隱隱約約的劈啪聲，聞到濃烈的西洋芹味道。我還以為癲癇又要發作了。

「喂，」我的處決者問，「看在他媽的耶穌基督份上，你要不要說說你為什麼跑來我的儲物間？」

我不意外聽到他一口緩慢的美國腔調。在我當時胡亂編織的夢魘中——除了要歸咎於瞎恐慌，好萊塢電影也不可卸責——我即將遭到牛仔殺害似乎合情合理，而且也沒時間問他為何褻瀆耶穌。

「怎麼樣？」那個聲音催促我。「怎麼了？貓咬了你的舌頭？」

「休息！」我尖叫。「我只是來休息！」

這個回答引來尖銳的哼聲，彷彿憤怒狗兒的警告吠叫。「我猜打爛別人的溫室顯然讓你累壞了，對吧？」

我什麼也沒說，因爲我的腦子在碰上危機時並不可靠。

「休息完了嗎，小鬼？準備出來談談，還是要我等等再來？」

我衡量了幾個選擇，判定自己寧可站著死在陽光下，也不想蜷縮在暗處死去。結果我試著起身，雙腿卻發軟。我只好放棄，把頭埋在雙臂裡。

「如果你要殺我，」我乞求。「希望你動作快。」

「你胡說什麼，小鬼？」這個牛仔又吸了一口西洋芹昔菸。「怎麼回事？你腦袋秀逗嗎？」

我拚命點頭。

「快點，站起來！」

牛仔走回陽光底下，讓路給我走出去，同時也把槍放低，這時我才看清楚。那是三呎長的鋁合金，還有灰色的塑膠把手。是枝拐杖。

腹部的冰塊漸漸解凍，手腳又恢復知覺，我呼了一口氣，全身細胞再度復活。我起身慢慢走到光線下，死而復活，也準備面對即將到來的懲罰。

恐懼使世界扭曲。恐懼讓人將影子看成魔鬼。這是我最後學到的教訓。

逮到我的人並不如我想像中那般邪惡、凶狠。他完全得靠枴杖才能行走，右腳明顯不良於行。他雖然削瘦卻有肌肉，臉孔蒼白、憔悴，遍布銀白色的鬍碴。兩側太陽穴有凌亂的頭髮，頭頂卻很稀疏。他年紀老邁，唯一符合我在暗處所想像的權威人物形象就是那雙眼睛。那對眼睛目光銳利，閃爍著灰色光芒。他的聲音則是冷酷、銳利。

「你不會突然落跑吧，小鬼？」他問。

我搖頭。

「你保證？」

我點頭，依然不發一語。

他用拐杖指指我。「那裡有不屬於你的東西嗎？」

我目瞪口呆，毫無頭緒。

「我說你的袋子。袋子裡有什麼？」

我目光往下移。我還抱著母親的袋子，緊緊地捧在胸口守護著。此時舌頭不打結了。「貓食！」我脫口說出。「貓食、一本雜誌和半串葡萄。這都是我的東西，你可以拿去看，我不是小偷！」

「只是喜歡破壞別人的東西？」

老人以鋒利的眼神打量我，然後搖搖頭，把菸丟到地上，用左腳踩熄。

「我說啊，我看過很多蠢頭蠢腦的犯罪行爲，你這個大概第一名。我知道破壞狂不見得聰明，但是無論從哪個標準來看，你這個行爲實在是他媽的莫名其妙。」他先用拐杖指指溫室，又指向儲物間。「問你也許是浪費時間，你大概也無法解釋吧？」

「不是我。」我解釋。

「我懂了。那是誰？」
「其他人。」
「哪些人？」
我強忍住。「總之是其他人就對了。他們先前正追著我跑。」
「好。現在他們人呢？」
「我不知道。」
「顯然人間蒸發了？」
「可能從樹籬鑽出去了。」
我們都轉頭看樹籬，如今看來是堅不可破的深綠色樹牆。
「你的朋友一定擅長表演脫逃術。」老人說。
「他們不是我的朋友！」
他盯著我看了很久，再度搖頭。
「你有名字吧，小鬼？」
「亞雷克斯。」我小小聲回答。
「就是亞雷克斯？」
「這是亞雷克斯桑達的簡稱。」我仔細說明。
逮到我的人嘖了一聲，皺起眉頭。「你父親是誰？」
「我沒有父親。」

「懂了，是聖靈懷胎來著！」

幸好我知道這句話是諷刺。表示我就像耶穌，不是男女性交後的結晶，因爲性愛在聖經上是可怕罪行。

「我不是這個意思，」我說。「我有父親，只是母親不確定他是誰，我是在一般情況下受孕。地點就在史前巨石群附近。」我補述。

「你母親似乎是個傻B。」

「她現在過獨身生活。」我說。

「好，這些事情都很有意思，不過我們廢話少說。小鬼，告訴我你媽是誰，我要她的名字，給我**全名**。」

「蘿文娜．伍茲。」

他眨了好幾下眼睛，然後發出短促，猶如犬吠的笑聲。「媽媽咪啊！你就是**那個**小鬼？」

除了發語詞之外，陌生人知道我的身分之後常有這種反應。

老人歪著頭，我看得到他正在仔細打量我右邊太陽穴的白色傷疤，那個位置還是長不出頭髮。

我耐心等候。

老人呼出一口氣，又搖搖頭。

「你媽人在哪裡？」他問。「在家嗎？」

「她去上班了。」我說。

「好吧。告訴我，她幾點回家。」

我注視著散落一地的碎玻璃，咬住下嘴唇。

★★★

此時我應該略作解釋。

那個週六有兩件事不能告訴我母親。可惜我的故事少了這兩件事情，就只是毫無意義的斷簡殘章。

第一，我不能把追我的惡霸名字告訴她，否則等於是自殺。我確定，唯有保持緘默——而且在逼迫之下，我大可一吐為快卻沒說——才能擔保我在往後幾週保全小命。那三個惡霸沒遭到執法單位逮捕，應該不會再冒險。所以他們暫時，希望可以維持好幾個月，也只能另外找人欺負了。

第二，我不能提起癲癇發作的事情。就目前的情況看來，我已經很有可能失去難能可貴的自由。只要母親有半點懷疑我發作的狀況像以前一樣，我又得戴上手鐐腳銬，全天候被關起來。我會失去週六。我會失去週日。我會失去放學的午後光陰。我恐怕無法說服她這只是偶爾發作，儘管各種證據顯示，我靠藥物和冥想已經控制住病情。

因此我的辯詞從頭開始就不可信，在她看來只有幾點無可反駁的事實：我私闖民宅；有個溫室遭到損毀；我因為沒有悔意，或是單純蠢到極點，所以並未逃離犯罪現場。

母親心煩意亂。

「雷克斯，你**怎麼可以**做這種事情？」她問。

「我說過了，不是我！」

「我不是要把你撫養成喜歡胡亂破壞作亂的小朋友。我希望你有爲有守！希望你友善、謙恭有愛心！而且要誠實磊落！」

「我的確有爲有守啊！」

「你的行爲正好相反。」

「這又不是我幹的好事！」

「對，你說過了。我也很想相信你，雷克斯，眞的。但是你讓我沒有理由相信你。」

「那是因爲妳都不聽我說！」

「把幫凶供出來，也許我就會聽了。」

「他們不是我的幫凶，他們做的事情不能算到我的頭上。」

「你繼續袒護他們，就算是幫凶！你也脫不了罪。」

我低著頭皺起眉毛，想辦法反駁這種說法。

「告訴我，這些人是誰。」母親重複問。

「我說過了，就是村莊某些小孩。」

「名字，雷克斯，我要他們的名字。」

「他們的名字不重要，重要的是這是他們幹的，不是我。」

「雷克斯，事情很簡單。如果你不說哪些朋友做出這種事，就得獨自扛起所有責任。」

「他們不是我的朋友！妳到底是哪句話聽不懂？」

「少跟我耍嘴皮子！快把他們的名字說出來。」

「妳怎麼不問牌呢？」我賭氣地說。

母親不言語，盯著我看了許久。我受不了她的目光，她的眼神已經沒有怒意，只餘屈辱。我低下頭。不知爲何，和母親吵上五分鐘，我不再覺得無辜，彷彿自己是共犯。

「告訴你，雷克斯，」母親終於說話。「我不知道你現在聽不聽得進去，總之聽我說就對了。我要你好好想清楚，再決定要不要開口。」

「艾薩克．彼德森不是健康人，他又老又虛弱，也是孤零零的一個人。你能想像這種生活嗎？」

我非常清楚母親的意圖，她希望我充滿罪惡感。彼德森先生沒**那麼**虛弱，他跛腳只是走得很慢，可不是生病。至於他的年紀，好吧，他大概是母親年紀的兩倍，可沒有史達波頓先生那麼老，他大概快一百歲了吧。母親的判斷只有一點無可反駁，他的確是孑然一身，所以她認爲我破壞他的溫室實在太驚世駭俗。

我應該告訴你以下資訊，以防你不住在小村莊：無論如何避世隱居，只要住在小村莊，每個人都知道另外一個人至少三件事情。大家掌握彼德森先生的三點資訊如下：

1.他有條腿在越戰時受傷。越戰是美國和北越、越南游擊隊在一九六〇、七〇年代時打的戰爭。

2.他的英國籍妻子瑞貝卡・彼德森對抗胰臟癌多年，三年前過世了。

3.因爲上述兩點，他的心智不太健全。

母親告訴我前述兩點之後（我推論出第三點），我想自保的想法立刻化爲烏有。因爲彼德森先生的悲慘處境，我不可能受點小罰就能逃過一劫。他的溫室遭此劫難，一定要殺雞儆猴，而那隻雞顯然就是我。

現在唯一的問題就是我究竟要受到什麼懲罰。

彼德森先生的家很適合隱居。這棟房子坐落於狹窄的彎曲巷弄間，離大馬路至少有兩百碼遠，私人車道兩旁種著五十年之久的白楊木，這些大樹就像哨兵似地守護著唯一的出入口。宅院內種了更多樹木和灌木，而且都長到比一般人高過幾呎。前門邊有一扇偌大的凸窗，卻望不進去，因爲有窗簾遮蔽，只看得到幾吋高的幽暗窗臺。昨天也拉上了窗簾，看起來似乎從來沒拉開過。從布料的皺褶處看得到厚厚的灰塵，我皺皺鼻子。母親戳了一下我的腰背處。

「很痛欸！」我抗議。

「不要拖著腳走路，雷克斯。」

「我沒有！」

「拖拖拉拉不會讓你更輕鬆。」

「如果他不希望別人打擾呢？」

「不要這麼懦弱。」

「我只是說，也許應該先打電話問一聲。」

「不需要打電話，你**現在**就解決這件事情。」

再走幾步就到山形屋頂的門廊。

「去吧，」母親催促。「這是**你的**責任。」

我拍拍門，力道大概就像跳蚤放的屁吧。

緊張的一刻過去了。

母親看著我，翻了翻白眼，幫我敲了門，而且超級用力。

屋裡立刻傳來狗兒狂吠聲，我跳了一呎高吧。

「雷克斯，冷靜點！只是一隻狗！」

這句話對我沒有太大作用。狗兒讓我不自在，我們向來都養貓。幸好彼德森先生的狗兒比我更懦弱，只有熟睡被吵醒時才會狂吠，而且還是因爲驚慌失措——只是本能地失聲吠叫，毫無侵略意圖。然而當時我並不知情，不曉得那隻狗叫了十秒之後就會立刻躲到最近的沙發後面。我以爲牠是巴斯克村獵犬[29]，狂吠著想撕裂我、喝我的血。

從大門上方的狹窄玻璃片上可以看到，屋內亮了一盞燈。母親的雙手緊壓住我的肩膀，她還

29 The Hound of the Baskervilles，這是福爾摩斯系列的某本書，講述英國鄉下某個古老家族和靈異獵犬之間的宿命傳說。

相當懷疑我的道德素養。

大門被推開。

彼德森先生透過眼鏡以冷酷目光打量我，稍微瞟了母親一眼，又回到我的臉上。他似乎不意外，但是也不開心。

我又被戳了一下，這次是戳在較下方的脊椎。

「我來道歉，並且提出補救方法。」我含糊地說。一聽就知道我演練過，**沒錯**，不過重點不在這裡。重點是要說得眞心誠意，如果語調沒拿捏好，就於事無補。

彼德森先生挑了挑眉，臉孔皺了一下。

我等著。

他的手指敲著門框。

我繼續等。

「好吧，小鬼，」他催促。「那就道歉吧，儘管發揮。」

我疑惑地看著母親。

「這只是某種措辭，」母親說。「表示你可以說了。」

「喔。」

我清清喉嚨，彼德森先生轉移身子重心。他彷彿和我一樣想趕快解決這件事情，這給了我一絲希望曙光。

「我很抱歉你的溫室受損，也抱歉我擅闖府上，」我說。背又被戳了一下。「還有，」我補充，「我願意盡我所能地補償你。例如我很樂意幫你打雜。」

「打雜？」

我聽得出來這個提議不受歡迎，彼德森先生的神情似乎牙痛。然而我還是繼續說下去，決意把剩下的臺詞都說完。

「我可以幫你擦窗戶，」我說。「清除花園雜草，或是幫忙跑腿。」

「你可以幫我的溫室重新裝上玻璃嗎？」

我心想這可能是諷刺，因此決定不回答。

「此外，」我無視他插嘴。「我注意到你的車子有一陣子沒洗了，也許——噢！」

最後這一戳可能是暗示我照劇本唸，不要即興創作。

「總而言之，」我做結論。「因爲我無法修好你的溫室，我願意提供等值的服務，直到你覺得我已經全額賠償。這就是我悔過的方式。」我從門墊往上偷瞄。

彼德森先生皺眉，清清喉嚨，再度皺眉。

「小鬼，」他說。「這恐怕不是好主意。我的意思是，也許我就接受你的道歉，這件事情就此結束。」

「是的，這也是……」

此時我母親出面干涉。「打擾了，彼德森先生。可以聽我說句話嗎？」她根本沒停下來等對方回答。「你眞是太寬宏大量了，我個人認爲一個道歉無法彌補這件事情，畢竟這個罪行太過嚴重了。」

我看到希望的曙光噴出火花，然後熄滅。

彼德森先生依然一副不自在的怪表情。

「你也認爲這件事情非同小可吧？」母親提醒他。「因爲昨天你給我的印象，就是非常希望亞雷克斯得到適當的懲罰。」

「呃，是的，可是……」

「你能建議更合適的懲罰嗎？」

「或許沒辦法。然而這不是我的意思，老實說，伍茲太太，我實在沒有資格……」

「彼德森先生，這是原則問題，」母親堅持。「亞雷克斯必須學到教訓，他得知道，做任何事情都得負擔後果。」

「好吧，我同意。聽著，我不想破壞妳教育兒子的機會，可是……」

「那就太好了！很高興我們意見相同。我向你保證，亞雷克斯和我好好討論過，我們母子都認爲他要做出有意義的補償，就是償還金額給你，不是給我。只有這樣，我們才能無愧於心。」

彼德森先生投來的眼光暗示著：「救人啊！」我回給他的眼神說：這不關我的事，只要事關家母，請大家自求多福。

他上下左右揮動手臂，然後小小聲咒罵了幾句。母親假裝沒聽到，我知道這場仗已經輸了，他開門時就注定要吃敗仗。

「該死！」彼德森先生揉揉太陽穴。

母親翹首盼望地等著。

「好啊，有何不可？我會找事情給他做，他會學到教訓，然後大家就能各過各的日子。好極了。」

反諷對我母親無效。「太好了，」她說。「我們就訂個時間吧。下週六可以嗎？」

「好得不得了。」

「好極了！那就這麼決定。」

彼德森先生看著我，目光有點困惑。我小小地聳了肩，動作小到母親不會發現。

「走吧，亞雷克斯，」母親說，最後戳了一下我的肋骨。「你這個週末已經占用太多彼德森先生的時間了。」

最後這句話對母親而言一定有道理，然而就她剛剛居間敲定的協議來說，我實在不明白這當中的邏輯。

9

甲烷

隔週六，我穿過小路，經過白楊木，天空飄著細細雨絲，打在我身上卻猶如針刺。我衷心希望自己不必在院子除草，或是清理窗戶外側。但是我每次抬頭看著灰濛濛的天空，就越肯定我即將進行如此悲慘的雜役。沒想到，彼德森先生另有計畫。

「你會開車嗎？」他一開前門就問這句話。

「我才十三歲。」我指出。

彼德森先生苛刻地看著我，彷彿早就知道我是乖乖牌。「所以完全不會開車？」

「不會。」

「小鬼，我不是說一百哩的公路旅行，只是想去店裡買幾樣東西。」他怒視著天空。「這種雨勢讓我的腿不太舒服。」

「我才十三歲。」我歉疚地重複。不知爲何，我對彼德森先生腿痛似乎也難辭其咎。

「在你這個年紀，我都開過我爸的卡車了。」

「我沒有父親。」我提醒他。「聖靈懷胎。」我補充。

這是開玩笑，但他沒笑。

「我可以幫你洗車。」我建議。

他的反應是毫無幽默感的咆哮。「這種天氣？今天車子應該會被自動洗乾淨吧，不是嗎？」

「對，應該是。」我承認。有種堅不可摧的無力感壓在肩頭上。

「總之，」彼德森先生繼續說。「在雨中從事勞動也不錯，但是如果我害你染上肺炎回家，不知道你媽做何感想。」

「我相信她會怪我，不會怪你。」我說。

彼德森先生清清喉嚨。人們想爭取時間敲定難商量的事情，往往就有這種動作。「這個嘛，我有另一個更具有教育性的計畫。你媽似乎很希望你在這裡學到什麼，對不對？」

我茫然地點頭。母親和彼德森先生希望我學到不能肆意破壞溫室。我早就知道了。懺悔贖罪是可悲卻必要的動作，目的就是讓所有相關人等更釋懷。我告訴自己，真的，事情發展至此，我沒有憤慨的權利。然而我可沒期望學到任何教訓。

後來才知道，我太低估彼德森先生所謂的道德教育。

「你會打字嗎？」他問。

「會。」

「拼字程度怎麼樣？」

「還可以。」

「坦白說，如果你不擅長拼字，這件事做起來就會痛苦到爆。」

「大體來說，我的拼字應該過得去，」我向他保證。「崔史東先生，也就是我的英文老師，他說我這個年紀只懂這麼多字彙還算合理，當然還有進步的空間。你要我打什麼？」

「我們來寫信。」彼德森先生說。

當天我學到的第一件事情如下：你自以爲瞭解某人，其實只知道冰山一角。

我先前說過，在下嘉德里，人人自以爲知道別人最重要的事情（通常不超過三件）。大家都知道彼德森先生是隱居的越戰老兵，妻子死於胰臟癌。大家都知道我母親通靈，是個有奇怪髮型、獨特意見的單親母親。大家都知道我被流星砸到，腦子不太正常，不時會痙攣。

這些都對，卻不是唯一的眞相。

彼德森先生的家不如我想像的昏暗或四處蒙塵。屋裡後方，所有的擺設都整齊清潔。儘管當時天色灰撲撲，客廳還是充滿天光，因爲旁邊就有扇窗戶對著院子。屋裡有兩盞普通檯燈、高聳的書櫃，牆上還有複製畫。彼德森先生養的狗則坐在地板的大坐墊上打瞌睡，我進門時，牠抬頭望望，好奇地嗅了嗅，然後就閉上眼睛繼續睡。這隻狗很老了，所以多數時間都在打盹。我後來才知道，彼德森先生兩年前從動物之家領養了這隻狗（難怪右耳有缺角），而且牠的名字是寇特，全名是小寇特·馮內果。這是彼德森先生最喜歡的作家，而且十天前剛過世。彼德森先生不介意領養老狗，因爲老狗不需要太多運動，只要有溫暖的地方可以睡上一覺就很樂了。我問寇特是哪種狗，彼德森先生說是某種雜種狗。

離寇特幾呎外的東西最讓我驚訝。書桌上有個非常新又非常閃亮的電腦，旁邊還有超大的液晶螢幕。我本來以爲自己將使用多年前的超老打字機呢。有時人們的房子和用品令人意外，他們的嗜好更是超乎想像。

原來彼德森先生的嗜好就是寫信給政治家，偶爾也會寫給犯人。他參加特別的寫信俱樂部，每個月必須支付會費才能收到俱樂部的雜誌。雜誌上寫滿會員可能想去函的各國人名、地址，儘管多數收信者從來不回信。政治家無暇回信，否則就是不喜歡與人通信。罪犯則多半無權回信，能收信就算幸運了。彼德森先生的寫信俱樂部稱爲「國際特赦組織」。

起初，我懷疑母親可能不認爲寫信給罪犯有道德教育意義，然而超級熱衷寫信的彼德森先生堅持當然有。他說，我們去函的多數罪犯根本就不該坐牢。他們是好人，卻被關進牢裡，無法享有最基本的人權。他們不能根據自己的良心行事，甚至連表達意見都怕遭到鎮壓或肢體報復——但是彼德森先生相當懷疑我可能無法想像。我告訴他，我已經是中學生，所以有粗略的概念。至於多數犯人都是冤獄——無中生有的控訴、不公平的審判，或是根本未犯的罪行——這個嘛，我也可以理解和同情。

彼德森先生唸，我負責打字，最困難的就是人名和地名的拼音。過了一會兒，他說我打字聽起來就像馬兒走在圓石子路上，所以他決定放他所謂的雪酪般的五重奏音樂。我不知道那是什麼意思，也沒問。總之音樂頗悅耳，因爲沒有人聲演唱，也不會影響我的專注力。

那天下午，我們大概寫了五封或六封信，原來世上有許多人的基本人權都遭到剝奪。我們寫信給代表本地的下院議員，懇請他在議會提醒同袍，許多美國囚犯未經審判就被關進美國位於古巴的監獄，而古巴是共產黨統治的加勒比海島嶼。我們寫信給中國的法官，訴請他立即釋放五名囚犯，因爲他們只是抗議奧運體育館害他們失去家園。我們寫信給內布拉斯加州長，希望他考慮不要處決該州某犯人，此人在十八歲時判定殺害一名員警。如今他已經三十二歲，卻沒有任何具體證據證明他犯下該樁罪行，只有兩名目擊證人的證詞，而且證人後來還改變說法。該州計畫用電流通過他的全身，直至他心跳停止。用這種方法終止某人的性命相當戲劇化，而且也不太俐落。美國大部分的州，甚至連德州也包括在內，都已停止使用電椅，但是內布拉斯加州依然固守奇妙的老舊價值觀。

原來，彼德森先生反對可能無辜的囚犯受死，但是他也不贊成處決罪證確鑿的犯人。他是和平主義者，所以反對暴力，**就這樣**。這項資訊（要是我早一週知道就太好了）卻給我帶來幾個疑問。

「如果你非得殺人才能阻止他殺害其他人呢？」我問。「如果是自衛呢？」

「我不認為殺害坐牢的人算自衛吧？」

「對，可是一般而言——如果真的是自衛呢？如果有人想殺**你**呢？」

「我大概只好因為高道德標準而受死吧。」

這大概是開玩笑吧，但是我也不確定。

「我寧可認為自己沒辦法再訴諸暴力，」彼德森先生澄清。「無論碰上任何狀況都一樣。」

「是因為你打過越戰？」我問。「因為你腿受傷這類的緣故？」

「該死，小鬼！你問太多問題了。」

「是你要我從中學習。」我指出。

「你媽沒說過，有些問題不禮貌嗎？」

「有，」我承認。「她說過。」

「那麼這個問題就算，你說是吧？」

「應該是吧。」

每個有意思的問題似乎都落入這個範疇。

「彼德森先生，」我過了一會兒說。「我認爲自己也是和平主義者，有百分之九十九點九的狀況，人們都不應該打鬥。」

「很好，小鬼，有原則是好事。」

「另外一個原因是我不太會打架。」我坦承。

「那也沒關係，不會打架不犯法。」

「喔。」

這倒是大新聞。在我的學校，擅長打架被視爲優點，就像擅長某種運動。

「然而別無選擇時，我可能會打，」我補充。「例如有人想攻擊露西時。」

「我不知道她是誰。」

「露西是我家的貓。」

「這名字眞可愛。」

「全名是露西法（Lucifer）。」

「那當然啦。怎麼會有人想攻擊你的貓？」

「這是假設性說法，也就是說我只是舉例。」

「我知道『假設性』是什麼意思，小鬼。」

「喔。總而言之，露西現在懷孕了，如果碰上敵人絕對跑不快。她又不擅長躲藏，因爲她全身白毛。就算晚間，看起來也是全身發亮。所以她才有這個名字，因爲露西法代表『帶來光明』。」

「我知道，這也是魔鬼的名字。這你知道吧？」

「我知道。可是我母親相當同情魔鬼，認爲他遭人誤解。她說，宇宙間有某種平衡，創造力與破壞力只是一體兩面。」

「我就老實說了，小鬼。你母親的看法令人他媽的頭大，我恐怕不想花時間去想清楚。」

我發現，彼德森先生不太注意自己的措辭。

「她也說，**有時**造反一下是好事，」我說。「她認爲上帝不是好老闆，如果照聖經的敘述應該不是。她認爲自己如果是天使，恐怕也會辭職不幹。」

「寧可在地獄當頭子，也不要在天堂當奴才。」

「對，」我說。「你這句話說得好，不過我母親也不想當老大。她不喜歡階級制度，我家除外。總之，我的意思是露西並不邪惡，只是一隻貓。如果，假設有人想攻擊她，我可能就會挺身而出。如果是捍衛身處險境又無法自衛的人，應該還好吧？」

「所有規則都有例外。」

「所以如果暴力是最後手段，你也會放棄和平主義？」

彼德森先生蹙眉想了一會兒。「小鬼，道德不是非黑即白，還有很大塊的灰色地帶。從你先前的一席話看來，或許你母親也會同意我的看法。」

「我懂了。」我說。

其實我可能把好幾段對話都混在一起了。現在很難回想起哪些話是何時說的，又是怎麼說的。不過，這不重要。重點是當天，事情出乎我的意料，負荊請罪不再像是贖罪悔過。儘管彼德森先生很瘋狂，但是和他哈啦比跟我母親交談有邏輯多了。

等我們寫完信，彼德森先生出去抽根藥草菸，我便花時間閱讀他電腦中的信件檔案，而且檔案還相當龐大。我這不是偷窺，因爲彼德森先生要我把信件存檔，還把相關檔案夾告訴我。如果他不希望我看到，顯然不會這麼做。此外，這些信應該具備道德教誨。

總而言之，我粗算信件數量大概有幾百封，每封依照年分、月分歸檔。我看了幾封標題相當有意思的信之後，便關閉檔案夾和螢幕。接著我把滑鼠翻過來看，我每看到一部電腦都有這個習慣。這是新型號，有紅色的雷射光取代滾輪，因此不可能是維柏．亞斯奎斯的中國農夫所製作。

我坐著旋轉椅轉了幾圈。轉到一半時，我注意到書櫃邊的牆上有張照片。那是這間房間的唯一照片，現在回想起來，可能也是整間屋裡唯一的照片。我走過去看個仔細，這也不是偷偷摸摸探人隱私，我只是好奇。照片中的女子比母親還年輕幾歲，最多可能只有三十歲。她一頭短髮，帶著黑色貝雷帽，歪著頭，對鏡頭淘氣地笑著。

「這是你的女兒嗎？」彼德森先生進屋時，我禮貌地問他。至少，我**自以爲**很有禮貌。結果這不是好問題，我馬上就發現了，因爲氣氛立刻變得不對勁。

我應該先解釋，儘管母親說彼德森先生「孑然一身」，我以爲她是說他居住的狀況，畢竟妻子剛過世，不知道他在世上是否眞的舉目無親了。我向來以爲，別人都有好幾代的親戚四散英國，甚至全球各地。我之所以沒把相片中的女子聯想爲彼德森太太，是因爲影中人的形象與我的想像相差十萬八千里。此時，我完全沒想到，彼德森夫婦也曾經年輕過。況且，那張照片實在不像舊相片。因爲她留著短髮，頭還歪一邊，彼德森太太的樣貌意外的摩登。

結果那張照片攝於一九七〇年華盛頓首府的反戰示威遊行，當時彼德森先生已經跛著腿從越南返美兩年，也獲頒因公受傷的美國戰士都能領到的紫心勳章，但是他後來就在奧勒岡懸崖頂端將勳章丟入太平洋。彼德森太太當時還沒成爲人妻，只是遠赴美國求學。她在一九七一年被驅逐出境，彼德森先生便決定追隨她，因爲他早已受夠自己的祖國了。

他之所以選擇繼續掛著那張照片——也只留下那一張，是因爲照片中的模樣和妻子生前最後的身形完全相反——當時她已經落光頭髮，人也瘦到只剩一半，生命在醫院裡一點一滴流逝。那張照片是他希望她留在自己心中的模樣。

既然我提到這個背景，應該補充解釋彼德森太太無法生育是因爲輸卵管有問題，那也是我對那張照片發問之所以不智的理由之一。當然，這些都是我後來才知情。當時，彼德森先生只說那是他的妻子，然後便是一陣尷尬的沉默，我也只能到處走動，不知道該說什麼。

所以我才會從書櫃抽出一本書，我覺得自己需要讓眼睛和雙手有事可忙。

可惜，我的眼睛和雙手碰上三個近乎全裸女子的三對乳房。她們穿著幾乎透明的輕薄白色長袍，我的臉色馬上變成甜菜根。母親總說，不必害怕或對赤裸的人體感到害羞。我可不確定，都可以看到她們的**乳頭**了。

我禮貌地將眼神往上挪三吋，書名是《泰坦星的海妖》[30]。這是彼德森先生收藏的馮內果作品，就放在書櫃的第三層，書櫃上至少還有十五或二十本同作家的作品，全部照順序整齊排好。

「取這種書名還真有意思，」我倒抽一口氣。「這些女人即將被逮捕嗎？」

彼德森先生根本聽不懂我說什麼鬼話。

「她們沒穿太多衣服。」我指出。

「你到底要說什麼？」他問。

「也許是爲了她們才鳴警笛[31]。」

彼德森先生皺眉。

「警察可以逮捕穿著暴露的人吧。」我解釋。

彼德森先生一臉恍然大悟的神情。「不是，小鬼。這裡的sirens不是警笛，是荷馬說的Sirens。」

我皺眉。「辛普森家庭的荷馬？」

30 The Sirens of Titan，馮內果較早期的作品。
31 siren 也有警笛的意思。

「寫《奧德賽》那個！」

我茫然地看著他。在過去三十秒中，我們不知何時開始講起不同的語言。

彼德森先生嘆氣，摸摸布滿皺紋的額頭。「《奧德賽》是非常古老的希臘故事，作者是一個希臘老人荷馬。《奧德賽》提到地中海某島嶼有些非常美麗的女子稱爲海妖，她們會用曼妙的歌聲引誘水手，引發船難。」

「喔，」我說。「所以這些女人**是**海妖？也是因此才沒穿太多衣服？」

「對。不過在馮內果的書中，這些海妖不住在地中海，而是住在泰坦星，也就是土星的衛星。」

「**這個**我知道，」我說。（我不希望彼德森先生認爲我是白癡。）「那是太陽系中第二大的衛星，僅次於木星最大的衛星甘尼美德。泰坦星比水星還大，但是密度小多了。」

彼德森先生再度皺眉搖頭。「看來現在學校重視科學教育遠超過人文，對吧？」

「也不算，學校只重視考試。海妖吸的是甲烷嗎？」

「甲烷……你他媽鬼扯什麼啊，小鬼？」

「她們，就是海妖，吸的是甲烷嗎？因爲泰坦星的低層大氣成分多半是氮和甲烷，科學家認爲，如果泰坦星上有生物，他們吸的是甲烷而非氧氣，說得更確切一點，應該是甲烷中的氫。不可能是甲烷，因爲甲烷是惰氣。」

「書裡應該完全沒討論到氣體的特性。」

「喔。」我翻開內頁。「這裡註明初版是一九五九年，航海家號和先鋒號是一九七〇年代末期、一九八〇年代初期才抵達土星，馮內果可能不太瞭解甲烷的事情。」

「甲烷沒那麼重要，完全不是這本書的重點。我的老人爺，這只是個虛構故事！」

「好吧。」我又等了幾秒鐘。「這個故事說些什麼？」

彼德森先生慢慢地從齒間吐了一口氣。「敘述一個非常富有的人前往火星、水星和泰坦星。」

「原來如此。他是探險家嗎？」

「不是，他是遭遇許多事故的受害者。」

我因爲全神貫注而皺起眉頭。「這也太勉強了吧，人類應該無法意外造訪這些星球。」

「他**意外**加入火星人大軍，結果發生船難，還碰上兩次。第一次在水星，第二次是泰坦星。」

「他要如何意外加入火星人大軍？這也有點離譜。」

「就算離譜也無所謂，這都不是重點。這是諷刺文學，拜託告訴我，你懂諷刺文學吧？」

「就像挖苦人，只是更聰明？」

「不對，不太一樣。聽我說，我們這樣扯下去會沒完沒了。你先把這本該死的書拿回去看，好不好？」

「你願意借我？」

「不見得。你能好好照顧它嗎？」

「我對所有的書都很小心。」我向他保證。

「那你就借回去吧。媽的，總比我站在這裡答個沒完輕鬆多了！」

「我對太空很有興趣。」我承認。

「眞的呢！不要一整個LP打結似地愛上化學就好。」

我往下瞥。

「下巴不要掉到地下室。你知道這是什麼意思嗎？」

我想了幾秒。「別再想甲烷？」

「對，別再想甲烷！」

我因此借回了我第一本馮內果的作品，可說是誤打誤撞。

雖然母親對裸體感到很自在，我依然懷疑她會對馮內果這本書的封面有微詞。直覺告訴我，這次恐怕又是我**自以爲**瞭解她的規定，結果事實更複雜深奧。在她的嚴格把關之下，對兩個乳頭可能不發一語，六個我就不確定了。至少，我知道任何明目張膽炫耀乳房的書，肯定會引來令人發窘的對話。也許你能明白我決定略過不提的原因，我只是躲在房間，利用當天和隔天晚上看完那本書。

如今我發現自己碰上彼德森先生早先遭遇的問題：無論怎麼簡要敘述情節，聽起來就是瘋癲不合理。儘管如此，我還是試試看……

駕駛太空船到火星途中，溫斯頓·奈爾斯·倫法德帶著狗兒卡薩可被吸入漏斗狀時間地區，也因此藉由螺旋狀的能量波被噴到半個銀河系外。這個能量從太陽延伸到參宿四，也就是獵戶座右肩（假設他是面向我們）的紅超巨星。儘管倫法德的軀殼已經被轉化爲純波動，他還是會在地球、水星和泰坦星定期顯形，討論上帝的本質（凡事都秉持漠然的態度），並預測人類近期的未來。他的預言之一就是地球上最富有的人馬拉吉・坎斯坦特將會去火星，再去水星和泰坦星，並且將在那裡與倫法德的性冷感前妻生下孩子，爾後他的預言也一一應驗。此外還有其他次要情節，敘述一個迷你外星機器人、巨大的知更鳥和海妖，結果海妖也名不副實。最後，坎斯坦特在享受著愉快幻想之際過世，溫斯頓・奈爾斯・倫法德和愛犬則分別被爆離到宇宙不同的地方。

看到一半時，我以爲自己可能瞭解諷刺文學了。也就是以僞裝過的荒謬方法討論重要見解，而且諷刺文學並不掩蓋這些重要性，還加以彰顯——以期更純粹、更明白易懂。舉例而言，在《泰坦星的海妖》中，火星人大軍的士兵腦袋都被植入小小的無線電波天線，將官才能控制他們的思想，從極其遙遠之處下達命令。還書時，也就是隔週六，我問彼德森先生，我認爲這是某種諷刺文學的看法是否正確。

「賓果。」彼德森先生說。

「眞是相當好笑的描述。」我指出。

「這是相當準確的描述，」彼德森先生回答。「在軍隊裡面擔任步兵就是這副德性——被改造爲祖國的遙控武器。」

「你不認爲效忠祖國是好事嗎？」我問。

「我不認爲，」彼德森先生說。「恪守自己的原則是好事。但是在軍中，你無法根據良心選擇上哪些戰場。上面下令，你就得殺人。小鬼，千萬不要把道德決定權交到別人手中。」

「我盡量。」我說。

我非常喜歡和彼德森先生聊天，奇的是，他似乎也樂在其中。我的意思是，他總是抱怨，說我問太多問題——許多都太白癡，還說我「措辭太詭異」。儘管如此，他依舊允許我每週六過去，有時甚至週日也去，幫忙寫信、遛狗等等。形式上而言，這還是我的贖罪苦行，我們雙方也同意，除非彼德森先生認爲已經足以彌補溫室的損失，否則不能結束；然而這個句點始終未出現。幾週之後，我們不再討論我的「勞役」，我只是每週六的十點定時抵達，屆時門鎖一定開了。

當然，我每週來的正當理由就是我太喜歡《泰坦星的海妖》，因此決定看完彼德森先生收藏的所有馮內果作品。我們兩人都認定，這有益於我的道德教育。

征服了海妖和諷刺文學之後，我開始看《貓的搖籃》，這本書敘述結冰的武器毀了世界。之後我又看了《第五號屠宰場》，內容關於時空旅遊，以及十萬個德國人在德勒斯登遭到轟炸一事，當時馮內果親眼目睹這件發生在第二次世界大戰的事件。後來我又開始讀《冠軍的早餐》，那大概是彼德森先生最珍貴的藏書。那本書是初版，也是妻子早年送他的禮物。書內頁的題字是：你應該會喜歡這個故事；肯定喜歡這些圖片。全心愛你，R。

「我應該不必交代你要特別照顧這本書吧？」彼德森先生問。

「不必。」我同意。

我立刻明白彼德森先生借我那本書的重要意義。儘管他從來不說，我知道他已經原諒我了。把書放進袋子時，我手勢輕柔得彷彿是對待露西剛出生的寶寶。

10

SARS

因爲母親得上班，父親又是幽靈，我每天都得搭校車才能回家。其實校車不是學校的車子，而是索美塞特和亞芬鄉間客運公司（SARS）的公共汽車，本地多數公車都來自這家公司。有班車每天下午三點四十五分固定經過亞斯奎斯學院，因此多數乘客都是學生。那部車肯定是SARS最破爛的一輛車，也許只是純屬巧合，但是更有可能是某人出於合理的恐懼，擔憂出動布面椅墊鋪得平整的車子到學校太過不智。三點四十五分經過亞斯奎斯的公車不但椅墊都有問題，椅子也不太穩（執勤的駕駛脾氣也不穩定）。整部車子生鏽老舊，東搖西擺，彷彿出過太多次任務的太空梭，次數多到超乎當初工程師的想像，要是他們知道了，肯定氣憤難平。每次碰上紅綠燈，車子就會咻咻叫，還會抖得活像患了氣喘病的大機器。只要加速或煞車，車體就會發出怪聲音，嘎嘎響得讓人膽戰心驚。這些聲音在下層後方，接近引擎之處最明顯，但是無論決定坐在哪裡，整部車都震得很厲害。這是我不建議你在校車上看書的理由之一，另外一個原因我先前提過，把閱讀當興趣是非常娘砲的行爲，最好不要公開。

五天當中有四天，我做夢都不敢在校車上看書。我搭校車的策略通常就是擠在下層的搭車民眾中（他們從來不上樓）找到位置，而且最好盡量接近駕駛，因爲他看起來就像那種威權一遭到質疑就會立刻爆發的人。如果這招沒用——因爲下層的乘客通常還帶著折疊嬰兒車和購物商品，只好往喧囂的上層走——盡量找越靠前面的座位越好，而且全程都看著地板，不發一語，也不要突然亂動。我搭校車多半都採取這種態度，安安靜靜地盯著自己的腳。如果當天覺得格外勇敢，就會望向窗外。

週三下午是唯一可以喘口氣的機會，可以在嘈雜、波濤洶湧的大海中找到平靜的島嶼。這時我就要感謝體育運動。爲了遵循羅柏．亞斯奎斯母校的傳統——儘管不是該校所創始，週三下午都獻給體育活動。足球練習時間就排在這時，所以這天的公車時光便更平靜，更開心。

因此當天我才放下警戒。

三點四十分，公車上層半空，我選了最前排的座位，盡量遠離抖個不停的引擎和其他乘客。我不打算把接下來二十分鐘拿來盯著地板，而是計畫看個書。

當時我已經看完三分之二的《冠軍的早餐》，內容講述俄亥俄州的藝術博覽會，一個窮困潦倒的科幻作家吉爾戈．圖勞特，和某個富裕車商德韋恩．胡佛——此人精神錯亂，認爲其他地球人都是做得相當逼眞的自動機器，只是少了感情、想像力、自由意志等靈魂不可或缺的特質。胡佛之所以有這種想法是因爲看了圖勞特的科幻小說，接著便發瘋，把許多人打成重傷。

就像馮內果其他作品，這本書的情節也很瘋狂，而且有點風馬牛不相干。我認爲啊，你大可以剁開這本書，把所有書頁前後洗牌，再重新任意排列，也無損於閱讀經驗，這本書還是成立。這是因爲每一頁，而且幾乎每一段都是精采絕倫又自成一格的單位。

我眞心喜歡《冠軍的早餐》的理由如下：不像多數書籍，作者認爲讀者什麼都不懂，既不懂人類，也不懂人類的習俗或他們居住的地球。作者的敘述風格彷彿是寫給遙遠星系的外星人，所以**每件事**，從豆子到河狸，都解釋得很詳盡，而且詳細得不可思議，往往還附上圖片和圖解。書裡解釋了其他書籍認爲顯而易見的所有事物，而且我越看，越明白這些事情根本沒有那麼簡單，多數都相當奇特。

那天我大概看馮內果先生的書看得太入神，因爲我好久之後才發現氣氛不太對勁。車子一離開學校大門就更吵鬧，乘客也比平常的週三更多。我漸漸注意到模糊的喧囂聲，接著有個揉皺的紙團丟中我的耳朵。當然，這種情況不合理，畢竟這天是週三，我可以稍微喘口氣的一天——亞雷克斯．伍茲的休假日。我在座位上轉身，此時的心情還是困惑大於警惕。

我看到超級惹人厭的K倫、猛文和艾變態。儘管這天是星期三，他們就坐在幾排後，旁邊還有幾個足球校隊隊友。這個冷酷又不合理的轉折令我困惑不已，竟然還意外先說起話來，不啻是**自找**麻煩。

「你們應該去練足球啊。」我指出。

「哈爾先生拉狗屎。」狄克倫．麥肯錫說。

哈爾先生拉狗屎。聽起來就像某齣毀譽參半的舞臺劇名稱，否則就是間諜用來確認彼此身分的暗號。顯然，以上皆非。K倫要說的話不但同字面上的意思，還有深奧的意義。

「哈爾先生**病了**？」我問。

「就是拉狗屎。」K倫重複。「午餐之後就翹頭了。」

哈爾先生是足球隊教練，他不在就無法練習足球，我慢慢瞭解狀況。至於狄克倫．麥肯錫的診斷是否準確，我無法保證，也不會加以質疑。雖然哈爾先生有話直說，不用無意義的華麗辭藻說漂亮話，然而他也不可能用這麼直白、坦率的態度宣傳他的不適。但是無論願意與否，這類消息通常傳得特別快。我對學校餐廳最可怕的疑慮得到這麼有力的證實，並不讓我特別震驚。

「很遺憾。」我短暫想了一下。

狄克倫．麥肯錫超級不屑地看著我，彷彿我應該為哈爾先生的腸胃狀況負責。他想鬧事，我看得出來。少了足球，他的戰鬥本能需要另覓發洩管道。「你正在看書啊，伍茲？」

「我是想看。」我說。這個回答很蠢，但是日常慣例突然出現變卦總是讓我措手不及。

狄克倫．麥肯錫對地上吐了口痰。

我轉頭，盡可能顯得鎮定和隨性。

此時我應該把書（彼德森先生亡妻送給他的書）放到比較安全的袋子裡，不過事後諸葛人人會。當時，我害怕挑起對方更濃厚的興趣。他們都看到這本書，現在試圖把它藏起來可能會引發他們的忿怒和猜忌。結果，我毅然決然地盯著翻開的書頁，卻什麼也看不進去，只能默默希望這群惡霸對我失去興趣。

奇蹟似地，這招似乎有效。我沒再聽到辱罵，也沒有東西飛來。我覺得肌肉放鬆，開始數到六十確保危險已經遠離，後來還數到一百二十雙倍確認。接著，我便再度開始閱讀，讀得很慢，必須努力集中精神才能鎮定心情。

五分鐘後，我覺得心臟都要跳出嘴了。狄克倫．麥肯錫就像蟑螂一般，又快又安靜地悄悄走到我後面，一把奪走我手中的書。

我絕望地大叫。猛文和艾變態讚賞地歡呼。

「還來！」我大吼。但是我的語調毫無威嚴，只顯露出我的心情，就像嚇壞的老鼠吱吱叫。

「要和人家分享。」狄克倫・麥肯錫白癡地吟誦著。

「拜託！」我哀求。「這不是我的書！」

「如果不是你的書，」K倫說，「那我就更不該還給你。」這就是惡霸說一不二的邏輯。他已經翻開第一頁，而且大拇指用力地壓著書脊，而且雙手又髒又粗魯。

「拜託，你會弄壞。」

麥肯錫的眼睛因爲邪惡的快感睜得更大了，他已經看到那段提詞。「你應該會喜歡這個故事，」他用哭腔假音朗誦。「肯定喜歡這些圖片。全心愛你，R。」

故事、圖片、愛——每個字都隨著震動的引擎迴響，而且一個比一個罪惡深重。猛文竊笑，艾變態開心地哈哈大笑，一陣陣笑聲一直傳到公車後方。顯然，這是人人都樂在其中的文字私刑。

我發現自己起身，因爲眾人的揶揄而滿臉通紅。但是我個人受辱是小事，重點是救回彼德森先生的書。我向前衝，麥肯錫輕易地就把我往後推，彷彿拔掉蚊子的腳。

「拜託你！」我乞求（結果這是我最後一次求他）。

K倫已經把書翻到中間，尋找更多攻擊我的彈藥。他沒失望，翻到的那頁有張超大的劍龍手繪圖，然後大聲唸出圖說：「恐龍就是大得像嘟嘟小火車的爬蟲類。」

大家笑得更厲害了。這句話是很有趣，不過這恐怕不是眾人哄笑的原因。

「靠腰哩，伍茲！」K倫大叫。「你還眞的**是**個智障兒！」或是大叫類似的話語，總之當時我已經關起耳朵。他現在把書高舉在半空中拚命揮，就像《2001太空漫遊》開場揮著骨頭的猴子。

我就在此時決定不再當個和平主義者。如果有所謂具有公理的戰爭，這就是了。

我先前說過，雖然未經證實，但我早就懷疑自己打起架來沒什麼看頭。事實證明，果然不假。我對打鬥的少許認知只來自龐德電影，或是觀看露西偶爾和鄰居家的公貓搏鬥——她可不是**隨時**歡迎異性追求。然而對現實生活的近身搏擊而言，這兩種都不算有參考價值的基本訓練。

我擁有的優勢只有突襲、完全不顧「公平」打鬥的規則、以及我對運動物體物理學的知識。借用加速中公車的動能，我便跳到狄克倫．麥肯錫身上，用手指耙過他的臉，抓出幾道深深的傷痕，最精采的那道從他的左眼角延伸到下唇。接著是合著不可置信和疼痛的長嚎，鮮血四濺，有隻手臂舉起來防禦攻擊，卻阻擋不了臉頰被抓傷。我心想，機會來了，我放棄毫無章法、無法承受的攻擊，試圖抓回那本書。可惜，我的計畫——到目前爲止還有個粗略計畫——失敗，因爲敵人突然感到意外疼痛，反射性地抓得更緊。我的手指併攏，抽拉，卻滑落了。接著我的手臂從肩膀以下都失去知覺，我往前跌進他的懷裡，也就是所謂的拳擊手的擁抱。四周響起許多尖叫、吶喊聲，人們嘈雜地在公車裡上下穿梭，爲的是讓出打鬥空間，或是搶到更接近擂臺的位置。我再度往前抓對手的臉，結果只拉到一小撮頭髮。場邊傳來嫌惡、失望的聲音，有些甚至來自女生；顯然我的策略不受觀眾歡迎。接著我覺得肺部毫無空氣，疼痛感倒是沒我預期的嚴重——因爲狄克倫．麥肯錫沒有足夠的空間揮出致命一擊——但我依舊往後撞上最近座位的金屬架。我很驕傲自己沒直接倒地，雖然終究還是無可避免地摔在地上。因爲喘不過氣，我退到公車最前頭，然後沉著，有尊嚴地坐在走道上。狄克倫．麥肯錫很快就走來，一隻腳抬在半空中，彷彿不確定是要踢我還是用力踩我。我不在乎他採取哪個選項，總之我的防衛策略不變。我舉高膝蓋，兩手抱住雙腿，頭就埋在雙腿間，模樣猶如烏龜縮到龜殼裡。靴子踢向我大腿外側，力道有氣無力，我也不太有感覺。採取溫暖、潮濕又黑暗的胚胎姿勢之後，我發現自己不再吸引別人施暴，因爲敵人必須更有恆心毅力，才能對我造成重大傷害。既然現在沒發動攻擊，稍後也不會有這個打算。

原來狄克倫．麥肯錫心生妙計。他往後退，推開最近的氣窗，將彼德森先生的書從加速公車的上層丟出車外。然後對我吐了一口口水，便退回他的座位。

沒有人阻止我，也沒有人幫我，我把書包斜揹到肩上，便半爬半滾地往下層移動。我全身發痛，心智卻格外清明。無可避免的癲癇要到幾小時後，等我單獨待在臥室時才發作，那時我已經把鐵鎳隕石緊緊抱在胸口。

「你一定要停車！」我告訴公車司機。

這是我初次和這名駕駛交談，他並不像樂於與乘客攀談的人。即便在正常、靜止的狀態，司機全身都散發著顯而易見的怒意。他的招牌表情顯示他憤憤不平，希望退休生活或死亡快快來到，而且哪個先來都無所謂。他有我母親所謂的漆黑氣場，無神論者肯定一致接受這個定論。

一聽到我對他說話，司機便開始口齒不清地咕噥著。

「對不起，」我打斷。「你說得不清楚，我實在不能等，這是緊急狀況，請你停車。」

「我沒看到這裡有公車站，你看到了嗎？」

「這是緊急狀況！你非停車不可！」

「我沒有什麼**非做不可**的事情。」司機咆哮。

我發現沒辦法和這人理論，我說任何話都無法說服他停在B３１３６公路的非站牌路上。車外飄著小雨，我必須立刻採取行動。我沒多想後果，就轉身到門邊，拉開緊急安全栓的把手。許多人失聲驚呼，此外還傳來氣動煞車的嘶嘶聲，車身突然往前傾。公車桿害我扭傷手臂，有東西打到我的肩膀，撞傷我的臀部。但是奇蹟似地，我竟然好好地站著。

公車一停，我立刻衝出去。後來才知道，接下來五分鐘，公車司機在路邊揮舞雙手，氣得滿臉通紅，卻不知道該如何應變，因爲公司沒有相關的規章或前例。當時，我根本不知道這齣鬧劇，連頭也沒回，只是發狂地往前奔跑，完全沒放慢腳步。我一心只有一個目標，決意讓時間逆轉。

我告訴自己，所有問題都有數學解答。問題是我不知道彼德森先生的書在B３１３６哪一段被丟出校車，因爲當時我蹲在地上。

那麼我知道什麼？

我知道B３１３６公路蜿蜒曲折，也知道校車老舊、笨重。所以，車子行進速度不可能有多快。我估計時速只有三十哩，這個數字還算是客氣了。我認爲，三十哩的時速可能是校車的最高行進速度。

車子被丟出窗外多久之後，校車才停止呢？因爲我沒看手錶，這點很難估計，只能靠模糊的主觀估算了。我多久才喘過氣、抓了書包、滾下樓梯、和司機吵架強迫公車停車？我認爲至少兩分鐘，絕對不會超過三分鐘。

時速三十哩等於一分鐘半哩，距離等於速度乘以時間。所以我推算，彼德森先生的書大概就在一哩或一哩半外。

我又能跑多快？我知道四分鐘跑一哩，對田徑健將而言就是亮眼成績。此刻我雖然腎上腺素發達，依舊不是專業運動員，所以起碼要再加六分鐘。接著我便開始四處搜尋。

我在濕漉漉的草叢和灌木之間找了一個多小時。我找到的飲料罐、薯片袋、巧克力棒包裝紙已經足以裝滿兩個垃圾袋。我還找到衛生紙捲、碎玻璃、速食包裝紙和一個麥片盒子。我找到從車子脫落，或被丟出窗外的各種東西：一隻兔子娃娃、一個後照鏡、一支雨刷。我找到幾樣無法解釋的怪東西：一支小鏟子、一雙格子呢拖鞋、一支網球拍、一件內褲。在路肩附近，我發現一個保險套——用過的，就放在小小的灰色石頭上，還放得頗整齊。就在此時，我放聲大哭。我坐在路邊，離潮濕的保險套有五公尺的安全距離，盯著濕答答又滿是泥濘的鞋子，然後開始嚎啕大哭。這個宇宙讓我覺得反胃噁心，不只是人們在B3136公路邊發生性行爲。就宏觀面而言，這件事情也許沒什麼大礙，至少他們還知道採取安全措施，不要再爲這個世界製造更多嬰兒。我以前就認爲，這個世界不適合新生兒。然而，這些人顯然不在乎別人，不關心鄉間。沒有人關心。你越常在馬路邊徘徊，越能明白這個事實。那個保險套顯然無法分解，可能會躺在那裡億萬年之久。就算世上現有的樹木枯萎，鳥兒衰亡，所有書本都風化，它依然屹立不搖。

至於《冠軍的早餐》，那是注定找不回來了。我的數學計算打從一開始就太荒謬，參雜了太多猜測，此外也還有許多變數。況且，我根本不懂書本被丟出行進公車窗外的可能軌道，有可能落在各種地方。可能被拋過灌木叢，落在田裡，我看不到，也撈不著。就算找到了，那本書也毀了。一小時的細雨肯定會浸濕書頁，連我都全身濕透。書包裡有防風衣，但是我沒心思穿上。而且直到放棄搜索，我才發現自己淋濕了。

一陣子之後，我停止哭泣，起身往前走。我大概得步行一個半小時才能到家，如果好運，我也許可以趕在母親之前。我不想把這件事情告訴母親，當時我還以爲自己可以瞞過她。

我走了半小時才經過先前校車停車之處（我從山毛櫸和煞車痕辨識），此時又有車子停下來。一個小時以來，每五分鐘就有人停車問我好不好，我猜我看起來大概不太好。況且，雨天走在B3136公路上實在說不過去。

這次停車的駕駛是我認識的人。對方是葛里芬太太，她在郵局上班，而且會講流利的精靈語。葛里芬太太知道我喜歡《魔戒》，因此每當我上郵局，就會用高等精靈的昆雅語和我打招呼。雖然她不熱衷郵局的工作，卻非常喜歡學語言，可惜說流利精靈語的技能不太實用。

那天她沒用昆雅語和我打招呼。電動窗降下來時，我看到她擔憂地嘟著嘴。

「哈囉，亞雷克斯，」她說。

「哈囉，」我回答。

「你還好嗎？」她問。

「我很好，」我說。

「你爲什麼走在大馬路上？」

「我沒趕上校車，」我說謊。我不喜歡撒謊，尤其對象是葛里芬太太這些人。但是我認爲，在這個狀況下，最好別說實話。

葛里芬太太皺眉、搖頭。「你要**走路**回家？」

「對，應該比等下一班公車快。」（這個謊言也行得通，SARS的公車常常誤點。）

「這段路程長得可怕，」葛里芬太太指出。

「我知道，」我說。

「而且還下雨，」她補充。

「是啊，」我同意。

「你的母親恐怕不會同意你在雨中走這麼久。」

「對，可能不會。也許妳別提比較好，應該下不爲例，畢竟這段路太遠了。」

「我可以載你一程嗎？」

「可以，謝謝妳幫了大忙。」

「上車吧。」

我用防風外套上的雨水沾濕手，然後擦掉狄克倫．麥肯錫在我褲腳上留下的鞋印，隨即上車。

我比母親早二十分鐘回到家，所以有時間餵露西，換掉我的濕衣服。

11

適切的辭彙

隔天早上十點，我被叫進崔史東先生的辦公室。當然，公車司機告了我一狀，有幾名下層乘客也舉發我。住在小村莊（而且還被流星砸到），多數人都認得你的臉孔和名字。事後回想，我毫無勝算。

說到紀律——其實在各方面都一樣——崔史東先生可是非常吹毛求疵。在十點以前，他已經正式調查了一小時，蒐集了關於前天「事件」的大量資訊。他和公車司機談過（簡短又令人沮喪，我猜），收集了兩名打來學校抱怨的民眾證詞。兩名較爲乖巧的同學也被叫去質問，分別是父親擔任校董的艾美．瓊斯，以及母親在校內教授美術的保羅．哈特。根據這些訪談，崔史東先生已經全盤瞭解這次打鬥。他知道我試圖抓花狄克倫．麥肯錫的臉，知道在接下來的肢體衝突中，我的某樣東西被丟下車。這場紛爭的事實不難釐清，只有動機不詳，但是很快就能揭露了。崔史東先生非常重視要找出動機，他總說斬草一定要除根。

而所謂的草就是偏差行爲的暗喻。

在崔史東先生辦公室舉行的審判都很迅速，絕不拖泥帶水，我們這次也不例外。既然奔走偵查的工作已經完成，判決也確定，大可速速揮斬鋒利的眞理之劍。提出罪名，誦讀證詞，要求學生解釋再予以駁斥，然後就指派懲罰內容。這些快轉過程在剛開頭與快結束的時候，都會來段冗長的訓斥。崔史東先生認爲，這是紀律聽證會中最關鍵的一環。有了這些譴責、講道，才有機會確保人人明白這些惡劣行徑的本質，繼而致力根除。

怪的是崔史東先生對罪行和懲罰的看法，竟然和我母親如出一轍，儘管這兩人在其他方面大相逕庭。犯罪不法、舉止不妥、齷齪寒酸、詞彙貧乏，以上事項在崔史東先生眼中彷彿會引起宇宙秩序失調、風紀大亂，**非得**加以矯正不可。數量化的懲罰絕對不夠，還要加上悔罪的態度才能抵銷罪行。崔史東先生也堅信，懲罰要恰當，還要當眾懺悔。舉例來說吧，史卡特．塞茲沃爾在學校照片中做出猥褻姿勢（實在是蠢不可言），崔史東先生逼他在全校集會時，當著六百個學生的面，發表戲劇性的道歉函。這篇演說可不是「對不起」就能帶過，史卡特．塞茲沃爾的講演——而且講稿是在嚴格監督之下完成——超過四分鐘，猶如政客的公開道歉。

事情牽扯到肢體衝突，崔史東先生認爲只有一種解決方式最圓滿。雙方都得道歉，先向崔史東先生認錯，再彼此道歉，而且態度必須夠眞誠，最後還得握手言和（手勢要有力，必須四目交接；**無論何時**，這都是正確的握手方法）。這是嚴肅的儀式，象徵雙方不再懷有敵意——重返文明社會，再次遵循法律規章。

崔史東先生從十點零二分開始教訓我們時，文明精神也是重要主題。

「我們生活在文明社會，」崔史東先生說。「在文明社會中，我們以文明的態度解決彼此的歧異，而**不是**用暴力解決問題。」

當然，崔史東先生說的是理論，理想多過現實。或者，只有我認爲他說的是假設理論，否則就是彼德森先生口中的「一級狗屎」。在那當下，我們這個文明世界在沙漠中就有兩場戰爭，從我看到的電視新聞而言，打這些仗的士兵可是被當成英雄。人類還有裝載炸彈的核子潛艇可以夷平整座都市，許多高度文明的人都認爲，擁有這些武器只是深謀遠慮——畢竟許多國家（以及住在那裡的所有居民）都那麼**不文明**。

我應該告訴你，當天早上，我的歇斯底里狀態可說是蓄勢待發。前一晚我幾乎沒睡，在天亮前癲癇已經發作三次——兩次是部分性，一次是痙攣，而且我一次都沒告訴母親，身、心都疲憊不堪。我不希望說得太過戲劇化，但是此刻我的意識就像一盤掙扎、蠕動的蛇，唯一能蓋好蓋子的方法就是一心一意、屏氣凝神地提高警覺。平日訓練有素的冥想、分心練習都派上用場。但是依舊無法如同往常般保持沉著鎮定，我轉而將目標鎖定爲潰然的麻木——我蓋上一層又一層的厚重絕緣體，免得自己受到更進一步的傷害。有那麼一會兒，這個方法似乎相當有效。只有一、兩次，我覺得很想大笑、大哭，或又哭又笑。

「你們代表本校，」崔史東先生加強語氣。「你們走出學校進入人群，在往返學校的途中，還是扛著學校的大旗，所以你們必須拿出榮譽感。」

我嚴肅地盯著地板，用羅馬數字數到五十。根據當時的狀況而言，這種姿勢是可以接受的。崔史東先生直接對你說話，叫到你的名字，或是質問你的時候，才會寄望你與他有目光接觸。當天崔史東先生對我們說話時，我已經完全心不在焉。（我正想著，德勒斯登大轟炸時，馮內果先生在肉類倉庫的情景。）他要求回答，我卻完全處於狀況外。

「怎麼樣？」他催促。「你們有話辯解嗎？」

我麻木的意識努力思考。狄克倫．麥肯錫就像隻受困的黃鼠狼，反應無比機靈。「先生，」他說。「我知道不該打架。通常也沒有人勝過我更不欣賞暴力——」

「比**我**。」崔史東先生糾正。

「沒有人比我更不欣賞暴力，」狄克倫．麥肯錫附和。「然而這次是自衛。隨便問誰都知道，是**他**先攻擊**我**。」

此時他用手撫摸左頰。證物Ａ：三、四道看起來很可怕的傷口。如今抓痕已經變成黃中帶紅，左眼腫脹又瘀青。傷口看起來的確相當可觀，但是我懷疑都是皮肉傷。反觀我，雖然我的挫傷更嚴重，卻集中在臀部，我可不想公開這些部位。而且我猜，在質問之下，我也只能被迫承認，這些傷害**技術性**而言都是自找的，是我滾下樓梯或公車緊急煞車時緊靠在門邊所致。表面看來，狄克倫．麥肯錫占上風。此外，他假惺惺又不合文法的一番辯解至少**聽起來**眞心誠意。我試圖反駁時，所有話語都像憂鬱患者的空洞獨白。

「是的，」我承認，「是我先發動攻擊，不過這件事情無關緊要。」崔史東先生撇嘴，也許是因爲我的措辭，也許是因爲我膽敢告訴他哪些事情重要，哪些又無關緊要；我不知道他究竟爲何撇嘴。「這不重要，」我陰沉地說下去，「因爲是他先惹事。他故意挑釁我，這件事情要怪他，不能怪我。」

「打架要兩個人才打得成。」崔史東先生指出。

有些話聽起來正確，感覺卻不太對勁，這就是其中之一。我很意外，心裡竟然出現不苟同的火花。可惜，我的心不擅長發表演說。無論我想表達什麼，都說得辭不達意，只能不斷重複，和機器人的表現相差無幾。「這都怪他，是他引起的。」

「才怪！」狄克倫．麥肯錫扯謊。「我只是開玩笑，他自己不夠幽默不能怪我！」

「偷竊不是玩笑。」我說。

我確信崔史東先生一定支持我的看法。結果不然，當時他已經失去耐性。「夠了，」他舉起雙手。「我很失望，非常失望……看得出你們兩人都不肯爲昨天不名譽的事情負起責任。可是我一定會徹底解決這件事情。」

崔史東先生在高背椅上坐下，表示他準備長期抗戰。

「我不想聽藉口，」他說。「我要的是答案，直接的答案。伍茲！」他的食指戲劇化地指向我。「你爲什麼攻擊麥肯錫先生？」

「他偷我的書，還把它丟出窗外。」

「麥肯錫？」

「我很生氣，因爲他攻擊我！」他又摸摸腫脹眼窩下的臉頰。「差點戳瞎我！」

「要戳瞎別人其實很不容易。」我明白指出。

「他用**指甲**攻擊我！」

崔史東先生皺眉，聽到這段敘述也只能有這種表情。

「因爲你先偷我的書。」我說。

「伍茲，你只負責對我說話，我請你說才說，不准先說。麥肯錫，你爲什麼拿伍茲先生的書？」

狄克倫．麥肯錫惱火地看著地板。

崔史東先生嘖了一聲，「伍茲，麥肯錫爲什麼拿你的書？」

「這得問**他**吧。」我說。

「我問過他了，現在要問你。」

我沉默不語，但是我很快就發現，崔史東先生不會就此撒手不管。他決心要找出動機。「怎麼樣？」他問。「我等你回答，伍茲。麥肯錫先生爲什麼要拿你的書？」

就我看來，這個問題蠢之又蠢，況且也不該問**我**。我不是心理學家，向來無法理解狄克倫．麥肯錫的動機。我自己都懷疑他有所謂的動機，又怎麼提供合理的答案？誰曉得狄克倫．麥肯錫的腦子都在想**什麼**？他又不是有理智的人。最模糊的直覺告訴我，就算他有動機，可能也和羞辱有關吧——他就是想讓人自覺是被貓咪拖進屋的玩物。然而我越往這方面想，越覺得無法理解。

我似乎花了好幾分鐘想解開這個謎團，壓抑住的歇斯底里衝動也不時湧起又退下。崔史東先生挑眉，還用指尖敲打桌子。

「你想知道他爲什麼這麼做？」我問。「爲什麼偷走我的書？」

「對，伍茲先生。我這個問題已經提出一會兒了，我不想再重複說同樣的話。請你現在就明白回答我。」

此時，適切的辭彙已經衝到舌尖，一旦箭在弦上，我也無心壓抑了。

「因爲他是個雞巴。」我說。

這個字眼彷彿在空中飄浮了一會兒，彷彿我將它寫在漫畫中的對白泡泡裡。沒有人做出任何反應，沒有人料到，我本人最意外。

接著，泡泡破了。

崔史東先生的臉色彷彿充血的膿包。狄克倫·麥肯錫的臉則猶如薄荷冰淇淋，我大概依然保持著正常臉色吧。然而內心深處，在那內心深處，有件事情似乎改變了。

告訴你，有種心理狀態被醫生稱爲「欣快感」。某些顳葉癲癇患者在發作時會體驗到，也就是大腦的情緒中心突然充滿電流，開始不正常運作。正常人有時也會有這種感覺，那是當他們得到某種了不起的成就或是嗑藥時。總而言之，我非常確定當時我的心情就是這種欣快感，而且我以爲自己即將開始痙攣。當時我也感受到虛幻、飄飄然，彷彿全身毫無重量。然而，我沒有任何先兆，沒有事情讓我分神，也沒看到幻象。感覺比較像我從濃霧中往上飄往晴空，迎向金黃色的陽光。我的視覺很清楚，腦筋清晰，還覺得比平常更平靜。

「什麼？」崔史東先生說。他不說「不好意思？」或「請原諒我沒聽清楚」等等每天強迫我們採用的文雅說法；我看他的臉色就知道，他第一次便聽見了。然而不知爲何，他給我機會重新考慮措辭。

我不想重新考慮。

如今我的話成爲整個早上最有意義的話語，就算羅柏·亞斯奎斯把帳戶所有錢都送給我，我也不願意撤回。狄克倫·麥肯錫就是我說的那種人，我完全不覺得該語帶保留。反正我不可能再碰到更悲慘的事情了，最糟糕的事情已經發生了。崔史東先生大可以勒令我退學，但是這種後果並不可怕。（我又能再度自學，這種方式更有效率。）狄克倫·麥肯錫大可再海扁我一頓，但是也**無減**我說的話的眞實性。當下我便明白，我再也不怕狄克倫．麥肯錫了。他坐在那裡臉色發青，一眼腫脹，只會像懦夫般逃避，如今他在我眼中只是毫無意義的傢伙。既然又得到另一次機會，我決定再度重申我剛說的話，最後還補上我們的校訓「眞理生力量」，因爲用來當結語格外有力。

狄克倫．麥肯錫的下巴大概掉到地下室。崔史東先生則像煙火般從椅子上跳起來。

「麥肯錫，立刻出去！伍茲，不准說了！大氣都不准吐一口！」

接下來的訓斥非常生動，然而過於冗長，而且不斷重複，因此就不在這裡贅述。崔史東先生滔滔不絕說完之後，便打電話到店裡給我母親，她不斷懇求他網開一面，請他考量我有病在身，先前表現又如此優異。他們最後達成協議，認爲我說了那麼可怕的話，罰我留校一週（家長也必須格外注意我的言行），還算是最輕的懲罰。狄克倫．麥肯錫則是留校一天，看來我說**那個**詞的罪行，比起他可能對我施加的傷害嚴重五倍。

到了那天晚上，欣快感已經只剩下回憶。我覺得又累又痛苦，再度失去語言的能力。

我沒有足夠時間演練接下來要對彼德森先生說的話，在母親回家之前，我只有兩個小時的時間，之後我肯定會被禁足一個月（事實證明是兩個月）。況且，我想得越多，越明白自己無話可說。我大可陳述所有事實，編造所有藉口，詳細又生動地描述我後來遭到哪些折磨，卻都無法改變任何事情。最後的結果還是一樣醜陋。

我穿過哨兵似的白楊木時，心臟已經快跳出來。等到大門被推開，任何能言善道的美夢便煙消雲散。

「我恐怕弄丟你的書了。」我脫口說出。這句話糟糕透頂又沒頭沒尾，然而我還能說什麼？我沒有母親的天分，不知道該如何傳遞壞消息。我只想在勇氣完全消失之前，盡快把話說出來。

彼德森先生一臉震驚。「你弄丟了？」

我點頭，喉嚨完全鎖死。

「你**弄丟**了？」

「對，我……」

「你**明明知道**那本書對我的意義！」彼德森先生抱住頭，彷彿突然偏頭痛。

「不能怪我！」我哀求。「我當時搭校車……」

「校車！你帶到校車上？」

我馬上發現這個行爲有多不負責任。我放棄了，我不再假裝錯在別人，因爲這完全要歸咎於我。

「我非常抱歉，」我說。「我知道抱歉也於事無補，我無法再買新書……」

「沒錯！老天爺！我一定是**大白癡**！」

我無言以對。

「回家吧，小鬼，」彼德森先生終於開口。「我現在不想看到你。」

我也不想留下，不想再辯解。我轉身就跑，一路跑回家。

12

穿孔

往後八週到暑假前，我遭受到最嚴厲的軟禁——由母親一手主導。因爲速速被三振出局（毀壞、打架、罵髒話），她不再相信我能自行負責任地執行懲罰內容。我幾乎無法離開母親的視線。每天早上，她開車送我到學校門口，放學再到同一地點接我。通常都是我母親親自來，有時由賈絲婷代替，有一、兩次甚至連小珊也被拖下水。這種作法對所有人都非常不便，儘管賈絲婷和小珊從未抱怨過——她們對我向來很有耐性，但是我看得出她們熱切希望我盡速回到「正軌」。至於我所犯下的各色罪行和乖僻行爲，她們都站在同一陣線。

「你知道打架很少能解決任何事情，」賈絲婷說。「只會讓情況更惡化。」

「我知道。」我說。

「你用的那個詞，」賈絲婷皺起鼻子補充，「那個字眼非常令人忿怒，尤其對女性。」（根據她激動的語調聽來，大體而言，適用於女性的原則，對蕾絲邊而言更是雙倍眞確——儘管這種邏輯實在領先我的理解力好幾光年。）

家母，當然，已經長篇大論地教訓我**那個**字眼有多過分。小珊也是，而且她向來對這類事情持溫和態度。

「這是個低俗、令人憎恨的**男性**用語。」小珊這句話讓我困惑了好一陣子。

「爲什麼是**男性**用語？」我問。

小珊打量了我一會兒，確定我是不是故意裝傻，然後說：「你知道這個字眼的意思吧？」

「我當然知道！」我在腦海裡回想一遍，排除其他各種可能性，然後說：「指的就是女性生出寶寶的部位。」

「非常正確！所以知道這個字眼有損人尊嚴吧？你瞭解它有多令人厭惡？」

我想了一會兒。「我不知道，不太清楚，」我做出結論。「我的意思是，我又不是用在那種地方。況且，令人覺得憎恨的是這個字，而不是這個字眼所象徵的部位吧？」

小珊要我重複這句話，然後說我賣弄學問，延續性別歧視者的心態。我覺得很委屈。

「又不是**我**說這是全世界最糟的字眼。」我說。

★★★

我放學被接走之後還不能獨自看家，每天下午必須在店裡多留兩小時（週六還得待上九小時），這對所有相關人等更是不方便至極。這就是賈絲婷和小珊剛出現「問題」的時間點，至於她們有什麼問題就不是我管得著的範圍。母親只說她們正「遇到困難」，所以賈絲婷常常情緒惡劣——這件事沒逃過我的法眼。賈絲婷經常心不在焉，我很確定她神遊到我母親口中的其他空間。有時她休息回家，雙眼往往布滿血絲。眞的，那是我最不方便被禁足的時期——我也很快向母親指出這點。

「是的。」她有同樣看法，接著便對此事絕口不提。

所以賈絲婷不爽，我母親不爽，小珊不爽，當然啦，我也不爽。頭幾日，我還成天臭臉，後來，就只是悶到極點。母親努力找零工讓我有事忙，例如檢查倉庫存貨等等。但是往往找不到事情給我打發時間，我多半只能坐在櫃檯後方角落——能躲多遠就躲多遠——密切觀察來來去去的顧客。

你可能早就知道，光顧我母親店鋪的人有**很多**都是怪咖。我估計過，只有不到三分之一的顧客還算正常——就是觀光客，還有偶爾會出現的女學生，她們大概和我年紀相當或略大。我認出有些人是亞斯奎斯的學生，然而她們就算有人認出我，也沒有一個會大費周章點頭示意。我並不覺得特別尷尬，我已經習慣女生對我視而不見。棘手的是，母親認定唯有成群結隊的女學生才造成嚴重的竊盜威脅，所以從她們進店裡到離開的期間都需要「特別監控」。

「盯好那些女生。」她告訴我。

「爲什麼找我？」我哀求。「**妳自己**盯好她們！」

「別傻了！」她低聲憤怒地說。「對你而言，這件差事應該沒**那麼**辛苦。」

「她們會以爲我打量她們！」

「那又怎麼樣？你平常不就是這樣。」

「這不一樣，很丟人欸！要是被她們看到呢？如果她們一抬頭，剛好看到我盯著看？」

這就會引來一陣刻意壓低音量的開心笑聲。「雷克斯，你可以試著微笑啊。也許會發現，她們沒有你想像得恐怖！」

這句話大大惹火我。第一，我認爲母親不算適任的戀愛專家。此外，一對一時，女生比男生更讓我覺得自在——向來如此。讓我頭大的是成群的女生，因爲她們聚在一起**就是**可怕。她們總是吱吱喳喳，不然就是輕聲竊笑或交換只有她們才瞭解的眼神。把這種事情交給我實在太不公平了，但是一如往常，面對母親就沒有爭論的餘地。我只能坐立不安，滿臉通紅地盯著她們看，之後再通報是否有任何「可疑」舉動。

這幾乎是不可能的任務，原因有二。第一，女生只要三五成群看起來**總是**很可疑。第二，其他大部分顧客也沒好到哪兒去。母親的店鋪本來就瀰漫著神祕的氛圍，這個條件根本毫無意義。舉例來說吧，我還記得有個男人穿皮風衣，帶著闊邊皮帽，盯著泡在福馬林中的動物屍體超級無敵久——可能有四十五分鐘吧。接著他轉身，一句話也沒說就走了。這種行爲在店裡並不罕見，我之所以特別記得那名男子是因爲我格外留心這個類型的男性——特定年齡的獨行俠，顯然就是漫無目的地亂逛。這要追溯到我童年早期的幻想，我夢想著某個這類的無名男子會突然自稱是我幻想中的父親。在這種幻想的某版本中，這名男子會特地先來偷偷看過我，才決定揭露自己的身分。在其他版本中，他也可能只是巧合來到店裡，當他打算購物時才注意到**我**，有時是發現我母親——或是她突然看到他，總之一定要戲劇化地倒吸一口氣。

我稍微大一點之後，才知道這個白日夢有許多問題，也不太可能發生。第一，父親完全不可能知道我的存在，甚至懷疑過這種可能性。此外，我也懷疑經過這麼多年，父母恐怕已經無法認出對方。我問母親關於他們的戀愛經過時，她往往只回答「短暫」和「目的導向」。再追問細節，也只能確定他們的關係比冬至的白晝時間還短，而且從我母親的角度而言，純粹只爲了繁殖後代。關於我父親的事情，她只能說他很健康（至少看來如此），有性能力（顯而易見），一旦確定這幾點之後，其他事情便無關緊要。她不太注意其他抽象問題，例如他的長相或特徵，而且怎麼想都想不起來。我無意苛刻批判母親，總之在我出生之前，就算她眼前只站了三個男子，她大概也認不出我父親。

即便童年的幻想已經失去往日的光采，父親這個角色在我的想像中依然留有一席之地。根據母親少得要命的描述，父親的長相和舉止在我的心中還是有一定的形象。我想像他大概是湯姆．龐巴迪[32]之類的人物，穿長靴、蓄著鬍子，深愛森林，沒有任何工作經歷。光顧母親店鋪，略帶神祕色彩的獨行男子多數都是這種類型，但是這類顧客依舊占少數，一週能看到兩個就算是幸運了。他們離開之後，我很快又覺得無聊。

可惜我完全沒有機會商量縮短服刑時間，除非先煞費苦心表達悔意，取信於母親，再流露出罪惡感。母親要我寫道歉函給崔史東先生和狄克倫．麥肯錫（可能還要寫給性情乖戾的公車司機），即便我已經詳盡（幾乎啦）解釋當時的狀況，所以後來我才會有那些舉動和發言。我們鬼打牆似地重複同樣的爭論，我告訴母親我不覺得內疚，因爲在那種情況之下說出那些話、做出那些事情（無論有多令人不快）當然合理，所以我不打算向**任何人**道歉。寧死不屈。母親一次又一

32 Tom Bombadil，《魔戒》中的人物，卻未出現在電影版本中。作者將這個角色設定為最古老的存在，擁有強大的力量，是種族不明的謎樣人士。

次地指出，只要我知道自己做的事情有多駭人，一定要立刻道歉，沒有其他選擇。然而我卻固執己見，故意裝做毫無知覺。

「你根本不明白那個字眼有多惡劣，」某個下午，母親重拾熟悉的話題。「否則根本不會說。」

「我很清楚。」我肯定地說。

「才怪，你不知道！一定不曉得。老實說，雷克斯，我不知道哪件事情更糟糕，是你說這個字眼，還是你拒絕承認這個字眼有多可怕！」

「我知道有多可怕！這是最難聽的英文字眼，大家都知道。所以我才選擇這個詞，我可不是隨便亂講！」

「你不該用那個字眼罵任何人，永遠都不行。我不管你**覺得**你被激怒的程度有多嚴重。」

「他活該！」

「不，他不活該，任何人都不該遭受這種欺凌。」

「任何人？」

「對，任何人都一樣！」

我等了一會兒。「希特勒呢？」我問。我早就想打出希特勒這張牌，儘管我知道這招不可能幫我更站得住腳——母親絕對會反擊。

「噢，雷克斯，拜託。」她把雙手放在臀上。「我不敢相信自己聽到什麼！你眞認爲那個叫麥肯錫的孩子可以和**希特勒**相提並論？」

「呃……不知道，也許不行。可是狄克倫．麥肯錫還沒有足夠的時間把他的劣根性發揚光大，也沒有希特勒的資源。我相信，希特勒小時候也沒人知道**他**後來會變得多可怕。」

「雷克斯，這太離譜了！簡直蠢到令人無法忍受！」

「我只說現在討論爲時太早，可是我相信，如果把一個國家交給狄克倫．麥肯錫統治，肯定很快就會搞得亂七八糟。」

「雷克斯，聽我說，狄克倫．麥肯錫並**不**邪惡。他可能討人厭、幼稚、充滿怒意、不討人喜歡等等，但是你也不該把他妖魔化。你並不瞭解他，當然也沒有權利用那個字眼罵他。否則你又哪裡比他強呢？你說？」

「他活該！他不只是不討人喜歡，還非常冷血殘酷，最喜歡羞辱別人！」

「哦，是嗎？」

「對，沒錯！」

「你用那個字眼罵他時，又是做什麼呢？」

我沒回話。

「眞的，雷克斯，我很想聽聽你的看法。你絕對是羞辱了他，這下子**你**覺得怎麼樣？」

「不一樣，」我咕噥著。「他罪有應得。」

「現在不是討論他是否罪有應得，我們正在談你有什麼感想。」

「這不重要，」我說。「完全不是同一回事。」

無論我如何堅決，母親還是有辦法打擊我短暫的成功。狄克倫．麥肯錫事件所帶來的勝利快感，如今都漸漸消褪。

「我還是不打算收回這句話。」我任性地說。

母親聳肩，「我逼不了你。」

其實她的意思是她覺得沒必要了，她已經擊潰我某個叛逆行爲的正當性，如此一來，我所有反抗舉止都無法再打著動機純良的旗幟。再小的勝利也是勝利。儘管我堅守立場，默默陰沉地服完剩餘刑期，我們都知道，她贏了。

我已經習慣每天午餐時間繞著操場走兩圈，這一個小時的散步可以讓我如願遠離人群。不消說，這不是索美塞特最美麗的步道。但是在禁足時期，我在傍晚和週末都不得自由活動，這段路已經算是最棒的消遣，而且某些地方並不沉悶。因爲校方聘請的場地管理員光是整理中庭、中央足球場和訪客、路人看得見的校園前方都快累死了，向來疏於照管有高圍籬、灌木叢圍繞的操場附近，入夏後更無心修剪。每到夏季，操場周圍的草地就越發茂密、糾結，散發出陣陣清香；雜草和野花更引來蜜蜂和各種蝴蝶。如果走運，偶爾還能看到田鼠奔過矮樹叢，或是松鼠急衝到最近的樹木上。通常，離學校建築物越遠，就有越多野生動物，也更少人破壞這片自然景觀。在操場最遠處，看到鵲鳥或整家雀鳥的機會遠多於看到人（音樂老師馬修太太除外，因爲她熱愛觀察鳥類）。

好幾週以來，無論晴雨，我天天都走同樣兩圈路，只是有時方向不同。在這段時間，我不必對任何人開口講一句話，可以盡情沉思，這無非是我整天最充實的一段時間。我不但希望，也期待維持原狀。結果，在某個平凡卻烏雲密布的午後，一切都變了。那是我第一次碰到伊莉，她是特意跟來，儘管其他人當時都樂於無視我的存在——事後回想，伊莉就是那副德性，凡事都和人唱反調。

我早就認得她——應該說，我對此人略有耳聞——雖然她比我大十四個月，又比我高三個學年。她的全名是伊莉莎白·費茲摩里斯，大家都知道她常惹是生非。通常是因爲她公然鄙視學校的服裝規定，打扮風格就介於哥德派和情緒搖滾派之間。你可能已經瞭解哥德派，也許也知道情緒搖滾派。以防萬一，我還是詳細說明一番，因爲這兩種人都常光顧我母親的店鋪。

哥德派喜歡戲劇化的黑色妝容和黑色服裝（有鉚釘的長靴、馬甲、長鏈、項圈等）。情緒搖滾派也喜歡黑色，但是沒那麼誇張，外表看來較有御宅族時尚（這可完全不同於普通的御宅族）。他們的衣服通常都頗時髦，也超級緊身——尤其是褲子。哥德派迷戀吸血鬼、崇拜惡魔、嘈雜的音樂，也公開展示個人特質。情緒搖滾派多半有更深層、更深奧的絕望感，更迷戀諷刺劇、喜歡傷害自己。

伊莉混合這兩種風格，內心富含絕望的情緒，也勇於表現出來。至於她之所以傷害自己，其實多半是誤判形勢。她畫著很濃的眼線和眼影，一頭黑髮猶如烏鴉的羽翼。劉海長到完全不切實際，通常都掠到左臉，也因此讓她看起來活像獨眼龍。

「伍茲！」她在十公尺外喘著氣說。「等一下！」

到目前爲止，我都努力假裝沒看到她，但是給她這麼一喊，我就別無選擇，只能跑走或停下。我站定腳步。

「老天爺！」伊莉說，氣喘吁吁地站了一會兒。「崇腰哩，伍茲！你到底走多快啊？」

這個問題不需要我回答。

「哈囉，伊莉莎白。」我看到她馬上撇嘴。

原來伊莉很討厭自己的名字。後來她告訴我，她的名字來自「他媽的施洗約翰的母親」。他媽的施洗約翰和他的母親都是聖經裡的人物。

「要不叫我伊莉，要不就別叫！」伊莉說。

「我不想隨便跟妳裝熟。」我解釋。

伊莉茫然地看著我。

「我只是想禮貌應對。」

這句話招來幾聲嗤笑。「禮貌！」

「對。」

「靠，伍茲，是你欸！你什麼時候開始講究起**禮貌**？大家都知道你是學校最會講髒話的人！」

「那只發生過一次，」我告訴她。「況且我有充足的好理由。」

伊莉把劉海從眼睛上拂開，雙手交疊在雖然不大卻很嚇人的胸部下，然後開始打量我——我相信這套動作的每個步驟，都是爲了要讓我覺得不自在。

「好吧，禮貌先生，你爲什麼說那個字眼？」

我想了一會兒，思考怎麼措辭最恰當，最後的答案如下：「因爲幫某個東西取名字就能剝奪它的力量。」

伊莉看著我，然後翻白眼。她常翻白眼，平常對話翻白眼的次數之多，會讓人誤以爲這個動作的專利屬於她。「天啊，你很古怪！」她說。

「我知道。」我讓步。

「這不是侮辱你，」她補充。「只是……總之還有更糟的特徵呢。」

「謝謝。」對我而言，不侮辱我就等於是讚美了。「可以請教**妳**一個問題嗎？」

「只要是**禮貌**的問題就可以。」伊莉說。

「呃……不太算呢。事關我們剛剛談的事情，就是那個雞開頭的字眼。」

「問吧。」

「這個嘛，」我清清喉嚨。「自從我說了之後，大家就前仆後繼地告訴我這個詞有多可怕。妳知道，說什麼這是世上最可怕的字眼，對**女性**尤其難聽。我要問的是，就是剛才我說的最後一點……」

「你想聽聽我的意見？」

「對。」

「身爲一個**女性**的意見？」

「對。」

伊莉又翻了一次白眼。「有什麼好大驚小怪？只不過是個詞嘛。」

「是啊。」

「雞巴，雞巴，雞巴，雞巴，雞巴，雞巴，雞巴！」伊莉補充，證明自己的論點。（伊莉喜歡清楚明白地表達自己的意見。）

總而言之，我覺得她的反應洗刷我的罪嫌。「謝謝妳，」我說。「這席談話眞有意思。」

我又開始散步，她卻抓住我的手臂。

「慢著！」伊莉說。「先不要這麼古怪，我有事情要問你。當然啦，除非你要趕著去哪裡？」她加上這句，語氣非常諷刺。

「呃，我本來希望再走一圈。」我說。

伊莉嚇了一跳。「爲什麼？算了！我陪你走，先等我　下。」

她從肩背包中拿出一包菸，點了一根。我緊張地環顧四周。

「放心啦！」伊莉勸我。「根本沒人看。」

「這裡不是……很空曠嗎？」我問。

「相信我，」伊莉說。「空曠的戶外最適合抽菸，根木沒人會料到。其他人躲起來偷哈的地方——你知道，就是球場後面或穿堂盡頭旁邊。」我才不知道，但是我聽她繼續說。「那些地方簡直智障到極點，就是躲在那裡才會被抓到，白癡才會在那些地方抽菸。這裡就不一樣了，在這裡根本不可能被逮到，大老遠就能看到有人走來了。」

「他們也能看到你，」我說。

「對，可是要有他媽的望遠鏡才能看到你在做什麼。」

「馬修太太有望遠鏡，」我指出。

「馬修太太是膽小鬼！」伊莉說。「她還沒出來指責學生，就會先嚇得尿褲子跑走。」

「我懂了。」

「我大概不必請你一根？」

「不用了。」

接下來，她走在我身旁，滔滔不絕地說起她穿孔的經過。總之，伊莉爲了提早慶祝自己的十五歲生日，決定在眉毛上穿孔。難怪她的右眼上方有個神祕的ＯＫ繃，我先前都努力忍住別看。至於長遠看來，臉上穿孔如何躲過家人發現，她倒是沒多做說明。

「反正就像我的頭髮，」她說。「你知道，我出去一趟就染了頭髮，就這麼決定，我爸媽只好接受。否則還能怎麼辦？雖然他們嘮叨了好幾個星期，我還是覺得很值得。」

「總之，我以爲這次也一樣。可是我週六回家，他們兩人跟發瘋了沒兩樣。說眞的，那個架式會讓人以爲我是**懷孕了**還是怎麼著。」

我默默不語，因爲我無從置喙。

「總之，」伊莉繼續說。「竟然連學校都不准我在眉毛上穿孔，你相信嗎？」

「我相信。」我說。

「說什麼違反校規！眞是他媽的不可思議！」她憤怒地大口抽菸。「我爸媽對我大吼大叫幾百年之後，最後還強迫我拿掉，現在我得貼著這個蠢繃帶，直到傷口癒合爲止。」

「喔，的確很不幸。」

緊接著是一陣尷尬的沉默。伊莉鬼鬼祟祟地左右張望，「其實還在。」她悄聲說。

我近乎不由自主地打起寒顫。「你說眉毛穿孔？」

「是的，沒錯。我母親沒收店家給我的眉環，可是她不知道我還買了一根金屬棒。反正貼在OK繃裡也看不到，有什麼差別？」

我心想，這個鬼主意有明顯的瑕疵。

「我知道你想什麼，」伊莉說。「但是我自有計畫。我接下來幾天就天天鬼叫說我不想貼OK繃，然後我就換個髮型，把劉海換到另外一邊，像這樣。」她用沒抽菸的另一手撥頭髮。「這種做法是有點討厭，因爲我的右臉比較好看——這很明顯——但是不會引起懷疑，因爲我不斷抱怨，說大家盯著我的繃帶看。因爲穿孔要等上好幾週才不會密合，這段時間我就繼續留著新髮型，然後，登登登登！問題就解決了。」

「這就是妳的計畫？」我問。「用劉海遮住穿孔，然後永遠不撥開頭髮？」

「當然不是**永遠**，只有接下來這幾年，我大概得買很多髮膠吧。你要看嗎？要看我的眉孔嗎？」

她不等我回答，便大力踩熄香菸。然後小心翼翼地撕開繃帶，然後把它彈到草叢裡。

「妳知道，妳不該亂丟垃圾。」我指出。

「老天爺，伍茲，」伊莉說。「你還眞是爆笑。」

「我是說眞的。」

「我知道，所以才爆笑。」

伊莉的「棒子」是兩個小小的藍色球體——就像黏在她臉上的球狀軸承，分別出現在她細黑眉型的上下兩側。周圍的皮膚則泛紅、發炎。「很酷吧？」伊莉問。然後又不等我回答，從包包取出另一個ＯＫ繃，迅速貼好。

我們繼續往前走，伊莉另外點根菸，最後終於走到我們最先駐足的地點。

「我要你問你媽能不能僱用我。」伊莉說。

我不知道自己有什麼預想，總之不是這句話。「僱用妳？」我傻傻地重複。

「對，週末啊，放學後，暑假都可以。我需要錢，因爲他們不再發零用錢給我，恐怕還要停上一陣子。」

我也覺得應該不會。

「如果我**必須**找工作，到你媽的店裡幫忙應該很有意思。」伊莉說。

我皺眉，無法想像竟然**有人**認爲在我母親手下工作很有意思。況且，我也無法想像伊莉的父母會同意，我覺得有必要把這點說清楚。

伊莉翻白眼。「我當然不會告訴他們！就說我在他媽的Topshop[33]打工就好了。」

「喔，」我說，然後思考了一會兒。「我不確定我母親聘請妳是否合法，」我繼續說。「總得得到妳父母的同意。」

伊莉聳聳肩。「你媽會在乎這種事情嗎？」

33　英國知名的連鎖服飾店。

「恐怕不會，」我坦承。沒辦法，我不太會說謊，尤其在面對壓力時。

「所以你至少可以**問問**看囉？也許幫我說幾句好話？」

「應該可以。」我說。

老實說，這個念頭並沒有讓我特別開心。但是夏天是觀光季，賈絲婷又總是魂不守舍，我母親可能會另外找助理。我懷疑，伊莉**正是**她會挑選的人。我也懷疑，在伊莉身邊超過十分鐘可能會頭痛欲裂。但是我知道自己可以幫忙問問，畢竟現在沒機會逃過一劫了。

「伍茲，跟你哈啦太棒了，」伊莉說，踩熄第二根菸。「真的，下次應該再找機會聊聊。」

這大概是挖苦、諷刺等等，總之我當作沒聽到。

「你會幫我問你媽吧？」她又問，牢牢盯著我的目光讓我覺得最好別拒絕。

「我會問她。」我允諾。

「太好了。」

伊莉從包包取出某種身體噴霧，閉上眼睛從頭噴到腳。然後對我點頭致意，轉身筆直走回教室。

接下來的散步就不愉快了。

★★★

兩天後，那個包裹送到我家。當時母親正在車庫停車（通常要花一會兒功夫，因爲她的空間感很糟），所以那天也是我先穿過前門，先拿回信件。但是我後來才發現包裹的收件人是我，畢竟我不習慣收信件，而且也只有一個人曾經寄包裹給我，那個人就是威爾博士。也許你還記得，她寄了馬汀・畢契的流星書籍，後來又送我《宇宙：入門導覽》。這個包裹的尺寸和形狀都顯示裡面放了書，但是筆跡絕對不是出自威爾博士。威爾博士的字體非常符合一般博士的風格：優雅的草寫字跡幾乎讓人看不懂——充滿圈圈、扭曲的線和花體裝飾。這個包裹的筆跡則是方方正正。我幫露西盛好飼料，然後拿著包裹上樓拆開。

落在我書桌上的是嶄新的平裝版《冠軍的早餐》，沒有信函，但是我翻開封面，裡面有以下題字：

我猜你大概想知道結局。看完之後過來說說你的心得。

看了幾分鐘，我拿出紙筆，寫了以下回函，隔天就寄出去了：

親愛的彼德森先生：

謝謝你送我這本書。我完全沒料到，以為你應該一輩子也不會原諒我，畢竟發生了那件事，再加上我拙劣的解釋。我現在盡可能地努力說明，有些事情你也許不明白，因為你當年的同學可能比較文明，沒那麼像黑猩猩。

〔以下詳實說明我爲何搞丟彼德森先生的初版書。〕

我很抱歉沒早點告訴你，因為這件事給我帶來莫大創傷。此外，我不希望你認為我找藉口，或推託責任。我絕對有錯，因為書在我手上不見。事後回想，我的行為太過輕率魯莽。我已經決定再度成為和平主義者，不只因為我不擅長也不喜歡打架，還因為我發現，就算是當成最後不得已的手段，打架也會帶來討厭的結果。

總之，儘管我的舉止可能導致惡劣情況更不堪，希望你能明白，錯並非完全在我。也許我的行為很愚蠢，但全都出自一片好意，你一定也有同感。

不幸的是，短期之內，我無法去告訴你《冠軍的早餐》讀後感，因為我被禁足了——因為上述的打架事件，也因為後來我在副校長面前用了最可怕的英文字眼。（你大概猜得到，我在這裡就不多寫了。）當我母親認為我已經學到教訓（如果有那麼一天），我又重拾自由人生，我一定會過去。

再次謝謝你。

亞雷克斯伍茲敬上

或許我該告訴你，提筆寫這封信時，我很困惑自己怎麼沒早點想到。只要我有時間、空間可以思考，書面解釋我真正的想法，絕對比當面溝通來得更清楚。真希望我永遠都能用書面溝通。如此一來，我暗忖，我的人生就輕鬆多了。

所以我的軟禁結束之後，我隔週六就不請自去，在他家車道便碰上彼德森先生。他正要帶寇特來個「短巧」散步，我應該在此澄清，所謂的「短巧」是距離，不是時間。考量到寇特的年紀和彼德森先生的腿疾，他們每次散步都很「短巧」，不過時間可不短。然而，此時可是仲夏，白天乾爽、明亮，而且我已經習慣每週五天、每天至少一小時的散步，所以我很樂於跟著走，無論這段遛狗的距離有多短。

我寫信之後，還有好幾週的時間反覆斟酌該如何道歉，因爲我依舊覺得有愧於心。儘管草稿寫了又寫，我也已經背好又反覆練習，彼德森先生卻始終不肯讓我講完第一句（虧我還文辭並茂）。理由不明，總之他似乎認爲他在這件事情上面比我更有愧於心。老實說，這實在很尷尬。我認爲自己有必要直指出來，而且至少說了第三次，彼德森太太提了字的珍貴初版《冠軍的早餐》是在我手上被弄丟，責任當然在**我**。

「你知道彼德森太太會說什麼嗎？」彼德森先生問我。

我想了一下。「可能會說你當初就不該把書借給我，你知道，否則就是自找麻煩。」其實，這比較像是我母親的語氣，但是我實在沒有其他樣本可以參考。

彼德森先生輕輕皺了一下臉，日後我才知道這就是他微笑的表情。「不對，她不會這麼說，這種話絕對不會出自她的口中。她會說，書本是分享看法的偉大途徑，除此之外，只不過是做成紙漿的樹木。她一定會說我的行爲就像該死的白癡。你瞭解我的意思嗎？」

我沉吟了好長一段時間。「我不確定我懂，」我終於開口。「你的意思大概是說這本書無關緊要，裡面的看法才重要。但是我知道這本書**很**重要，因爲那是禮物，而且無可取……」

「我不是說那本書無關緊要。我的意思是有些事情**更**重要，至於這本書更重要之處……其實與那本書本身無關。重要的事情都在這裡了……」此時彼德森先生用手指輕敲他的太陽穴。「那些都不會不見。**現在**，你明白了嗎？」

「應該懂了。」我說。

「那就好。所以……拜託別再道歉了。」

「好。」

「照你說的聽來，錯也不完全在你。你某些同學似乎是混帳第一名。」

「沒錯，」我同意。「我可以想像，有好幾個都能在那個獎項名列前茅。」

接著，我花了好些時間向彼德森先生解釋，在學校運動場構成適切行爲的複雜規則和定律——也就是所有人的想法和舉止都要一樣，否則就會被當成痲瘋病患。母親每次都說情況會漸漸好轉，同學會更能忍受歧異，所有相關「問題」都會突然顯得微不足道，但是彼德森先生說母親只說對了一半。

「你媽又不是正常人。」他告訴我。

「對。」我同意。

「也許她不覺得與眾不同很辛苦，但是對多數人而言，事實不然。隨波逐流向來比較輕鬆，但是有原則就表示得把事情做得對，而不是做得輕鬆。這需要氣節，這也是操之在**你**。沒有任何人能左右你的人格。」

氣節。我在腦海中思量這個詞彙，特別記得將來要用到這個語詞。因爲彼德森先生一說出口，我就知道那**就是**適切的字眼。我想到，這就是我這幾週以來反覆思量，或試圖深思的事情。

「彼德森先生，」我說。「我當初說那個髒話時，就是想用有氣節的態度說出來。你知道我說哪個字眼嗎？」

「我知道。」彼德森先生確認。

「我始終無法好好向任何人解釋，因爲每個人都說那個字眼是不能說的話，在任何情況下都不得使用，但是我認爲有必要說。當我說出口，我不認爲自己做錯事情，只覺得自己很**有原則**，是我自覺最有氣節的時刻。你會覺得聽起來很蠢嗎？」

「不會，我認爲氣節會顯現在各式各樣的情況之下，有時就算打破規則，依然有爲有守。有時非違反不可。只是別期望太多人能接受這種想法。」

「不會的，」我說。「雖然在正常狀況之下，我通常循規蹈矩，也彬彬有禮。我在學校向來表現優異，事實上那就是我不討同學喜歡的原因之一。我們不可以對學習太過熱衷，這不是該感興趣的事物。如果太喜歡看書或數學，同學就會不信任你。你可能覺得這是怪事，我相信現在的環境一定與你們當年大不相同。」

彼德森先生嗤之以鼻。「小鬼，我是美國人，我們幾百年來都不信任知識分子。我在你這個年紀時約是一九五〇年代早期，想太多就會被當成不愛國，如今的狀況也差不多。看看我們選出來的白癡總統就知道。有布希！還有操他媽的雷射槍[34]！」

34　應該是因為雷根主張擴軍，堅持「以實力維護和平」。

我當然知道布希，他因爲伊拉克事件常上電視。布希和首相布萊爾有特殊情誼，而且長相有點像猴子。就我所知，大部分人都不太喜歡他；彼德森先生甚至說他不算人。至於「雷射槍」，我就完全不認得了。我猜大概是某種綽號，總之最好上網查一查。

「就是雷根啦！」彼德森先生闡述。「他是美國第四十任總統，先前當過加州州長，更早期只是B級片[35]小明星，而且演技還很爛。老實說，如果你看過一九五〇年代那些噁爛的電影，絕對會一口咬定不可能有任何工作更不適合他，結果他當總統更蹩腳。他當總統的時期幾乎橫跨整個八〇年代。」

「一九八〇年代，我還沒出生呢。」我指出。

「算你走運。那十年簡直是撒旦當家，對大池塘[36]兩岸的人都是活受罪。」

「喔。」我默記回家之後要上維基百科查證，還要用google搜尋「B級片」和「大池塘」。

有時一番談話之後，我回家得做上許多功課，但是我很高興彼德森先生和我又恢復友誼了。

35 B-movie，指製作成本較低，通常在午夜場放映，內容不脫色情、暴力等題材的電影。

36 Pond，指的應該是北大西洋。因為雷根任職總統時，決定轟炸利比亞，當時只有英國、加拿大和以色列支持他。

13

死亡

一年過去了。這段時間我愈發堅強，更加篤定。我在學校沒再碰上麻煩，或者可說都是不值一提的小事。狄克倫．麥肯錫那班狒狒依然不時投來奇怪的侮辱，但就整體而言，他們的力量大幅縮減，比不上我剛發覺，還被拿來當金鐘罩的氣節。在課堂上，我恢復本性，理直氣壯地用功學習，舉手發問。我花很多時間找資料，把功課寫得更完美——我猜，全世界其他十四歲小孩投入的時間都不如我多。我養成習慣，每個週間日晚上都在格拉斯頓柏立圖書館待上兩小時，週末還更久，也因此認識每個圖書館員。我喜歡圖書館員，因爲他們都非常冷靜、有條不紊、沉默，也樂於助人。我很快就發現，如果圖書館沒有讀者想借閱的書，他們很樂意幫忙訂書，而且分文不取。買單的是市議會，因爲市議會認爲閱讀有益心靈，希望儘可能地鼓勵這種好習慣。能在理想如此崇高的單位服務一定令人心滿意足，所以我決定，如果不當神經學家或天文學家，圖書館員就是我的第三志願。

我默默努力學習之際，伊莉則是每週至少惹麻煩三到四次。當然，第一個麻煩就是她不幸的眉環計畫。就如同我所預見，用再多髮膠都無法永遠隱瞞眞相。事實上，我們交談後不出幾天，伊莉的金屬棒就被發現、沒收、丟入垃圾桶。然後，伊莉的母親前往方圓十哩內每家珠寶店和刺青店，發放印著她女兒照片的Ａ４資料。照片上寫著伊莉的生日、住宅電話，底下——免得有人漏看——還用大寫字母寫著清晰的說明：切勿幫這個孩子穿孔！！除了大寫和兩個驚歎號之外，費茲摩里斯太太還用紅色墨水列印。她一點也不相信格拉斯頓柏立的珠寶店和刺青店啊。

幾個月後，又發生另外一個大災難（同樣丟人）。伊莉的父母終於發現女兒說謊，其實她並不在Topshop打工。我很不幸，親眼目睹那場口角。費茲摩里斯先生到我們家，明白指出他不欣賞我母親的店鋪，也不准女兒在這種環境工作。我母親因此在門口長篇大論、鉅細靡遺地講解魔法原則：靈性的成長、與大自然的溝通、身心靈與環境的和諧、星星的分布、七界的知覺與存在……「巫術」，她指出只占一小部分，而且遭到外行人的嚴重誤解。整體說來，巫術不比歸功於耶穌的神蹟可怕，例如行走在水上或死而復生等等。此時，費茲摩里斯先生威脅要打給律師。到頭來母親只好讓步，承認她無法在如此無理的反對之下繼續僱用伊莉。

可惜這只是暫時的屈服。伊莉一滿十六歲，剛收到中學畢業考試成績（任何有禮貌的文明對話都不能提起這個話題）就回來幫忙母親。此後沒多久（她認定再也無法忍受與父母住在同一個屋簷下），她就搬進店鋪樓上的公寓。當然，那時小珊已經搬走，賈絲婷也去印度「找尋自我」。

我料想的沒錯，我在伊莉身邊——剛開始的階段——鮮少感到輕鬆自在。我不只要對抗她特有的濃厚厭世氣質，此外，還要面對她有意無意的嘲笑、永不間斷的翻白眼、令人喘不過氣的挖苦諷刺和濃得要命的睫毛膏。而且，時不時，她又會毫無來由地變得親切、散發大姊姊般的溫柔，例如溫暖的微笑、淘氣地推一下或捶兩下。這種行為更糟糕。伊莉冷言冷語或勃然大怒時，我至少清楚自己的立場。微笑的伊莉就讓我困惑迷惘。有好幾次，我都得躲到倉庫耐性地進行冥想，才不致癲癇發作。

約莫在這個時期，我更能掌控自己的病情。我還是每年兩度回去找安德彼醫生，然而當我滿十四歲，母親只能不甘願地同意我獨自回診。她特地空出週六，開車載我去布里斯托畢竟沒道理。安德彼醫生說，我沒有理由不能獨自上醫院。他認爲，這是非常正面的決定，代表我「掌控」情勢。我搭三七六號公車，這路公車每小時經過格拉斯頓柏立大街，可以把我載到布里斯托中央車站，我只需要走五分鐘就到醫院了。

我剛開始獨自回診時，每個月平均有一到兩次的全面性發作。安德彼醫生認爲，即便加重用藥劑量，也無法有效減少發作次數。既然我們已經確認我的癲癇都有明顯又可預知的誘因——壓力、焦慮和失眠——我們都認爲，我繼續練習「克服逆境」或採用認知行爲療法等更有效。安德彼醫生尤其關心我練習冥想太不規律，也太晚——因爲我把這些方法當成「危機控制機制」，最理想的狀況應該是當成長期的預防措施。他用比喻解釋我哪裡做錯了。

「這就像你碰上暴風雨，小船已經千瘡百孔，你還得想辦法把水舀出去，」醫生說。「水從四面八方湧進來，有打上船的海浪、有從洞裡湧進來的海水，還有雨水。此時，你還得對抗各式各樣的外力，例如強風、大雷和腳下搖個不停的船板。在這種情況之下，要不掉下船幾乎不可能。你要做的就是確保船隻永遠養護得宜，那麼就算碰上暴風雨，你也能準備妥當。你瞭解我的意思嗎？」

「應該懂，」我告訴他。「我的大腦就是不耐風浪的小船，暴風雨就是壓力或逆境。我猜，冥想練習就等於鐵槌、釘子、甲板和瀝青等等，也就是用來在出海前修補所有破洞的工具。」

安德彼醫生微笑。「沒有錯，雖然我不會說你的大腦不耐風浪，這種描述並不準確。但是你大概聽懂了，總之你得定期練習，盡量每天練，才能增加你平安留在船上的機率。」

所以我從此開始認眞練習冥想，直至今天。過去四年來，我每天起床冥想半小時，只有一兩天例外。打從一開始，我就知道清晨最有效，因爲我的頭腦在此時最清晰，也不受任何干擾。我通常在六點半到七點之間起床，一旦完全清醒便開始冥想。在安德彼醫生的建議之下，我在房間一角搭建了小小「聖地」。這裡有塊軟墊、枕頭，一盞可以調整三種亮度的檯燈，還有一小區專門放書和CD。我冥想時從不聽音樂，否則會令我分心，但是結束之後就喜歡聽從彼德森先生書房借來的古典音樂專輯，就聽個十五分鐘。以放鬆效果而言，我發現蕭邦的夜曲最無與倫比。

在我腦海的私密空間中，我把這種新生活命名爲「養護小船」，理由顯而易見。這種暗喻果然強而有力，我很快就想到辦法，將它轉化成畫面，納入我的冥想中。我一開始就想像船隻處於理想狀態——雖短小輕淺卻相當堅固，旁邊還有藍綠漆的船名（寧靜號）——想像船籠罩在陽光中，四周風平浪靜。慢慢地，我想像畫面中有微小的波浪，然後颳風、下雨、閃電，而且逐次增加強度，最後則是風雨大作。我的船在這個暴風雨中浮沉，被海浪拍來打去，卻依然屹立不搖——整艘船依舊完好無缺。慢慢地，海水又恢復平靜。風逐漸減弱，大浪變成小浪，烏雲散去，終究又恢復成無風的晴朗日子。我看到小船漂浮在波光粼粼、陽光普照的大海上，筆直的水平線往外無盡延伸。

每當有人（我母親或伊莉）打擾我的寧靜，我就會想像這個畫面。我很快就發現，自己更善於處理日常壓力，也睡得更香甜。癲癇發作的次數減少，大體而言，心思也更加清澄。但是當時我還沒碰上任何嚴厲的考驗。

直到我現在要描述的這一天，我都不知道自己的小船已經變得多堅強了。

事情發生在郵局附近。我已經忘了確切日期，總之一定是二〇〇八年初夏。那天是週六，時間大概是剛吃過午餐，也許是兩點或三點。

我們剛從騎馬小徑走回主要幹道，所以寇特沒走在前頭。再差個一分鐘、三十秒，牠一定會被平安叫住。如同所有意外，一切都是各種因素陰錯陽差，如果有任何條件略有出入，事情絕對不會發生。

我依稀記得，葛里芬太太開的「高爾夫」緩緩開過來時，彼德森先生和我正經過羅伊先生家前院外的水蠟樹圍籬。她開車的速度不可能有多快——絕對不超過時速三十哩——但是當時我卻沒早點認出她。彼德森先生先看到她，在她的車子接近時，也先舉手示意。葛里芬太太，我應該先說明，是彼德森先生偶爾會交談的少數村民之一（畢竟他每個月得買那麼多郵票）。總而言之，我們那天揮手都很機械式，當時可能正在交談，所以不太留心周遭環境。根本沒有時間可以反應，才剛發現，事情就結束了。

後來我們才知道，那個噪音是鏈鋸啓動的聲音。羅伊先生選擇在那天下午修剪樹籬，因爲視線被遮蔽，他當然不可能看到我們，也毫無心理準備。我們的右方突然傳來噪音，寇特立刻直覺反應地往反方向狂奔，衝往大馬路，筆直衝向葛里芬太太的來車。她完全來不及反應，等她踩下煞車，狗兒已經撞上車子。先是悶悶的碰撞聲，尖銳的金屬摩擦聲，再來就是橡膠焦味。葛里芬太太的煞車痕大概有二十公尺長，一秒鐘後，一切恢復寧靜。因爲車禍聲響，鏈鋸的主人應聲關掉開關。

寇特動也不動地躺在另一邊人行道的一公尺外，後腿已經開始出現一灘血泊。我們跑到牠身邊，發現寇特顯然還有氣息。

葛里芬太太下車奔過來時，全身發抖，臉色死白。指尖放在嘴唇上，不斷結巴地重複同樣兩句話：「我沒看……看到牠！牠突然衝到我前面！」

此時，羅伊先生已經出現在車道盡頭，目瞪口呆，手上還戴著厚重的園藝手套，表情無助、荒謬，彷彿剛擱淺的魚。很長一段時間，我也和他一樣無用，不知道該說什麼或做什麼，我的理智已經凝固成冰塊。這個時候，彼德森先生不但試著照顧寇特，還不忘安慰葛里芬太太。

「這不能怪妳，」他告訴她，「可是我們要趕快載牠去找獸醫，馬上就去。妳可以送我們一程嗎？」

葛里芬太太彷彿不瞭解這個問題。彼德森先生必須重說兩次，她才開始點頭，又再說一次，她才開始挪動身子。她倒車到我們旁邊時，他轉向我，「小鬼，我需要你幫忙把牠抬起來，可以幫幫忙嗎？」

我想說話，卻一個字也吐不出口。寇特的腿傷似乎越來越嚴重，牠的臀部每兩秒就抽動一下。我一輩子沒見過那麼多血，但是彼德森先生大概看過更可怕的傷勢，他非常鎮定，心無旁騖。

「沒事的，小鬼，」他說。「你不會有事，我們只要把牠抬到車上就好了，我們一起抬。」

他脫掉外套，裹住寇特的下半身，然後向我示意。「你只要幫我抬頭部和前腿，數到三就往上搬。」

「我沒辦法。」我脫口說。

「你可以，不會有事的，半分鐘就辦完了。我只要你專心半分鐘，好嗎？」

我閉上眼睛，大口吸了幾口氣。

「亞雷克斯？睜開眼睛，不要恍神。」

我張開雙眼。

「你不會有事的，再振作幾分鐘就好了。數到三喔……」

我們往上抬時，寇特大聲嗚咽，有那麼一秒，我的血液突然降溫。然後牠便安靜無聲，最糟糕的情況已經結束。牠很難挪動，但是並不重，而且我們在一分鐘內就把牠平放在葛里芬太太的車後座。彼德森先生和牠一起坐在後面，我坐副駕駛座。十五分鐘後，我們已經抵達獸醫診所。

寇特被施打麻醉藥，後腿也包紮妥當，獸醫請我們回到手術室。牠依舊躺在房間中央的不鏽鋼手術臺上，表情安詳，彷彿睡得很熟，無夢無覺。

「出血狀況沒有看起來那麼嚴重，」獸醫肅穆地說明，「但是那條腿有兩個部位都斷了。我擔心麻藥退了之後，牠會非常痛苦。」

「可是不會有事吧？」我問。「還能活下去吧？」

獸醫看著彼德森先生，兩人似乎心領神會。「牠的傷勢都可以醫治，」她說。「可是你要明白，寇特已經很老了，**完全**康復的機率渺茫。就算一切都很順利，牠可能也不能再用那條腿走路，否則會疼痛不堪。」

彼德森先生點頭，卻什麼也沒說。

「可是牠能活下來？」我一問再問。

獸醫看著我，又望回彼德森先生。「需要我給你們幾分鐘嗎？」

「好的，麻煩妳了。」彼德森先生。

「要幾分鐘做什麼？」我問。當時，我完全不知道答案，畢竟我從沒碰過類似狀況。一走出母親店鋪的古怪環境，我就不知道人們如何談論，或者絕口不提——死亡。

葛里芬太太從皮包拿出一張面紙，又開始擦拭眼睛。彼德森先生看來非常陰沉、決絕。「小鬼，我很遺憾。獸醫要讓寇特安樂死，我們已經愛莫能助。」

我的胃部一陣翻攪。「獸醫說牠只是腿受傷！還說可以治療！」

葛里芬太太一手放在我的肩上。「亞雷克斯，」她輕聲說。「你不明白獸醫的意思，她是說傷是可以治療，而不是**應該**治療。」

「既然可以治療，當然就應該治療啊。她沒有**必要**說出來，因爲很明顯嘛！」

「那就太不人道了，」彼德森先生說。「你必須明白這一點。」

「可是獸醫可以救牠！」

「那不是救牠，不是眞的對牠好。我知道你不明白，但是請你試著理解。牠一旦醒來，就會非常痛苦，而且這種疼痛永遠不會消退。牠只要活著一天，就得忍耐。我們不能對牠這麼殘忍。」

「不能讓牠就這樣死了！」

葛里芬太太壓了壓我的肩膀。

彼德森先生看了我一會兒，說：「抱歉，小鬼。我們**就是**要讓牠走。」

這時，我哭了起來，但是彼德森先生的表情毫不猶豫。

「牠不會受苦，」他告訴我。「牠會走得很平靜。現在只有這麼做對牠最仁慈，你懂吧？」

我們都沉默了下來。

「然後呢？」我終於開口問。「牠安樂死之後呢？」

「我不太懂你的意思，」彼德森先生說。

「我們可以埋葬牠嗎？」

「你覺得這麼做對你有幫助？」

「對。」

「好，那麼我們就埋葬牠。」

我們選擇的地點恐怕也是唯一可行之處，那是靠近後院西側樹籬的大花床，就在儲物間和溫室後方。花床原本種著幾株薔薇樹，可是一年多前染病。彼德森先生一直想種其他植物，葬禮結束之後，他終於抽空動手。

挖洞就耗費了好多時間，最後挖出五呎長、二呎寬、三呎深的洞穴，亦即我必須獨自挖出約三十立方呎的土壤。彼德森先生也幫了一點忙，可是我看出他行動不便，而且我知道這個主意是我的責任，不關他的事，畢竟是我的堅持。因此幾分鐘之後，我便說我可以自己挖，況且兩個人也沒有足夠空間。他抽著大麻菸，看了我一會兒，就走回屋內。他明白，挖掘這個墳墓是我必須獨力完成的事情。

我說過，除了塔羅牌的抽象概念之外，這是我頭一次面對死亡；也許就是因為這個緣故，我的反應才如此強烈。日後回想，我在彼德森先生的前薔薇園挖墳墓時，看起來一定格外荒唐。完工時，我整個下半身都在地底下，骨頭痠痛，滿身泥巴。我只能說，當時我一點也不覺得荒謬，還覺得非常有必要。我知道這番努力不會改變任何事情，當然也不可能改變寇特的命運，然而，我猜這就是葬禮的意義。葬禮不是爲了亡者，而是撫慰在世的人。

我沒怎麼休息，只是不斷地用鏟子挖啊挖。挖了一呎深之後，進度就變慢。因爲土壤更緊實，地底更多石頭和舊樹根。當然，我挖得越深，就得把土壤搬得更遠。等我完工，手臂、雙腿和背部的肌肉都已經鬆軟無力，兩掌也都滿是水泡。身體的不適，反而讓我心情更舒坦。

這個墓穴看起來非常壯觀，也相當整齊，因爲每個平面都很平坦，交接處也都儘可能地呈直角。彼德森先生一定很開心我竟然能挖出這麼方整的墓穴，我自覺完成重要任務。

回到屋內，我打電話給母親敘述這件意外，並且表示我會晚點回家。然後我又打給葛里芬太太，問她是否想過來參加葬禮。似乎這麼做才妥當，畢竟她這一天也夠難捱了。參加葬禮也許對她有幫助，她也答應了，說她馬上過來。

當時我才想到，既然葬禮由我一手打理，我在埋葬寇特之前也有責任說幾句話。我當然從未參加葬禮，也沒有一般人的宗教背景，但是我常看電視，知道大概的流程，必須說：「塵歸塵，土歸土」等等。然而我說這些話實在不妥，聽起來太過莊嚴。而且我也不確定正式葬禮是不是非得由牧師主持，畢竟我沒有這種身分。後來，我決定朗誦一小段短文比較恰當，引用寇特同名作家的文章最合理。因此我找出彼德森先生的《泰坦星的海妖》，因為我記得有幾段文字是關於狗兒和死亡。

我中意的那段文字就在二〇六頁，然而實際描述比我記憶中更慘淡：

太陽上的爆炸分離了人與狗。心存慈悲的宇宙應該讓人狗不分開。溫斯頓．奈爾斯．倫法德和牠的狗兒所居住的宇宙並不存有慈悲心。卡薩可比主人更早踏上偉大旅程，被送到不知何方，從事不知何事。

在一陣臭氧和強光之中，在一片蜜蜂群集的嗡嗡聲中，卡薩可狂吠著離開。倫法德鬆開指間的空狗鍊。狗鍊沒有生命，發出無形的聲響，堆成不明的模樣，這個毫無靈魂的奴隸屈服於重力，生就沒有挺直的脊樑。

儘管這段文字中肯又有詩意，在葬禮上朗誦卻太過悽涼。所以我選了倫法德在二〇七頁的告別演說，這段文字的開始如下：「我沒死去，只是道別太陽系。」結尾是：「我將永遠在這裡，我將永遠存在我去過的任何空間。」

我們埋葬寇特時約莫是八點，後院還有充足的日光，因此我朗誦文章沒有任何困難。稍後，彼德森先生幫我填好墓穴。因爲鏟子只有兩支，葛里芬太太幫不上忙，但是她樂於只在一旁觀看；把土壤填回去比搬出來輕鬆多了。不出幾分鐘，花床已經回復原本的模樣。

一會兒之後，當彼德森先生又抽起另一支菸，葛里芬太太告訴我，她很喜歡我那段朗誦。

「那是寇特・馮內果的作品，」我說。「寇特的名字就是來自於他。」

「這樣啊，」葛里芬太太說。「總之這段文字很美。」

葛里芬太太離開，太陽完全隱沒在樹籬後，天空也轉爲粉紫色時，彼德森先生從屋裡走出來，要我最好趕快回家，免得母親開始擔心。

「好，」我說。「可以先給我幾分鐘嗎？」

「好，要我等你嗎？」

「麻煩了，我馬上就好。」

我先前太過出神，以至於忘了時間，但是我應該告訴你，我已經不再覺得哀傷，不太難過。我也不覺得激動。我以爲在壓力這麼大的事件過後會感到心靈無法平靜，事實完全不然。當時院子的氣氛平和，天色逐漸變暗，周遭一片寂靜，只有穿越樹林的風聲。只要閉上眼睛，感覺就像我平常冥想的最後一幕，身邊僅有暖和的陽光和蔚藍的海洋。

「彼德森先生？」我在一會兒之後開口。「你認爲我們死後會發生什麼事情？」

他看了我幾秒，似乎想看穿我，然後說：「死後大概什麼也不會發生。」

我玩味了片刻，「我也這麼認爲。」

這是我頭一次告訴別人，可能也是我頭一次對自己承認。聽起來像是莫大的宣言，然而我很高興自己說了出來。說出這句話，很重要。

我們轉身背向花床，走回屋裡。

14

半個月的週日

後來幾週，我越來越擔心彼德森先生的心理健康。希望我已經交代清楚，面對寇特的死亡，我自認因應妥當——就各方面而言。在最初的震驚之後，我傷心難過，我挖墳埋狗，一番折騰之後，我變得更加堅強。然而彼德森先生，這個嘛，他面前似乎有片白牆，接著是默默糊裡糊塗地矇混度日。我不確定這個反應健不健康。

我發現，他抽的大麻似乎越來越多。當時我已經知道他用兩排高壓鈉燈在閣樓種大麻，也不再憂慮他是販毒贊助恐怖主義，然而我依舊擔心這種習慣對他身體的影響。我想，他的心情因此得到鼓舞，卻只是暫時。之後就會覺得懶散，不肯與外界互動，變得反應遲鈍。好幾次我都告訴他，他抽得太兇。以下是他的回答：

「老天爺，小鬼，你跟其他十五歲少年還真不一樣。」

我還要好幾個月才滿十五歲，但是我沒和他計較。彼德森先生永遠搞不清楚我有多大，就他的標準而言，這已經算是估計得很精準了。

「我擔心這對你大腦的影響，」我非常理智地告訴他。「不曉得你是否明白，腦細胞不像皮膚細胞或肝細胞，不會更新再生。擁有健康腦子的人總是想辦法毀了自己的腦子，老實說，我看了就火大。」

「小鬼，我抽這玩意兒已經四十年，」彼德森先生指出。「不會因為你認為這是什麼恐怖惡習就戒掉。」

「我沒說這是惡習，」我反駁。「只說我認為對你不好。」

「老天爺，有意思的事情對你來說都不好！至少不是你所認定的好。你這麼瞭解大腦，卻完全不懂心智。」

「我**當然**瞭解心智，」我堅稱。「也知道健康的心智需要有健全的腦子。」

「你對健全腦子的看法實在他媽的狹隘，」彼德森先生反駁。「我們都需要精神支柱。」

我不打算說服彼德森先生採用了不起的冥想，先前試過，也已經失敗。他彷彿完全不瞭解小船的類比，但是他顯然需要大麻以外的東西，填補寇特過世所留下來的空洞。

我沒提過幾次，但是他每次都堅稱絕對不再領養狗兒——至少在可見的未來都不會——就是這一點加上其他種種，才叫我擔心。也許寇特的死對他的打擊，比他顯現出來的要更大。畢竟寇特是他這三年來**唯一**的伴，寫成文字似乎很悽慘，然而這是事實，也無可避免。寇特過世之後，他肯定更是足不出戶，重返隱士生活。

外界看來也許不明白，其實遛狗在鄉間可說是聯誼活動。在一到兩小時的散步過程中，也許會碰上五、六個人，有一、兩隻動物在場，便有助於友善對話的齒輪轉得更順暢。至少人們會微笑說，「哈囉」或「好可愛的狗狗啊！」見過一次以上的人通常會駐足小聊一番，說「你好嗎？」或「都不記得上次八月這麼濕熱是哪一年了！」等等。儘管彼德森先生不瞭解，往後一定會想念這些瑣碎的對話。

我猜，他依舊爲國際特赦組織寫信——有時人們甚至會回信——但是那不同於面對面與人互動，那可不是群居生活。

好幾次，我發現自己遺憾我們兩個都是無神論者。否則我們就能上教會，那也算是社交活動，每週日都有動力定期出門，這一天剛好是商店、郵局——下嘉德里唯一的娛樂景點——休息的日子。當然，我不清楚人們在教堂裡做些什麼，大概就是長時間討論道德倫理、宇宙狀態諸如此類我相當感興趣的話題。唯一不吸引我的事情就是超自然力量，以及他們只讀聖經。從我讀過的簡短片段看來，實在不算引人入勝。

如果能討論這些主題，進入這個團體應該很開心。「世俗教會」的點子就是由此而來。

我初次對彼德森先生提起這件事時，這個點子已經在我心裡醞釀多時。這種做法似乎可以解決許多問題。

幾個月前，自從我看完《沒有國家的人》之後，我就想重讀馮內果所有作品。我認爲，讀第二次應該更有收穫，畢竟我現在比當初看第一本的年紀大了百分之十。此外，我認爲這件事情不該獨樂樂。

我到格拉斯頓柏立圖書館打聽之後又大受鼓舞。組長菲歐娜・費頓說，她認爲辦讀書會是好主意。他們在門口有特別的公告版，專門讓人張貼這類廣告。

「妳會有興趣參加嗎？」我問。

「當然，亞雷克斯，」她說。「當然會有興趣。」

「我不是問假設性問題喔，」我澄清。「我是說，等我搞定所有細節，要不要算妳一份？」

她似乎覺得這句話很有趣，所以眼尾出現許多微笑線。「微笑線」是菲歐娜・費頓自創的詞，指的就是她的魚尾紋。她往往用來表達她讀到或聽到的事情讓她有多樂，像是「逗得我微笑線都跑出來了！」她比我母親大幾歲，也許四十多歲吧，一頭金莓色的頭髮越接近髮根越紅。我一直敦促她應該看馮內果的作品，因爲他有很多句子都會逗出她的微笑線。

「亞雷克斯，你可以算我一份！」她說。「這不是假設性的回答。只要選我不必當班的日子就行了。」

「週日對多數人來說應該都很方便。」我說。

「對，週日很方便。」她同意。

踏出這個第一步，我開始思索，我還認識哪些人可能想加入馮內果讀書會。

首先，絕對有葛里芬太太。她在葬禮後說她很欣賞我朗誦的那段，此後我便想送本《泰坦星的女妖》到郵局給她。（雖然不是《魔戒》，但是根據我個人的經驗，絕對有可能同時喜歡這兩本。）此外，還有安德彼醫生。他已經知道馮內果，因爲我們看診時聊過。三十年前還是大學生時，安德彼醫生看過《第五號屠宰場》，他說他記得那本書既好笑又悲傷。但是他後來就沒再看過馮內果的作品。安德彼醫生說，他現在很少有時間閱讀，有時間也只看醫學期刊（這是必要讀物）或艾蜜莉・狄瑾蓀的詩（因爲非常短）。

我個人認爲，安德彼醫生應該**特別挪出**時間看書，而我也在下次看診時告訴他。我還說，他應該把閱讀當成冥想。定期閱讀可以讓人更平靜，更睿智，有助於個人的小船。

不必說，這招果然相當有用。

「讀書會？」彼德森先生問。

「沒錯。但是我們只看馮內果的書，要從頭到尾讀完每一本。其他都不看。」

我無法回頭觀察他的表情，但是我認爲彼德森先生正在皺眉。我之所以無法回頭，是因爲當時我正在開車，所以必須兩眼盯著路面。開車時唯一可以挪開視線的理由，就是看後照鏡，而且應該常常大動作地看，尤其是轉彎或開出路口時。當然，因爲當時我還未滿十五歲，所以只能在彼德森先生門口的巷子（通常空蕩蕩）和他的私人車道（永遠沒車）開車，然而還是得隨時提高警覺。就技術性而言，我根本不該開車。不只因爲我離法定年齡還有兩年多一點，我的癲癇症也嚴重到我不能持有駕照。除非一年完全沒發作，否則不能開車。我的癲癇的確越來越少發作，但是尚未完全停止。

「你要發作時會**知道**吧，」彼德森先生指出（一開始教我駕車時就問了）。「你有那個詭異的第六感，對不對？」

「對，」我承認。「我每次都知道，每次大發作前，我都有強烈的先兆。」

「很好。所以如果你的癲癇快發作，就告訴我，然後把車停好。見鬼了，反正你的車速最多不會超過時速二十或二十五哩。我們應該不會有任何急迫的危險。」

彼德森先生認爲我越早學開車越好，不只因爲這是有用的技能，他還認爲有益於我增加自信。事後回想，他大概說得對。駕駛對我而言居然很輕鬆，我開車謹慎小心卻不緊張，而且從來不覺得癲癇即將發作。其實開車所需要的專心一致，反而讓我極度平靜、鎮定。

上過幾次半小時的課之後，我已經知道如何停車、啓動引擎，如何檢查盲點，如何邊看後照鏡邊打方向燈。懂得熟練踩放離合器不久後，我便能順利起步，流暢地在一、二、三檔之間切換（從來沒有必要換到四檔）。再多上幾次課，倒車入庫和路邊停車技術就已經相當熟練。彼德森先生沒有車庫，我們就用兩排盆栽排出標準的停車格大小，我從未撞到任何一盆。

總之，當時我們正在上駕駛課，我無法回頭確定彼德森先生是不是正在皺眉，但是他的口氣顯然充滿懷疑。

「只看馮內果作品的讀書會？」他問。

「沒錯。」

「我不確定你會得到什麼踴躍的反應。」彼德森先生預測。

當然啦，我早就有備而來。「其實，」我說，「已經有幾個人說他們有興趣：有葛里芬太太、安德彼醫生——我的神經科醫生，還有在格拉斯頓柏立圖書館上班的菲歐娜．費頓。她甚至說，我們需要的書可以多訂幾本，免得有人想參加又買不起書。市議會會付錢，因爲他們認爲閱讀有益心靈。」

「這樣啊。」

「總之我很樂意策劃、籌辦。但是我們顯然需要舉辦讀書會的地點。」

「對，你有什麼點子呢？」

「呃，你家似乎是最佳選擇。客廳容納不少人也不會顯得擁擠，外面又有空地可以停車。」我用左手比劃，當時正要開到家門口。

「小鬼，兩手都放在方向盤上。」彼德森先生警告我。

兩手重新放回十點、兩點鐘方向，然後緩緩把車停在凸窗前。「我已經想到一個有力的名字了，」我說。「讀書會就該有個好名字才能吸引人加入，對不對？」

彼德森先生沒問是什麼名字，不過我看得出他的好奇心已經被挑起。

「馮內果的世俗教會，」我說。

「靠他媽的天啊，」彼德森先生說。

「就像一般教會，只是不唱歌、不祈禱，而且故事更精采。我們可以每週日聚會。」

「**每個**週日？」

「對，一週看一本書。」

「小鬼，大部分人看書沒那麼快。」

「每天只要看個二十到四十頁，書又不厚。」

「相信我。一個月看一本書比較實際，大部分人的生活都很忙。」

「喔，」我皺眉。「好吧，那就每月找一個週日聚會。如果我們只看十四本小說，就要一年多才能討論完；如果把短篇故事、散文和新聞稿都算進來，大概是十八個月。」

此時彼德森先生的臉已經皺成一團。「小鬼，你搞錯方向了。我們在這個**教會**裡要做什麼？」

「可以討論道德倫理等等。」

「道德倫理？」

「對啊。畢竟這是他的作品中常出現的主題，此外也有其他議題。你知道，就是諷刺、時空旅遊、戰爭、大屠殺、玩笑、外星生物。你覺得怎麼樣？」

「我認爲到時會有一群瘋子來我家。」

「這表示你願意出借場地囉？」我問。

彼德森先生咬唇想了一會兒。「好吧，小鬼，」他終於開口。「找到足夠的會員，我就讓你在這裡舉辦。」

「多少人才叫『足夠』？」我問。

「六個人，我們兩個除外。當然啦，見鬼也找不到那麼多人，應該不太可能。所以我才同意你。」

「瞭解。」我說。

因爲這番話的鼓舞，當天晚上我就設計、列印出海報，打算拿去格拉斯頓柏立圖書館張貼。海報樣式如下：

曾經想過我們為什麼在這裡嗎？

我們要去哪裡？

有什麼意義？

關心宇宙的大略狀態嗎？

〈馮內果世俗教會〉

對以下議題有興趣的人，歡迎加入本讀書會：

道德倫理、生態環境、時空旅遊、外星生物

二十世紀歷史、人道精神、幽默等等

請來電連絡亞雷克斯・伍茲：

＊＊＊＊＊　＊＊＊　＊＊＊

你可能已經猜到，那些星號就是我的住家電話號碼，我可不打算在此公布，免得有人打惡作劇電話。

一週後，有福夫婦第一個回應，應該說第一對。他們的姓氏唸作「有福」，就像「溫柔的人有福了……」[37]和我通電話的芭芭拉．有福迅速點出，這個姓氏和我的讀書會名稱竟然貼切地如此奇妙。

約翰和芭芭拉．有福都是老師，但是不在亞斯奎斯學院教書。約翰．有福在威爾斯的中六學院[38]教物理，體格壯碩，說話溫和。芭芭拉．有福比丈夫高兩吋，是數學老師，長期受失眠所苦，可以把 π 背到小數點後一百位。你可能知道，π 是周長除以直徑所得的數字，大約是 3.14159。這個數字無法全寫下來，因爲可說是沒完沒了到天邊。多數人睡不著是數羊，芭芭拉．有福則是背誦 π。

有福夫妻都對時空旅遊很有興趣。約翰．有福收集相關題材的研究報告，後來更向我解釋，從次原子的基準看來，時空旅遊是相當普遍的現象。但是說到肉眼可見的物體，例如人類和太空船，多數物理學家都認爲，自然法則別有居心，時空旅遊才會在物理學上行得通，實際操作起來卻毫無可能。約翰．有福個人相信，「無論現在是幾點，總之都不是我們所認定的時間。」這個觀念不止和馮內果一致，史蒂芬．霍金也有同感。約翰．有福說，一旦物理學家研究出「萬物至理」[39]（ToE），空間和時間的基本概念都站不住腳，舊觀念只對日常生活如安排會面時間，或何時上超市有意義。

37 出自《聖經》馬太福音第五章第五節。

38 sixth-form college，英國以招收義務教育結束後的十六至十九歲學生為對象的學校，相當於十二、十三年級之大學預科。

39 Theory of Everything，亦譯為「萬有理論」，就是用一套公式涵蓋物理學一切已知的交互作用力和作用場。

當然，上述的大部分想法在第一次通電話時都沒提到，當時我只透過約翰的老婆芭芭拉和他間接談話。以下是她說的話：「請見諒，伍茲先生，但是我們第一次看到你的海報之後，我的丈夫就碎碎唸到現在，我非幫他不可。他想知道，你是不是就是**那個**亞雷克斯·伍茲。」

我只困惑了幾秒。

「我很有可能就是**那個**亞雷克斯·伍茲，」我躊躇地承認。「不過這顯然要看妳先生想的是哪個亞雷克斯·伍茲。」

芭芭拉·有福清清喉嚨。「其實他的想法很荒謬，可是我的丈夫認爲，亞雷克斯·伍茲就是那位被威爾斯流星砸到頭的少年。你可能還記得那則新聞，報紙登了好幾個星期。總之，我告訴他，就算他**眞的**記得那個名字……」

「對，就是我。」我確認。

話筒彼端寂靜下來，我聽到有福夫婦朦朧的商議聲。有福太太回到線上，「希望你別覺得我這個問題不禮貌，請問你幾歲，亞雷克斯？」

「快十五歲了，」我說。「但是我的閱讀年齡比較成熟。」

這不是笑話，卻逗得芭芭拉·有福笑得停不下來。

後來我抄下芭芭拉·有福的電郵地址，說我一決定何時初次碰面就通知她。我還答應她，到時會把我的鐵鎳流星碎片帶去。

幾天後，我又找到第二個圖書館員加入讀書會，就是蘇菲·漢斯。她五十五歲，是格拉斯頓柏立圖書館最沉靜的圖書館員。她一頭石墨色的頭髮，總是穿著及踝的長裙、洋裝，鮮少穿褲裝，所以走起路來彷彿是滑行。我某天下午發現，她喜歡塡字遊戲和威廉．布雷克[40]；那時我正坐在閱覽室柔軟的椅子上研讀艾蜜莉．狄瑾蓀的資料，她則正在休息。威廉．布雷克也是已逝的詩人、藝術家，他寫過一首關於老虎的名詩：

猛虎！猛虎！金澄黃
照亮黑夜的林莽，
哪雙不朽手與眼
打造汝等惶惶之堂堂？

就算他拼音不正確[41]，我依然非常喜歡威廉．布雷克的詩。蘇菲．漢斯和我分享時，我告訴她，雖然我無法立刻心領神會，讀著讀著卻讓我的心跳小小加快。她說，也許這就表示我瞭解的已經夠多了。老虎的爪子和利牙可以輕鬆劃破人類肌膚，就像我撥開香蕉皮那麼容易；對布雷克而言，他很難想像慈愛的造物主會創造這種生物。漢斯要我注意倒數第二小節：

40 William Blake（1757~1827），英國浪漫時期的詩人、藝術家，卻始終以雕版為業。
41 當年布雷克用的是 tiger 的古老拼法 tyger，所以主人翁才會有此評論。

當星子扔下槍茅，
用淚水灑遍蒼穹，
他是否笑看自己的傑作？
造出羔羊的他是否也造出你？

這段我懂。接著我請蘇菲．漢斯翻到《冠軍的早餐》五九頁，馮內果利用響尾蛇表達過類似的憂慮：「宇宙創造者在牠的尾巴放了一個嘎嘎響的角質環。此外，宇宙創造者還給了牠一對門牙，如同充滿致命毒液的皮下注射器……有時宇宙創造者眞叫我驚訝。」

因爲先前曾有這段討論，我知道讀書會的「世俗[42]」字眼格外吸引蘇菲．漢斯。其實她是世俗派的人本主義者，所以她認爲上帝、魔鬼、天堂和地獄都是虛構，但是也無關緊要；因爲根據人類共有的普世價值觀和理性的探索，的確有可能（而且更可取）創造出道德倫理系統，而不是仰賴超自然的經文內容。馮內果也是世俗派的人本主義者，我也一樣，但是我在埋葬彼德森先生的狗兒之後才徹底明白，在那之前並沒有清楚的概念。不同的是，蘇菲．漢斯並非從小就有這種想法。她在基督教家庭長大，二十一歲生日當天因爲盲腸裂開而失去信仰。畢竟，理智、和善與

42 Secular，排除天主及宗教影響的精神。

稱職的造物主不可能讓人類有盲腸這種器官。

因爲箭已離弓，我想到還有許多細部問題需要解決。舉例來說吧，我知道我們要看完馮內果所有小說，在十四個月內讀完十四本書，但是我不知道先後順序該怎麼安排。這個簡單的問題卻讓我煩惱許久。

起初，我以爲就照作者的出版時間排定，從《自動鋼琴》開始，以《時震》結束。然而我想得越仔細，越認爲這種閱讀順序不太有趣。《時震》拿來當最後一本是不錯，可是從《自動鋼琴》開始看，恐怕不太妥當。這本書太傳統，情節和描述太豐富，太少幽默和離題閒話。就馮內果的作品而言，太過不正常。

最後，我認爲必須忽前忽後地隨意選讀，這應該是馮內果最讚許的方式。但是我進一步考慮，不照出版順序選讀，也不代表一定要**隨機**亂跳，應該還是有某種符合邏輯的順序。因此我在十四張小卡片上寫下十四本書名，然後在書桌前花了半小時排出閱讀順序，雖然不照年代先後，卻考慮到主題、形式和人物。

彼德森先生說我的架式彷彿是準備博士論文，不是組織讀書會。然而除此之外，他拒絕提供任何有建設性的建議。他說這是**我的**計畫，我就得想辦法讓它上路。

這個念頭讓我輾轉反側。

說起來好像很蠢，其實之前，即使費心策劃、召募會員，我都沒想過這是**我的**計畫，也沒想過我必須要「上路」。先前，我以爲這種事情會水到渠成，只要我推動了，一切就會瓜熟蒂落，如今我才看出事與願違。儘管讀書會已經招到會員，還需要詳加計畫、籌備才能真正實現。我需要策略才能成功推動。

這個突破來自於某個早晨，當時我剛完成格外費時又寧靜的冥想而把腦袋掏到全空。突然天外飛來一筆，我把這個靈感當成指示，寫入第一封群組郵件中：閱讀當月指定的小說時，請每個人寫下自己覺得格外喜歡的句子或段落，最後再選一個帶到第一次讀書會。

我認爲這招非常可行，因爲馮內果的小說有太多值得引用。而且這種做法非常民主，可以提供九個跳板供我們討論。

九就是我的讀書會最後招募到的人數。

最後參加的會員是葛瑞格利．亞得曼，他也在圖書館看到我的海報。原先他看的是另一張公告——那個布丁俱樂部要招募會員定期試吃新口味的布丁——但是他說我的海報更吸引他的目光，因爲用了很多問號，而且舉例之多，異於常態。

葛瑞格利．亞得曼三十二歲，是美食文章的自由專欄作家。工作泰半就是到餐廳外食，發表評論。他吃遍英格蘭西半部，有時甚至遠赴艾克希特[43]。可惜葛瑞格利．亞得曼身爲職業老饕卻有個極大缺陷，他很難寫出苛刻的評論。這都是因爲他母親自小教導他，如果沒有好話可說，最

43 Exeter，位於英格蘭西南方的小鎮。

好什麼也別提。她還教育他，吃東西不要挑三揀四，何況世上有許多營養不良的人。所以就某些層面看來，亞得曼選擇這一行還眞奇怪。

然而葛瑞格利．亞得曼如果眞心厭惡某頓飯，還是有跡可循的，因爲他的文章就會不厭其煩地描述餐廳的裝潢、地點或是停車場。此外，他也設計出另類的評分標準，因應他不喜歡攻擊別人的個性。他對餐廳的喜好滿分是十分，五分就是最低分，相當於別人心中的一分。至於四分，那就等於食物中毒了。

葛瑞格利．亞得曼穿著得體，溫文儒雅，體型略胖，而且根據彼德森先生的說法，他是同性戀的事實就像金星的夜晚很漫長（一四〇一個小時）般地明顯。但是我只有他的說法可以參考，因爲你可能已經明白，我在學校接收到大量錯誤資訊，所以同志雷達並不敏銳。

告訴你，看到自己一手打造的計畫——腦子憑空想出的點子——成形，還化爲活生生的實體，感覺眞詭異。十月第一個週日，在彼德森先生客廳的低垂晨光中，我對眼前景物的心情大概可以比擬發明家的成就感。房裡的兩張沙發和四張椅子排成半圓形，一端靠著凸窗，另一端就在對面的牆邊。摺疊餐桌上（我事先還得先撣灰塵，因爲這張桌子恐怕好幾年沒打開過）放著咖啡、茶和健怡可樂。每個人似乎都相處融洽。安德彼醫生和蘇菲．漢斯聊得正起勁，菲歐娜．費頓聽到芭芭拉．有福的話笑得樂不可支，微笑線全都一股腦兒地浮出來。葛里芬太太做了薄煎餅，正用錫箔托盤發給每個人。

我站在幾步之外，抱著我的鐵鎳隕石。一如往常，抱著這個密度超高、具有四十五億年歷史的小行星，就讓我有安全感，彷彿有比我自己偉大許多的精神依靠。彼德森先生就站在我身邊，前半小時還點綴在他臉龐的朦朧困惑表情，此時已經恢復成平常的苦瓜臉。直到我們聽見第一聲敲門聲之前，他可能都不相信有人會來。後來他告訴我，他不曉得我怎麼有辦法遊說如此多人來參加這個小眾讀書會，還認為這要歸功於我的單純。更讓這麼多人感興趣，肯定需要大量的單純。有好長一段時間，我都不瞭解他這句話的意思。

「馮內果的世俗教會」在往後十三個月都很順利，然而第一次與接下來十二次都沒什麼好談。我唯一該描述的就是最後一次，理由將非常明顯，總之到時再說吧。現在，你只需要知道起頭很成功。最後一個人抵達不到幾分鐘，彼德森先生便用拐杖敲地板三次，所有聲音彷彿被抽油煙機抽光，我開始感謝大家來參加。我從未公開演說過，居然一點也不緊張，還覺得從容自在。

15

微裂隙

收件者：m.z.weir@imperial.ac.uk
寄件者：a.m.woods.193@gmail.com
日期：２００９年5月15日週五　時間：5:07PM
主旨：隕石

親愛的威爾博士：

希望妳近來一切安好，近日關於奧墨隆橄欖隕鐵的稀土元素濃度的報告也得到極大迴響。我本人的身體已經好多了，好幾個月都沒癲癇發作過。安德彼醫生對我的進展大爲滿意，還說我有可能不必再服用卡巴氮平——儘管這個假設性的將來還很遙遠。坦白說，我也不太擔心。每天早上吃藥已經變成慣例，就像刷牙一樣。如果不必吃藥，只是少做一件事，然而這也不算什麼苦差事。至於每天冥想的習慣，無論癲癇病情有何變化，我都不打算停止。最近我更平靜了。

今天寫信給妳的主要理由如下，妳一定知道，再過一個多月就是六月二十日週六，也就是隕石打中我五週年。到了六月二十一日週日，就是妳來取走那顆隕石的五週年，也就是殘骸穿過我家屋頂，讓我陷入昏迷整整兩週的五週年。

這陣子，我開始認爲自己持有這個殘骸已經夠久。妳到醫院看我那次，我記得妳說有許多人想看看我的隕石，我相信妳說得對。我很難解釋確切原因，然而我覺得該向它道別了。大概是我覺得自己不需要再獨占隕石了，可能是因爲我的健康狀況大爲好轉。

總之，這件事情應該問妳最恰當。如果對妳的研究有幫助，或是能在貴校找到好歸宿，我很樂意請妳把這顆隕石轉交給帝國大學。然而我也說過，我更想捐給博物館或藝廊，讓更多人能欣賞。如果妳有什麼好建議，那就太感激了。

亞雷克斯・伍茲敬上

收件者：a.m.woods.193@gmail.com
寄件者：m.z.weir@imperial.ac.uk
日期：2009年5月16日週六　　時間：10:32AM
主旨：RE：回覆：隕石

親愛的亞雷克斯：

我很好（謝謝你關心），聽到你身體好轉也很高興。

關於你的隕石一事，這個提議眞是太大方了（也非常令人開心）！但是我必須確定，這眞的是你的願望。你不必覺得有必要，或是有義務捐出來。你絕對有權利留著你的隕石，而且也不會因此有損你的人格。

然而這顆隕石是絕佳的樣本，再加上獨特的歷史意義，一定有成千上萬人想看到它的「本尊」。無論如何，這都是你的決定，在你下定決心之前，絕對要百分之百確定。

如果你依然一本初衷，那麼這顆隕石最理想的歸宿當然就是自然史博物館。他們已經有來自世界各地的精采隕石，如果能再納入你這一顆，肯定讓他們欣喜若狂。但是我要先警告你，館方絕對希望公開你的捐獻，所以有可能引來媒體注意。我相信，他們至少希望你親自送隕石過去，他們才能見到你本人，親自聽聽你的經歷。

儘管我翹首盼望你的來信，勸你還是多花幾天時間審愼考慮再做決定，這種事情急不得。此外，如果不先向你說明這顆隕石的極高市價，肯定就是我的疏忽。你可能已經知道，金屬隕石在公開市場的售價是一公克一英鎊。然而大型樣本，或是富含歷史、科學意義的殘骸往往可以賣得更貴。因爲**你的**隕石意義非凡，應該很容易賣到市價的十倍。所以請你仔細想清楚！如果你仍舊決定捐獻，我很樂意代你聯絡館方，做好所有必要安排。如果你還有任何問題，請寫電郵或打電話到我工作的地方，我會盡快回覆你。

祝好

蒙妮卡・威爾

收件者：m.z.weir@imperial.ac.uk
寄件者：a.m.woods.193@gmail.com
日期：2009年5月16日週六　　時間：3:15PM
主旨：RE：RE：隕石

親愛的威爾博士：

謝謝妳的建議，妳可以直接聯絡自然史博物館安排相關事宜了。非常感激妳要我多考慮幾天，但是我也說過，這幾個月來，我已經反覆思索過，非常確定這就是我的願望，而且時機也純熟了。

至於我的隕石可能值多少錢，這點實在無所謂，因爲我永遠捨不得賣掉，否則就像背叛了什麼，不知道妳是否明白。我能想到的最貼切比喻就像我永遠無法賣掉我的貓，然而如果對她好，我會免費讓她到更好的人家，尤其是我能偶爾去看看她的地方。希望妳會明白這種解釋。

關於「親自」送隕石去倫敦一事，我很想去，因爲我從沒去過自然史博物館。（當然，妳寫電郵給我之後，我上過他們的網站，那裡似乎很有意思。）然而我希望不要公開，也別請媒體來，至少等我走了之後再說。我不介意館方在網站上說明，但是能否等我去過之後再公布呢？

我先前提過，我屬意的日期是六月二十日，因爲選這天似乎很恰當。而且當天是週六，我不必向學校請假。能不能麻煩妳問館方這天方不方便？當然，如果妳有時間，我也想請妳陪我去。

目前我這邊唯一可以預見的問題，就是我的母親可能無法送我去倫敦。週六是她最忙的時間，尤其是夏季。此外，隔天是夏至，她必須在日出前起床。我相信一定有人可以載我去布里斯托坦波米茲車站，那裡到倫敦帕丁頓只要四十五分鐘車程。但是可能要請人到那邊等我，因為我從沒去過倫敦，完全不認得路。我看過地鐵圖了，可是不確定我知道該搭哪一條。也許妳能說明一下？我查看的討論區似乎不太有幫助。

期待收到妳的回信。

亞雷克斯・伍茲敬上

照著威爾博士的指示，我搭了好幾次手扶梯進入帕丁頓地鐵站——果然活像個地底隧道——然後搭環型線往南，在南肯辛頓站下車。她再三保證，地下道沿路就有清楚的博物館指示——包括科學博物館和自然史博物館——等我再度鑽出地底，馬上就認出自然史博物館就在我的右手邊。博物館非常壯觀，是沙子色——類似雞蛋的色澤——的長橢圓形建築物，有許多窗戶和裝飾拱門，後方還有兩座高聳的角樓。在灰暗的晨光中，它看來雄偉又壯麗，不太像我去過的其他博物館。坦白說，這棟建築令我聯想到威爾士大教堂，這種印象在我進去之後絲毫不減。廣闊的大廳和走廊的氣氛同樣肅穆莊嚴，尤其我剛進去時，館內寧靜，空曠無人。

威爾博士安排我在開館前半小時先進去，才能會見館方的科學館長，看看我的隕石的展出地點。九點二十分，她果然在通往克倫威爾路主要出入口的大石階下方等我。我已經五年沒見過她，卻一眼就認出她。她的打扮依然就像只關心「更高層次的事情」，這天她穿著及膝的軟呢外套、黑長褲和登山靴。我穿著牛仔褲，公平貿易生產的球鞋和最近買的連帽風衣。

威爾博士正經地微笑，在我走近時向我伸出手。當我握住她的手，感到沉重的隕石在背包滾動。

「哈囉，亞雷克斯，」她說。「很高興再見到你。」

「嗨，威爾博士。」

「你長大了！」

「對。」

「抱歉，這句話太白癡了。」

「沒關係，我比你上次見到我的年紀又大了百分之五——，看起來可能有點不一樣。」

「是啊。」

「當然，只有我的疤不變。」

「對，還滿明顯的。」

「那就是被砸中的位置。」

威爾博士若有所思地點頭。

「醫生說有可能會越來越淺，結果沒有，至少現在看不出來。而且不知爲何，那個位置就是不肯長頭髮，所以留下這道細細的白線。」

「這樣啊。反正傷疤不見得不好，亞雷克斯，有些東西很值得留下來，你應該懂我的意思。」

「應該懂，如果疤不見了，我應該會懷念吧。」

「沒錯。要不要進去了？館長急著要見你。」

「我也很想見館長。」我回答。

科學館長是個高大，頭髮花白的紳士，雖然身著西裝，但是沒打領帶，聲音猶如一九五〇年代的英國國家廣播公司新聞播報員——好比會播報蘇聯太空人尤里·加加林上太空回來之後拜訪英國的新聞。當然，這位馬可斯·林恩先生也是博士。我幾天前就上網搜尋他的資料，他曾是劍橋大學的著名生物學家，在那裡研究極端微生物，也就是在極度惡劣環境中——深海火山口附近、極酸溶液中或南極地下十公尺的厚冰中等——生長繁殖的生物體。宇宙生物學家對他的研究相當有興趣，他們認爲太陽系中如果有外星生物，應該就是類似的形體——也就是可以在木衛二[44]的深海，或泰坦星的嚴寒甲烷湖中生存的微生物。

因爲林恩博士在科學界有極高成就，我自然想給他留下良好的第一印象，遺憾的是天不從人願。我見到他的那刻，視線立刻被他左肩後的梁龍化石所吸引，這副骨骸大如巴士，就立在巨大

44 Europa，據信有地下海洋。除了地球之外，適宜居住星球排行榜，泰坦星、火星與木衛二都名列前茅。

的矩形底座上。雖然我的下巴還沒掉到地上，嘴巴肯定張得老大。因爲注意力不集中，握起手來自然癱軟無力，也沒有認眞地看著對方。眞可惜，握手向來是我的強項。幸好林恩博士原諒我的失態，一到展覽寶石和隕石的「保險庫」區，便說他很樂意帶我逛逛主要展覽品。

「請跟我來，」林恩博士說，「就在樓中樓區域。只要走主要階梯上樓，就在達爾文右側。」

所謂的達爾文，當然就是那個查爾斯．達爾文。這座兩噸重的大理石雕像就位於大階梯頂端，雕像彷彿以那雙莊嚴又聰明的眼睛俯視入口。他的模樣符合一般人眼中的形象，就像即將公布壞消息的醫生。雕像穿著維多利亞時代的套裝，坐姿古怪，似乎不想成爲眾人焦點。老實說，他的模樣彷彿寧可在後院挖蚯蚓——不過要製作那種形象的雕像可能更困難。

礦物區盡頭的「保險庫」令人陶醉，放眼盡是石柱、拱頂、排放著耀眼寶石——黃金、藍寶、翡翠和大如高爾夫球的鑽石——的低矮橡木櫃。置身在寶石之列的隕石很容易就被錯過，它們有各式各樣的形狀和尺寸，顏色從炭黑色到斑駁的焦糖色都有。看起來最平淡無奇的就是那喀拉隕石，外表就像燒焦的陶土。林恩博士說這其實是火星的一部分，可能是火星表面遭到撞擊，因而有一部分被濺到太空成爲流星體。一九一一年，在埃及高空燃燒的流星體落到地球，這就是當時的殘骸。落地時未被記載的隕石，多數在南極洲和澳洲內地發現，這些地方都未經人類開發，相同的景色也綿延不絕，因此即便沒受過專業訓練的一般人也會發現這些不尋常的地質礦物。因爲地球遭到四十五億年的持續轟炸，其實各地都有隕石，只是大多隱沒在環境中，沒被發現罷了。

「不是每天都有流星砸破屋頂。」林恩博士做出這個結論。我的隕石將放在右後方靠牆的櫃子，大約有半立方公尺的空間。林恩博士解釋，博物館的研究團隊也選中某篇新聞報導納入展出，才能告知或提醒民眾這顆隕石的「歷史意義」。我的剪貼簿也有這篇報導，這是來自《泰晤士報》頭版，照片就是直升機空拍我家浴室開花屋頂的戲劇化畫面。標題則是：**「索美塞特男童遭流星擊傷。」**

「這已經是我們所能找到最不聳動的報導了。」林恩博士告訴我。

此時，我知道已經無法再拖延，便從背包取出我的鐵鎳隕石，把這個用兩層泡泡膜緊密包好的包裹交給林恩博士。

「天啊。」他說，當他打量隕石坑坑巴巴的焦黑表面時，神情立刻年輕二十歲。我順著他的目光掠過那些熟悉的隆起、裂紋、凹槽，掠過蔓延過半暴露橫切面的微裂隙。我要告訴你，在這段時間，我一點也不覺得失落。看過「保險庫」，看過那一區收藏的無價寶石和礦石，我知道我的隕石在這裡有更好的歸宿，絕對好過它這五年來委身的書櫃上方。儘管不覺得失落，我卻覺得時間又回到過去，有種舉足輕重的感覺，那種心情幾乎就像似曾相識。我很難具體解釋，然而在那放慢的片刻中，我感受到隕石如果沒砸到我，我過的會是什麼樣的生活。那是另一個模糊的平行宇宙。

少了這顆隕石，我就是完全不同的人。我會有顆截然不同的腦袋，有不同的連結，不同的作用；現在也不會告訴你這個故事。我根本不會有任何故事可說。

母親一定說事出必有因，我不同意——至少不是她說的意思。多數事情會發生，純粹只是機率問題。然而事後回想，我得承認，有些時刻似乎對我們往後的人生有莫大影響。某些特定事件會改變一切，奇怪的是，我現在描述的這一天，也就是我被隕石砸到的五週年紀念日，竟然又注定要衍生出另一個改變。

午餐時間時，林恩博士領我們到展覽館入口附近的館內附設熟食店，還交代收銀臺的女士要讓威爾博士和我盡情免費點餐。然後他再度同我握手，說他很榮幸認識我，往後館方有任何展出或特別活動，一定會將我列在貴賓名單上。只要我寫電郵通知他，他就會安排必要的相關事宜。

「謝謝你，林恩博士。」我說。這次握手，我務必確保手勁確實，可能還太用力了，慎重起見總是不爲過。我希望他確切瞭解，早上那次握手才是反常。

我點了菠菜乳酪餡餅、沙拉和三罐健怡可樂當中餐。威爾博士點牛排漢堡和一杯紅酒，飯後還邊慢條斯理地啜飲咖啡，邊聽我發表自己對博物館的看法。

「就某種層面看來，我寧可找更小的展覽館，」我說。「這裡有隕石當然好，但是也有其他礦石和小昆蟲。我是說，恐龍實在令人印象深刻，但是也讓人看得目不暇給。這裡有太多東西可以參觀，太多事情令人分心。展覽館不要那麼華麗，就比較……」威爾博士耐心等候我絞盡腦汁找出合適的字眼。我本來想說『好親近』，但是我不確定這個詞是否能用在這裡。如果我用錯字，恐怕會釀成一場小災難，所以我用更多話來解釋。「我的意思是，展覽區越小，就越有空間思考。你可以看到忘我，你會聽到自己走在迴廊上的腳步聲，想像博物館在一百年前的模樣。」

威爾博士點頭。「我喜歡蝴蝶也是因爲類似的理由。」

我們陷入短暫的沉默。

「學校方面怎麼樣？」威爾博士問。

「好多了，」我說。「但是我大概永遠無法和同學打成一片。只是我現在算是接受現狀，我喜歡上學的部分，妳知道，就是課堂本身。」

威爾博士點頭，又喝了一口咖啡。

「如果上學整天六小時都能用來解代數問題，我一定開心死了。當然啦，這實在不正常，而且其他人最痛恨的就是上課。其他男生等不及下課，才能出去踢足球。看在我的眼裡才讓我困惑，這種活動根本就是浪費時間和體力，無法讓你更瞭解這個世界，無法讓世界更美好或改變任何事物。我不知道那有什麼吸引力。」

威爾博士用右手食指順著咖啡杯杯緣劃了兩圈，然後說：「從演化的標準看來，這可能和古代的狩獵習俗有關。多數運動的目的就是打中目標，修正手眼或腳眼協調能力，騙過對手等等。當然啦，運動也有濃厚的部落精神。這都是團體運動的精髓。喜好這些活動，可能是人類根深柢固的心理，尤其是男性，至於喜愛程度自然是各有差異。」

「我對狩獵儀式沒興趣。」我說。

威爾博士微笑。「對，但是這些心理有各種表現方式。例如許多科學家相信我們某些數學能力的根基，來自於遠祖用來狩獵和躲避掠食動物所需要的空間技能，例如瞭解軌道、力量、加速度、減速和一般力學。為了瞭解自然法則，人類的腦子演化出精湛的軟體。當你坐下來，花六個小時解數學習題，你所體驗的滿足感**就類似**其他人在運動方面得到的快感。原因可能都差不多喔。這是個非常耐人尋味的想法。」

「足球隊的人可能不信，」我說。

「也許不會。亞雷克斯，喜歡運用智力並沒有錯。幾年後，你可能就會發現，日子不再那麼難捱。」

「我也希望如此。」

「你的志願還是當神經學家嗎？」

我喜歡威爾博士提出這個問題的態度。打從十一歲以來，我就告訴大家，我可能想成爲神經學家。不知爲何，大家很少把它當一回事，不是覺得很可笑，就是認爲很古怪或很莫名其妙。威爾博士的態度卻很認眞，我向她解釋，我最近又有不同的看法。

「我又想當物理學家了，」我說。

威爾博士微笑。

「我依然對神經學相當有興趣，」我澄清，「可是……我更喜歡物理學的單純。可以用異常簡單的公式解釋超級複雜的現象，這點讓我很嚮往。例如$e=mc^2$。老實說，沒有什麼比這更棒了。你可以寫在郵票上，就能說明星星的原理，人生沒有比這更理想的事情了。我嚴重懷疑，神經學有這麼完美。就算花上一千年研究腦子，人類還是一樣難以理解。」

「也許沒辦法，」威爾博士笑了出來。「無論你最後決定做什麼，希望你能考慮來帝國大學。你知道，沒有其他學校比這所更適合研究科學了。」

「我很想啊，」我說。「但是我不太喜歡倫敦。這裡好擁擠，我不知道怎麼住在這麼大的都市。」

「這種心情我也瞭解，」威爾博士說。「亞雷克斯，我也不是倫敦人，和你一樣，我也在鄉下長大，其實就是康瓦耳[45]。但是我大概再也沒辦法住回偏遠鄉間了，我喜歡附近應有盡有，有博物館，有圖書館。唯一的缺點就是光害。在倫敦，多數晚間連北極星都看不到，要看到二等星以下的星星根本就不可能。」

我想了一會兒，試圖想像自己在倫敦研讀科學，卻怎麼也無法看到那個畫面。

「威爾博士？」我問。「我需要什麼成績才能進帝國？」

「需要三個優等，亞雷克斯，而且至少兩個要落在科學或數學科。」

我又想了一會兒。「我最好想辦法拿到四個優等，」我說，「三個落在科學**和**數學，以防萬一。」

八點半剛過，彼德森先生便到布里斯托坦波米茲車站接我。接下來的半小時，我滔滔不絕地說著倫敦的事情，而且完全不照先後順序。我說到回程的地鐵上有多麼擁擠，倫敦有多麼大，人有多麼多（大概可以容納十五個布里斯托吧）。我提到威爾博士說我可以去上帝國大學，只要我維持優異成績，提到我後來決定想當物理學家而不是神經學家，因為我想幫忙找出「萬物至理」

45 Cornwall，位於英格蘭的西南角。

ToE——也就是現代宇宙論的最高目標，才能解開宇宙運作的原理。彼德森先生說這是很棒的志向，然而他也只說了這句話。因爲疏於練習，他發現，就算是離峰時間，在城裡開車還是有莫大的壓力，而且就算身心狀況極佳，他也不習慣一心多用。事後回想，我應該別說話，讓他專心開車。（當時我受到過度刺激，因爲白天喝了太多健怡可樂。）結果開出城區不是問題，我們順利開到起伏不斷的主幹道通往格拉斯頓柏立和威爾士。彼德森先生終於放輕鬆，我也不再自說自話，想著將來對科學的貢獻，做著白日夢。

車裡很溫暖，馬路寂靜無聲。後照鏡中的落日如同將滅的餘燼，我則不知不覺、怡然自得地打起盹來。

等我醒來時，只看到白色廂型車迎面而來。就算是半夢半醒之間，我還是看得一清二楚，彼德森先生卻一無所覺。他不疾不徐地開上圓環，彷彿正要開進空曠的停車位，筆直開來的廂型車大概只離我們五公尺遠。

「有車！踩煞車！」時間只夠我大叫這幾個字。車子打斜的力量猶如小型爆炸，導致我的上半身都感受到衝擊波。眼前的世界倏然往右偏四十五度，然後在震動中停止。車子左側斜斜地面對圓環，廂型車就停在幾公尺外的內側車道。

「他媽的！」彼德森先生說。「你沒事吧，小鬼？」

我點頭，心跳加快到每分鐘一百八十下左右，但是思緒竟然很清楚，我彷彿一頭跳進冰水中。

我們下車檢查車子損毀的狀況，一切看來似乎異常的明亮、輪廓清晰。路上有兩道胎痕，還有駕駛座那側頭燈的少許玻璃、塑膠殘骸，引擎蓋輕微隆起變形，連接保險桿和輪胎的鈑金凹損、刮傷。除此之外，彼德森先生的車子並沒有**嚴重**損毀。至於那部廂型車，只有保險桿和左前輪之間有小凹痕，但是當時從我們的角度看不出來。我只看到那是白色廂型車，而且顯然是營業用車。車身側邊的標誌寫著：獨行俠下水道修建工。我猜，駕駛人應該是水電工，從他的副駕駛座窗戶就能看到他。他憤怒地指向我們左側下圓環的支道，彼德森先生和我都點頭示意。下水道修建工啓動引擎，打方向燈，迅速開離圓環，往前十公尺之後停車。彼德森先生和我回車上，然後跟上去。

獨行俠水電工下車故意用力關門，試了好幾次之後，終於點著菸。他大概氣到無法好好點打火機，儘管這只是小擦撞，他的車更是沒有大礙。這個人矮小，幾乎全禿，紅通通的臉蛋活像煮熟的龍蝦。他穿著紅黑相間的格子襯衫，巨大的黑色工作靴和骯髒的牛仔褲。我有很多時間可以打量他，因爲他與我們的視線完全沒交集。他斜眼看著保險桿，自言自語，看起來很難纏。彼德森先生也和我有同感。

「靠他媽的×××！」他輕聲對我說。「這下是**祖奶奶級**的麻煩了。」

「要不要報警？」我問。

彼德森先生嗤之以鼻。

「發生事故不是要報警嗎？」我堅稱。

「這種就不必了，小鬼，」彼德森先生告訴我。「這根本不算是車禍，我們只要交換電話號碼，我的保險公司就會處理了。」

「你的保險公司？」

「對，我的保險公司。」

「因爲是你的責任？」

彼德森先生咬牙切齒。「對，顯然是我不對，我沒看到他。」

「你沒看到他？」我越想越覺得不可能。「怎麼可能沒看到？」

「不知道，就是沒看到。」

「可是他的車很明顯。」

「小鬼，我沒看到他！如果看到，我就不會開過去了！」

「路口一定要格外小心，」我說。

「我有啊，」彼德森先生說。「只是沒看到他。我無法再解釋得更清楚了，我又不是不會犯錯。」

「你不是抽了大麻吧？」

「媽的，這是什麼鬼問題？當然沒有！我看起來很嗨嗎？」

「我不覺得，」我說。如果彼德森先生很嗨，就不會來煩我了，可能會忘記。

「獨行俠水電工好像很火大，」我指出。

「小鬼，拜託你他媽閉嘴個一秒，把我的枴杖拿來好嗎？水電工很快就會冷靜下來，就交給我來交涉吧。」

我從後座拿出彼德森先生的枴杖遞給他。等到我們走到廂型車邊，獨行俠水電工已經不再瞄他的保險桿，而是瞅著我們看。他依然喃喃自語，還邊搖頭。彼德森先生伸出手。

「艾薩克．彼德森，」他說。

水電工吐出一口菸。

彼德森先生清清喉嚨。「我很抱歉，不知道剛才我是怎麼了。你的車子還好嗎？」

獨行俠水電工往地上吐了一口痰。「我差點**撞死**你們，」他說。語氣似乎是悔恨而不是評斷。「你搞屁啊？竟然直接向我開過來！你他媽是**瞎子**嗎？」

彼德森先生從齒間吐氣，默默等了三秒，然後說：「這都是我的錯，我不否認。幸好車禍不嚴重，也沒人受傷。兩邊都沒有大問題，本來更慘都有可能。」

「這是他媽的奇蹟。」獨行俠水電工邊說邊把菸灰彈到路邊。

「這有可能會引起火災，」我指出。

「你不要插嘴，」彼德森先生說。

「你阿公他媽的根本不該上路，」水電工告訴我。

「我的阿公已經死了，」我告訴水電工。「至少我認識的那個死了。」我補充。

水電公判定他不必再費力和我說話。「你顯然不適合開車，」他告訴彼德森先生。「你他媽看起來連路都走不好。」

「天啊！」彼德森先生說。「你拿什麼清水管，那張**臭嘴**嗎？」水電工完全聽不懂，這也好。「聽著，老兄，我已經道歉過一次，不會再道歉第二次。你可以繼續在這裡發牢騷，我會寫下保險公司的電話號碼給你。等你修好保險桿上豆子點大的凹痕，就可以把帳單寄給他們。走吧，小鬼，事情解決了。」

彼德森先生開始拔步離開，我跟上。「你要去檢查你他媽的眼睛！」水電工在我們後方大叫。

「難怪他只能單獨工作。」彼德森先生對我說。

「你沒事吧？」我問。

「當然沒事，他只是某個混帳，世界上多的是這種人。」

「我知道。」我同意。

「把電話拿給他，我們就閃吧。」

「要我把電話號碼拿給他嗎？」我提議。

「我們一起拿過去。」

「開車回家途中，你他媽最好長眼看路，」他們交換資料時，水電工警告彼德森先生。「今天最好別再出車禍了。」

「很高興和你聊天，」彼德森先生說。

我什麼也沒說。

獨行俠水電工又吐了一口痰，走回車上，用力關門。來一個不穩的大迴轉，然後吱吱叫的開走，揚起一陣塵土，留下柴油廢氣。我皺皺鼻子。

「眞是混帳。」彼德森先生說。

我同意獨行俠水電工的人際技巧有極大改善空間，但是他至少提出一個正確見解。彼德森先生根本不可能沒看到那部廂型車，這實在超出人類能力範圍。

「你確定接下來的路程不要讓我開？」我們回到靜止的車上時，我問他。「發生了這種事情，由我來開比較明智。」

「明智？媽的，我們今天已經差點出事，我可不想再冒險。如果條子把我們攔下來，看到車子有刮痕，開車的人還是你呢？去蹲苦牢的人就是我了。」

「我只是認爲這樣比較安全，」我說。「這才是優先考量吧。」

「我很安全！只是分心了一秒，太久沒開這麼遠的車程了。」

「你剛才不是說你『分心』，」我指出。「你說你沒**看到**那部廂型車。所以我才擔心。」

「我不知道怎麼了，突然一陣模糊。」

「你說的是字面上的意思還是比喻？」

「老天爺！剛剛只是個警訊，好嗎？我會更加、更加小心。這個保證夠了嗎？」

「不夠。」我說。

彼德森先生不理我。他發動引擎，小心翼翼地三點轉向[46]，重新開上圓環。

幾分鐘後，我說：「彼德森先生，我們都認爲獨行俠水電工是混帳，這是不變的事實。可是

46 three-point turn，指在狹窄之處，先前駛，後退，再前進地轉換車向。

你也許應該去檢查眼睛，以防萬一。」

彼德森先生什麼也沒說，兩眼緊盯著前方的道路。

有個念頭在我的腦海浮現。「彼德森先生？」我問。「這種事情只發生過一次吧？我的意思是，你以前開車時沒碰過這種問題吧？」

「當然沒有！」彼德森先生說，可是他答得太快。

我很擔心。

16
時震

起初，驗光師有點困惑，畢竟彼德森先生的眼睛本身沒有任何問題，就他的年齡而言算是相當健康。他的眼鏡度數正確，沒有白內障或青光眼的徵兆——無法找出他在車禍之後幾週斷續經歷的「模糊」或暈眩症狀。眼科醫生唯一發現的狀況，就是彼德森先生「聚焦」似乎有困難。

「這個問題非常特別，」驗光師告訴他。「你凝視靜止不動的物體顯然不成問題，也能水平地移動目光。然而你垂直瞄準運動中的物體有點吃力，尤其是物體往下或是從後方到前方時，問題更明顯。我只能判定，就是這個問題影響你開車和閱讀，至於根本的病因，恐怕我就愛莫能助。問題也許出在肌肉方面，不過這頂多也只是我的臆測。你得去找你的家庭醫生。」

「下次我們看到安德彼醫生，也許可以問問他。」我稍後建議他。彼德森先生不喜歡看醫生，不斷找藉口拖延。

「我不需要找**神經科醫生**，小鬼，」彼德森先生指出。「驗光師說可能是肌肉的問題，我甚至不認爲這有什麼了不起，只不過是上了年紀。人一老，各式各樣的器官都會開始出問題，你想逃也逃不了。」

「驗光師才不是這麼說，」我立刻反駁。「他說你應該去看醫生，因爲他不知道問題到底是什麼，只知道一定有問題。」

「只不過是小毛病。」

「要不要我幫你掛號約明天？我可以陪你去，這樣有幫助嗎？」

「我不需要別人陪我去看醫生！也可以自己掛號。」

「目前看不到任何證據。」我說。我從母親身上學到這種口氣，果然奏效。

彼德森先生馬上打電話。

隔天，家庭醫生重複檢查眼睛，還請彼德森先生做幾個簡單的手眼協調動作。她認定，問題不在肌肉。

「我要把你轉去看神經科。」她說。

彼德森先生終於開罵。「應該只是小問題，根本對我沒影響。」

「就這個階段看來，還很難斷定問題出在哪裡，」家庭醫生告訴他。「然而有部分神經疾病的症狀類似你的狀況，病例很罕見，總之應該深入查清楚，以防萬一。」

「如果你要去布里斯托的神經科，我一定要陪你去，」彼德森先生簡要說明之後，我對他說。「畢竟我常去，我帶你去就快多了。」

「這只是浪費時間，」彼德森先生預測。「只是眼睛肌肉出問題，根本算不上什麼毛病。」

「這些事情還是交由專家判斷比較好。」我說。

彼德森先生嗤之以鼻。但是他沒再拒絕我陪他去看門診，隔週，我們見到神經科的布萊德蕭醫生。他當然認識安德彼醫生，而且也認得我。我自我介紹，說我這五年來因爲顳葉癲癇而求助於安德彼醫生。布萊德蕭醫生才說他知道我的病例，但是不瞭解詳情，只知道緣由。這家醫院的每個人都知道。

布萊德蕭醫生仔細詢問上次車禍的細節，接著又不斷追問彼德森先生不良於行的問題。彼德森先生只好說明他的腿被越共地雷炸到，後來傷口長壞疽，導致許多神經末梢遭到嚴重的永久傷害，才害他跛足。

布萊德蕭醫生默默消化這些資訊長達五秒之久，然後說：「最近呢？你的行動有越來越不方便嗎？」

「我是沒注意到，」彼德森先生回答。

「平衡力呢？」布萊德蕭醫生問。

「好極了，」彼德森先生說。「我還想練體操呢。」

「有跌倒嗎？」

「偶爾絆倒，都不嚴重。」

「上下樓梯呢？」

「那向來很慢，我早就習慣了。」

「心情呢？有發現心情突然改變嗎？有沒有莫名其妙地抓狂？」

「都不算莫名其妙，」彼德森先生說。

「意思就是他**通常**都很易怒。」我說明。

布萊德蕭醫生並未微笑。

接下來的檢驗非常徹底。同樣地，彼德森先生又得用目光追隨手電筒燈光，然後他得看著一個機器，每當機器在他視野範圍內的不同地點出現閃光，他就得按按鈕。然後又是聚焦、瞳孔放大、不自主的眼球運動的測試。最後，他被送去做核磁共振。稍後，布萊德蕭醫生說，診斷其實不需要這些檢查——因爲當時已經有清楚結果。這些檢查只是爲了確認病情輕重，才能在接下來幾個月記錄神經退化的狀況，如果狀況好的話，甚至可能拖個好幾年。

彼德森先生和我都沒聽過進行性核上眼神經麻痺症，布萊德蕭醫生說這是罕見的退化疾病，會影響腦幹的特定區域，導致部分感覺和行動功能的退化。

「對不起，醫生，」布萊德蕭醫生終於講完之後，我便說。「我不是指揮你該如何當醫生，但是從你剛才說的話聽來，你肯定搞錯了。彼德森先生的行動問題和腦幹完全無關，這點似乎很明顯。至於眼睛，驗光師說幾乎看不出有問題，只是往某個方向看會比較吃力。」

布萊德蕭醫生耐性地等了幾秒才開口：「我知道你們兩個一定很難接受，但是這個診斷絕對沒有問題。原本就行動不便可能遮蔽某些明顯症狀多時，至於視線方面的症狀，這些問題雖然都很細微，但都非常明確。只要測試結果正確，幾乎不可能搞錯。」

「幾乎不可能？」

「核磁共振攝影驗證了眼球測試結果。可以看出中腦有一小塊明顯的萎縮，那就是控制眼球運動的部位。」

「我知道中腦的功能！」我大叫。然後轉向彼德森先生，他從聽到診斷之後就不發一語。

「我們絕對需要再去另外請教醫生。」

彼德森先生又沉默了幾秒，然後說：「亞雷克斯，你冷靜，不要吵。我不需要另外請教其他醫生，我只需要事實。醫生，病情會越來越糟？進行性就是這個意思吧？」

「恐怕是的，」布萊德蕭醫生說。

「有藥可醫嗎？」

「有些療法可能有助於控制症狀，物理療法往往可以對抗部分初期的行動問題。我們也可以讓你試用左旋多巴這種藥物。」

「那有什麼效果？」

「那是多巴胺前驅物，」我說。「用來治療帕金森氏症，你也沒得那種病。」

彼德森先生看著我，卻什麼也沒說。

「你說得對，」布萊德蕭醫生耐著性子說。「左旋多巴的確是用來治療帕金森氏症，但是對於某些進行性核上眼神經麻痺症患者，也就是PSP也有用——雖然不是人人都適用。帕金森氏症和PSP在腦子中有類似的部位受到影響，有些症狀甚至一樣，雖然在早期階段，PSP患者的行動功能受損症狀並不明顯。」

「你說的方法就長遠看來都沒有用吧？」彼德森先生問。「都無法治癒，對不對？」

「對，都沒辦法。」

「我還有多久的時間？」

「你要明白，每個病例都截然不同。絕對可以樂觀面對，這不是……」

「拜託你，醫生。我要知道我還有多久的時間，將來又會有什麼樣的症狀。請不要跟我客氣，也別說那些專業術語。」

布萊德蕭醫生點頭。「典型的ＰＳＰ病患在症狀出現之後通常還有五到七年，但是我說過，你的行動困難可能已經存在一段時間，只是都沒被診斷出來。視覺症狀通常在較晚的階段才會出現，因爲不知道你的症狀究竟何時開始，所以很難預測病情會發展得多快。」

「病患的**眼睛**出問題之後，通常還能活多久？」

「三年。」

彼德森先生沉默了一會兒。「我在這三年會碰上什麼問題？通常有哪些症狀？我需要知道事實。」

「你的視力恐怕會越來越糟糕，眼睛越來越難移動，其他運動技能也會退化。最後，你連走都走不了。語言能力也會受損，可能會有相當大的吞嚥困難。長遠看來，你需要全天候的照料。我很遺憾。」

彼德森先生點頭，「謝謝你。」

「你要知道，你可以找到很多輔導機制，不過現在還不必多討論。我想安排下次門診時間，最好是下週……」

我把耳朵關上。

「我們應該去找安德彼醫生，」我們離開問診室之後，我說。「他一定可以介紹我們去找更……」

彼德森先生舉起一隻手。「聽我說，小鬼，我知道你現在很難過，但是這種態度對我沒好處。拜託，我自己會處理。」

「可是……」

「我不需要另外找醫生，只需要時間和空間好好想一想。你也是。」

我沒搭腔。

「我知道這個要求可能太過分，可是現在我得請你保守這個祕密。我不想讓人知道，不想每次去買牛奶就得面對別人的同情攻勢。接下來兩個月，我需要過正常生活，需要維持隱私，所以不能讓整個他媽的村莊的人都知道。如果你**非**找人談談，那就找你媽吧，但是請把我這番話轉告她。我知道這很困難，但是請你尊重我的願望。」

「我當然會尊重你的願望。」我說，而且也很簡單。畢竟，根本無話可說。

回家之後，我把事實告訴母親：醫院沒辦法提供任何有用資訊，只能根據不充足的證據猜測。就算**眞的**有問題，顯然也是芝麻蒜皮的小事。

露西又懷孕了，我們不需要帶她去看獸醫就知道。我們已經熟悉所有徵兆，瞭解她的心情和行爲的細微變化。這時我已經不知道她是生到第幾胎了，可能是第六或第七胎吧。她的性慾和繁殖能力無終止境，不知爲何，每多幾隻小貓，母親似乎就越滿意。她有個理論，認爲露西總是在滿月受孕，也確信——根據她估計露西的「懷孕階段」——最近這次受精更提供了進一步的證據。我必須聽這種理論的荒謬細節兩次，一次在家裡，一次在店裡說給伊莉聽——而且還鉅細靡遺。

我正在工作，因爲我希望找瑣碎的事情打發時間，母親的店鋪似乎就是最佳選擇。此外，我應該開始在這四年存下大學經費。我知道倫敦生活費不便宜，心裡也盤算著如果整個暑假都打工，也許可以存到足夠的錢買望遠鏡，如果我想成爲天文物理學家，這似乎是必要的第一步。我有一個十乘以五十[47]的雙筒望遠鏡，可以看到月亮、散開星團[48]和較明亮的深空天體例如仙女座和M42[49]等等。然而這個望遠鏡又不足以分開極爲接近的雙星，或是觀察任何行星細節。頂多，只能看到土星是長型的污漬，而不只是一個亮點，可是我需要更大倍數才能看出個別的行星環。

母親的店只有在夏季才會忙到需要僱用三個人，尤其是有許多人要算命的日子。我的工作向來是負責收銀臺。我擅長算錢，卻不知道該如何介紹顧客買不同的塔羅牌，或是哪種水晶可以保平安、緩解壓力、紓解經痛等等。我的標準回覆就是，相信所有水晶都同樣有效。店裡一忙起來，時間便過得飛快。我討厭的是清閒的時段，因爲母親和伊莉就會聊個沒完，就像後方有兩隻蚊子吵個不停，而且我和她們之間沒有任何屏障。更糟糕的是，有時她們就是莫名其妙地硬要我加入她們正在討論的秀逗話題。貓咪那場對話只是這種狀況之下擦槍走火的範例。

「她的繁殖能力非常驚人，」我母親做出這種觀察。「平均每胎……幾隻啊，雷克斯？」

47 10×50，表示可放大十倍，口徑五十公釐。

48 open star cluster，年輕星星的集團，一般由幾百顆星星散亂集結而成，分布在銀河平面一帶，有許多可由肉眼或雙筒望遠鏡觀察到一個個的亮點。

49 獵戶座大星雲。

「我正在看書，」我說，一點也不想加入另一場瘋狂對話。

「你上次不是算出來了嗎？好像是每胎三點七隻，對不對，雷克斯？但是上一胎只生了兩隻，都是男孩呢。話說回來，她也不年輕了，現在還能生就算健壯了呢。很想知道她這次能生幾隻。」

「也許應該來插賭？」伊莉建議。

「妳應該帶她去結紮。」我說。

母親看著伊莉，然後聳肩，伊莉則是翻白眼。「雷克斯，你明知道我的看法。我們不應該決定露西該不該生小貓，等她準備好之後，自然就會停止了。」

「這有什麼意義？」我問。「妳從來不讓她留下小貓，**這時**妳又願意幫她做決定了。如果妳願意把貓咪留下，她可能就不會再生育了。」

母親不理我，反而對伊莉說起話來。「伊莉，也許妳想要一隻？我們現在養一隻已經夠了，照顧小貓咪需要很多時間。雖然雷克斯這麼說，但是露西通常八週之後就對母親的角色失去興趣。貓咪往往是這樣，大概是因爲牠們非常獨立自主。」

「也許她失去興趣，是因爲她知道會發生什麼事情，」我說。「妳對那隻貓的態度根本前後不一致，不只是矛盾，根本就是冷血。」

母親看著我幾秒，一句話也沒說便轉頭。「伊莉，出去透透氣是個好主意。妳和雷克斯到井裡拿點水回來冰吧，我們好像快沒水了，帶兩個五公升的瓶子去，應該就能喝上好一會兒了。」

我先前可能沒提過，母親只喝格拉斯頓柏立的井水，甚至用來泡花草茶。

伊莉可不開心，故意大口吐氣，告訴我們她多有耐性——尤其是對我，而且費了多大的勁兒才按捺住性子。「好吧，老闆娘要十公升的井水。妳的車鑰匙呢？」

「妳走路去，伊莉，」母親說。「不能因爲現在妳可以開車了就非開不可，運動一下對你們兩個沒壞處。」

伊莉瞠目怒視（她看的是我，彷彿走這趟是我的點子），「走路？你要我們走到井邊？走過去再走回來？」

母親堅定地點點頭。「否則我怎麼會說『透透氣』？」

「我以爲這只是某種措辭！」

「不是，我要你們走路去。慢慢來，祝你們散步開心，天氣很好呢。」

「回程就沒那麼好了。蘿文娜，妳知道十公升的水有多重吧？拿起來簡直有一噸！」

「妳也幫幫忙，伊莉！」我插嘴。「是十公斤！這個算數又不難，十公升的水就等於十公斤。」

「亞雷克斯，你給我閉嘴！現在不是算數時間，你眞是幫倒忙！」

「妳只是浪費時間，她不會改變心意。」

「對，」母親附議。「不會。你們兩個都年輕、健康，一定有辦法分擔提水的工作。」

伊莉又憤怒地看了我一眼，然後雙手往上甩，下巴轉向倉庫的門。我有預感，提水的工作多半會落在我的頭上。

我們一走出店外，伊莉就點菸，火大地噴出一大口煙霧。對她而言，在戶外抽菸就算是呼吸新鮮空氣了。「你知道，這都要怪**你**，」她告訴我。「你剛才有夠靠腰的沒禮貌，根本沒必要。」

我不理她，默默地加快腳步。我才不打算因爲這件事情被人教訓，何況對方還是伊莉。

「伍茲，慢一點！我不想心臟病發嗝屁，而且還是在去靠腰的打水路上！」

只要母親不在，或是伊莉格外憤怒時，她通常只喊我「伍茲」。總之，我還是放慢速度。無論母親怎麼說，今天根本不適合散步，天氣又熱又悶，彷彿應該下場大雨降溫。我知道我要留點力氣，才有辦法走回來。

「你要不要說說你到底哪裡不對勁？」伊莉問。

「我沒事，」我說。「只是受不了我母親廢話說個不停。」

「老天爺，她總可以發表意見吧？」

「可以啊，所以我也可以說說我的看法。」

「沒錯，問題是發飆的人可不是她。」

「她的意見根本說不通，完全沒有邏輯可言。」

「邏輯！邏輯個屁啦，伍茲！世界上有許多事情比邏輯更重要，好比說對人**友善**。你媽很有同情心，她說那番話不是要惹你生氣。就我看來，她只是想和你開心地聊聊。」

「如果她想聊天，就不該懲罰我說出自己的看法。太不公平了。」

「她才不是懲罰你哩，你這個娘砲！是給你機會冷靜一下。你今天顯然心情惡劣，她認爲你既然不打算告訴她，也許會對我一吐爲快。我才是被懲罰的倒楣鬼，對我而言，走去井邊**可不是**休閒娛樂。」

「這件事和妳無關，妳只是倒楣被扯進來。相信我　我母親只是想教訓我，這就是她的用意。她只是逼我接受她是對的，而錯的人是我。她討厭我和她唱反調。」

「老天爺，你是腦死欸！」伊莉說。

我不理她。

我們走到井邊，平常這裡都很荒涼，今天路邊卻停了好長一排車輛。車主顯然都去參觀小山[50]了。我開始裝第一個水瓶，我知道至少要裝個好幾分鐘。井水只能透過牆邊的水龍頭涓滴流出，如果好一陣子沒下雨，速度就會更慢；反正我不介意等。當時已經過了正午，所以路基、樹蔭的影子正好遮蔽陽光。伊莉已經坐在小路對面的長凳上，此時又點了另一根菸。

「你應該要更感謝你媽，」她說。「她何時告訴過你該怎麼想？」

「隨時隨地啊。」

「什麼時候？」

「就跟妳說隨時隨地啊！」

「就我看來，她從沒逼迫你要和她有同樣的信仰。有一點你絕對**不能**指責她，就是說她逼迫

50 Glastonbury Tor，西元前七千年由海底隆起的山丘。山上的塔疑似為亞瑟王的葬身之處。

你該怎麼想或是該怎麼做。她很尊重你的獨立人格，這可不符合家長的典型作風，你不知道你有多走運。」

我回頭注視裝水的水瓶，心想伊莉就是喜歡扭轉形勢，所以剛剛一番話講的其實是她受創的童年。「妳根本不知道自己在說什麼。」我告訴她。

回程路上，我們沒再說過話。

我每半年要回去找安德彼醫生，這次我把彼德森先生的事情告訴他。我不是有意要說，但是我眞心認爲自己別無選擇，否則這件事情會拖個沒完沒了。

我告訴他上次來醫院和醫生誤診一事時，安德彼醫生一語不發，只是平靜地看著我，聽我一路娓娓道來。我心想，他能如此鎭靜、面無表情，應該是好事。在他有機會消化所有證據之前，都不會打斷我或質問我，這樣他便知道如何澄清這場亂七八糟的誤會。只要打幾通電話，重新評估資料，走運的話，就算幾小時無法澄清，幾天內也會解決。

然而等我說完，他依然看著我，表情完全不變，然後說：「亞雷克斯，你知道你不該告訴我吧？洩漏祕密是非常嚴重的大事。」

我覺得自己滿臉通紅。「我的確是洩漏祕密，」我承認。「彼德森先生不希望我告訴任何人，可是我實在無法可想，他這麼固執簡直太荒謬了。」

「我明白你現在很沮喪，」安德彼醫生說。「也不懷疑你認爲這麼做有充分的理由。但是有些事情就是得尊重別人的意願，你不該強迫艾薩克走他不願意走的路，尤其是這種時刻，因爲他可能已經自覺多數選擇都遭到剝奪。無論是你或任何人，都應該明白這一點。」

「我明白，當然瞭解，不過這是特殊狀況。」

安德彼醫生依然維持同樣的表情看著我，一瞬間，我都懂了。

「你早就知道了！」我說。

「對，」安德彼醫生承認。「已經知道好一陣子了。」

「布萊德蕭醫生不該告訴你。」

「沒錯，他也沒說。艾薩克得知診斷後不久便打給我，後來又聊過幾次。」

我感到如釋重負。「所以沒事囉？我知道我不該插手，但是我沒想到他會自己解決。所以現在沒事了，你已經知道，顯然也開始處理了。是不是要重新評估？還是你不能多談？如果是這樣，我明白。」

「亞雷克斯，」安德彼醫生輕聲說，「我不會重新進行評估，沒有必要。布萊德蕭醫生很清楚自己說些什麼，他是這方面的專家。」

「那當然，我不懷疑他的專業。但是有時也會誤診，雖然機率很小，也不完全是零。我上網查過……」

「亞雷克斯，聽我說，診斷沒錯，不會改變。我很遺憾，也希望有方法說得更和緩，可惜沒有。」

我茫然地看著他，覺得下巴不由自主地抖動。

「你有這種心情非常正常，」安德彼醫生繼續說，「但是不能無休無盡，你必須接受事實。

艾薩克得了不治之症，以後會需要你的幫助。」

我開始哭泣，安德彼醫生的手似乎就在我的肩膀附近，如果我當時還有協調能力，就會把他的手推開。我不想它放在那裡，我深深覺得遭到背叛。

「我們可以幫他做什麼？」我終於開口問。「布萊德蕭醫生說他可以服用左旋多巴，也許可以減緩神經退化，至少也有助於抑制症狀。」

「也許可以，」安德彼醫生說。「但是無效的機率更大，你要有心理準備。目前還很難有效治療PSP。」

「好吧，那還有什麼辦法？」

「簡單物理治療的療效似乎最好，當然，這無助於視力問題，不過可以對抗運動功能異常，至少可以維持一陣子。」

「眞正的治療呢？還有其他藥物……」

「亞雷克斯，布萊德蕭醫生一定向你們解釋過所有治療方案，我再說恐怕也沒有新意。目前世上還沒有任何奇蹟解藥。」

「可是醫學不斷進步啊，不是嗎？我是說，神經學這十年來的進步幅度遠遠超過上個世紀，這都是你告訴我的。」

「是的，沒有錯。我相信五十年後，也許只需要二十年，這個領域的改變可能大到認不出來。我絕對相信，總有一天這些神經病變會和天花一樣絕跡。但是我們還沒進步到那個程度，我很遺憾，我知道你現在不想聽這種話。」

「可是你一定有辦法。正在研發中的新療法呢？試驗藥呢？就算還沒通過也無所謂。」

「亞雷克斯，我知道的你都知道。如果還有其他方法，我早說了。」

我又開始發抖，雖然盡量專心呼吸，卻心有餘而力不足。

「亞雷克斯？」安德彼醫生說。「亞雷克斯，你看著我。」

我看著他。

「你知道接下來幾個月要如何幫忙艾薩克嗎？就是默默扶持他，當他的朋友，尊重並支持他的決定。對他而言，這才有意義。我知道你的立場很難受，何況你還這麼小，但是我也知道你一定可以應付。也許你現在覺得不可能，可是你很堅強，艾薩克也是。雖然我只和他通過幾次電話，但是老實說，在這種狀況下，他算是應付得很好了。然而他還是需要你的友情和支持，卻不需要你拚命找根本不存在的解答。他接受事實，你也得這麼做。」

「他這輩子見過許多可怕的事情，」我說。

「對，我知道。」

「所以現在才能這麼冷靜。」

「也許你說得對。」

「所以這件事才更不公平，他不該又遭遇這種命運。」

「他是不應該，沒有人應該罹患這種病，然而在這一點上鑽牛角尖毫無幫助。你也明白，是不是？」

「明白。」

「有時機率和遭遇看起來非常不公平，我們還是得面對，然後接受，也只能這麼做。」

「這個我也知道。」

「我曉得你知道，」安德彼醫生說。「你**應該**知道。瞭解並且接受自身有不治之症，不代表你就得被綁住。你必須先明白這件事情，才能繼續過日子，現在艾薩克就是努力做到這一點。他想好好利用剩下來的日子，我們也應該幫助他。」

我擦乾眼淚，點點頭。

「你會告訴他嗎？」我問。「就是我沒幫他保守祕密這件事情？」

「不會，亞雷克斯，我不打算告訴他，但是你應該老實說，而且越快越好。誠實爲上策，說了之後可能會發現心裡更舒坦。」

安德彼醫生說得對，彼德森先生非常堅強，應該說太鎮靜了。他可不是拒絕接受事實，其實他的反應和我正好相反。私底下，他完全承認自己患病，也瞭解這個病的影響。他會說出每天的變化，有任何症狀都會告訴我。此時，疾病的影響都還不大，但是他比以前更能——也許是更願意——辨識已經出現了好幾個月的小徵兆。譬如起立、坐下、進食，撿起地上的郵件等需要平衡或手眼協調的動作，有時都會出現困難。大致而言，症狀最嚴重的時候就是一早醒來和深夜。彼德森先生說，有時起床下樓梯，都認定是上帝正在測試他。我很慶幸他還說得出這種笑話，但是這個階段，我還沒心情回應，那對我來說太勉強了。只要擠出微笑，我就算是表現優異了。

他的視力問題依舊是最主要、也最持久的症狀。他描述，難以對焦的問題就像視野有盲點。

如今他知道有這個狀況，就會確定要再三檢查，但是這需要他自己留意。眼球上下移動已經不是自然又自發的反應，必須集中精神，事先規劃，還要記得執行。所以他需要上郵局或商店時，越來越樂於讓我開車。如今我的駕駛能力已經無庸置疑，至少可以勝任這些本地的短程路線，況且我們不太可能在鄉間被警察攔下，下嘉德里少有警車。彼德森先生說，如果眞的被警察攔下，他一定負起全責。我可以裝作不知情，或假裝遭到脅迫。基於他的病情考量，他認爲法官不可能把他關進牢裡，我們也都認爲安全第一。

就算彼德森先生在駕駛方面讓步，閱讀可堅決不退讓。儘管視力退化（也許**就是因爲**視力退化），他依舊堅決繼續舉辦馮內果讀書會，不理會我的取消提議。等我們看到《時震》，也就是我十四個月前計畫討論的最後一本小說，他一次只能看五到十分鐘，而且只有特定時段，通常是早上九到十二點，與下午三到七點，更早或更晚都太吃力。那時他已經得用手指指著文章，就像學讀書的兒童。儘管如此，他還是決心看完。他花了一個月，終究趕上最後一次集會。他知道，這是他能自己看完的最後一本書了。

當然，讀書會都不知道他的健康狀況，只有我和安德彼醫生除外，此時依舊**只有**我們兩個知情。儘管我已經走出拒絕接受的階段，還是不認爲有必要告訴母親，雖然彼德森先生再度表示這不算透露祕密。他彷彿以爲我有必要和她談談，但是說眞的，這一步跨得也太遠了。自己承認事實是一件事，大費周章向人解釋發生了什麼事情——將來又將發生什麼事情——又是另一回事。因爲那就太過眞實了。我很快納悶起彼德森先生不肯把患病的事情告訴大家，是不是就是爲了這個緣故。

我以為兩個月後，他可能已經多告訴幾個人了。他和葛里芬太太、菲歐娜・費頓相處融洽，**絕對**有人可以與他商量，對方也一定願意鼎力相助。我也知道，總有一天——恐怕也不遠了——這種扶攜非常必要。然而「未來」這個話題碰不得，彼德森先生應付得再好，始終不肯擬定任何可行計畫或決定。他還沒採用醫院提供的任何療法，我確定他們寄來的資料袋都原封未動。他告訴我，目前他只想過一天算一天，決心盡可能地照常過日子。我提醒他，物理治療和居家助理都得先登記等候，不是隨叫隨到，他只說現在不打算擔心這類事項，也叫我別操煩。可是說得容易，做起來難啊。

我知道，總有一天，不可能再維持「正常生活」。彼德森先生遲早會失去自主打理生活的能力，布萊德蕭醫生說得很明確。他終究**必須**宣布病情，到時就需要各種醫療協助。推遲延宕——拒絕做出應變決定——不是長久之計，也不明智。在黑暗遙遠的內心深處，我開始懷疑，安德彼醫生有所誤會，我最初的認定也不眞確，彼德森先生其實沒那麼應付裕如。

有好一陣子，我掙扎著，是否要在讀書會最後一次聚會時向安德彼醫生提出這個疑慮，結果時候眞的到了，我卻推翻這個念頭。（因為我大概猜得到他的回答：就是我們必須接受彼德森先生的決定，尊重他走自己的路的權利。）結果我們聊起我的事。安德彼醫生似乎很想知道**我**過得如何，我老實告訴他：時好時壞，不過我多半努力往積極、有建設性的方面想；抱持最好的希望，做好最壞的打算。安德彼醫生說，這種方針向來明智。

但是我沒說明有什麼「打算」。

如果彼德森先生還有二到五年的壽命，如同我上網研究的結果顯示，那麼我一定要暫時休學；如果順利，可能是中學到高中，或是高中到大學的階段。因爲他無親無故，不可能有人全天候照顧彼德森先生，我就非做不可。唯一的問題，就是我不知道他對這項提議的反應，可能會被拒絕。此時他不肯計畫未來，對我就有好處了。我因此有充裕的時間反覆思索，考慮所有可能會發生的狀況。等到他準備好面對下一步，我就有各種足以反駁他的論點。

儘管內心波濤洶湧，我隨時都努力保持舉止鎮定，可惜這不是我與生俱來的天賦。世俗教會最後一次集會時，有好幾次我都希望自己更像安德彼醫生，他（身爲醫生）非常習於保守各種祕密，而且（身爲佛教徒）總是淡定自若。對我而言，裝得沉著平靜就像扯謊。我想我也說過，撒謊向來不是我的強項。

幸好當天大家都怪模怪樣，可能是因爲讀書會就要結束。就我的經驗看來，長期計畫收尾時，往往會飄浮著過剩的離情，儘管結果相當成功。那份哀愁瀰漫在空氣中，猶如一層薄霧。就算我看來漫不經心、無精打采，可能也不如在其他場合時來得引人側目。我應該說明，當天行爲最奇怪的人還不是我，這份殊榮竟然落在彼德森先生身上。當天下午，他的舉止相當不尋常。當然，理由我都明白——我自以爲是，至於其他人對他突如其來的轉變有何看法，我就不得而知了。

彼德森先生不是多愁善感的人，也不喜歡發表長篇大論。但是當天，他清楚指出自己要墊後發表心得，而且還會耗費不少時間。他希望提出某些深得他心又「寓意深遠」的主題，來做個圓滿的結束（彼德森先生也絕對不是喜歡大發哲思的人）。當他發表意見時，有好一段時間，我都深信他即將公開病情，似乎所有感言都往那個方向走，結果他一句話也沒直說。他的感言大略中肯，焦點都放在《時震》上。只有安德彼醫生和我知道，他說的也是自己和自己的健康狀況，然而我們依然誤會他**眞正**的涵義。

「因爲種種理由，」彼德森先生的開場白頗爲平淡，「我費了很長的時間才看完這本書。應該說**重讀**，因爲我自然是當初一出版——大概十年前——就讀過。記得當時我還認爲，這是馮內果最荒腔走板的作品。當然，這是本好書，這本書卻不太當自己是那麼回事。

這次以更慢的速度看完整本書，我得說與當初的印象已經有所不同。我猜，我理解了早就該知道的事情：那就是馮內果所描寫的荒誕不經都不能只看表面。越好笑的玩笑，越輕鬆的手法，所要傳達的寓意就越嚴肅。我相信，他本人說過好幾次。歡笑、瞎搞、荒謬的根源，多半都深植於絕望之中。

時間突然從頭來過，整整十年的事件都自動重複，這種概念當然很荒謬。這是齣鬧劇，在小說中也是極盡滑稽可笑之能事。這個概念推動整齣喜劇，而且不值得認眞看待。這是大家一般的看法。但是這回再次重看，我發現自己很認眞地思考這個想法。讀得越多，越不認爲可笑。

如果你眞的把死前十年再重複一次呢？信不信由你，這個概念讓我覺得很有意思，因此我略微研究過。我知道，通常只有亞雷克斯才有這種興趣。總之以下就是我的發現。

馮內果絕對不是第一個提出光陰倒流概念的人，其實一百年前，德國哲學家尼采在《查拉圖斯特拉如是說》中也有幾乎如出一轍的想法。我向來對哲學沒興趣，也認爲道德倫理出自我們的內心，其他則是常識或裝模作樣。一個月前，如果你對我說『查拉圖斯特拉[51]』，我可能以爲你說的是史特勞斯[52]。我離題了。我說說尼采在這本書中說了什麼吧，他說就正常宗教的層面而言，沒有所謂死後的世界，沒有天堂，沒有地獄，也沒有煉獄。然而也不『全然虛無』。相反地，我們死後，一切又再從頭來過。我們又重過整個人生，一切如舊，從出生到死亡都沒有任何改變。然後不斷重複、循環，直到永永遠遠。他說，這就是『永恆迴復』（Eternal Return）。

顯然尼采可能完全不信，至少不相信字面上的意義。然而他還是用文字寫下來，彷彿他相信筆下每個字句。這麼做的意義就是設計某種思想實驗，他希望讀者認眞思索，加以信賴，從而被迫面對接下來的問題：如果事實眞是如此，這個想法令人開心嗎？換句話說好了，如果必須重新過同樣的人生，得到同樣的成功，遭逢相同的挫折，經歷同樣的快樂、悲傷、悲喜交加的遭遇，你願意嗎？値得嗎？我認爲，馮內果也有相同的看法。

如果各位可以再多容忍一分鐘，我認爲這個思想實驗的第二環也同樣重要，就是自由意志。對尼采而言，『永恆迴復』也是從無神論者的角度思考自由意志，當然，在他那個年代，無神論者還是占少數。『永恆迴復』就是以另一種方式，提出這一世之後根本什麼也沒有的概念。這一世就是全部，如果人生有任何意義，就得在此時此刻以自身的努力去找到，而不是透過超自然力

51 Zarathustra，西元前六、七世紀之波斯預言家，創拜火教，亦即祆教。

52 Johann Strauss（1825~1899），奧地利小提琴家，著有三百首以上的華爾滋舞曲，有「圓舞曲之王」之稱。

量引領。老實說，這個想法對尼采而言，不啻是當頭棒喝。這表示我們都有責任，在可能範圍之內做出最佳選擇，使盡吃奶的力量也不能放槍。

我認爲，馮內果可能也同意尼采多數想法，但是他對自由意志也另有見解。對馮內果而言，自由意志不見得是天經地義，我們太視爲理所當然——他在這方面肯定同意尼采——卻有可能突然失去。**他**在《時震》中的部分思想實驗就包含這種情況，人們被迫按照原來的路徑過日子——完全知道往後十年將會發生什麼事情，卻連最微小的細節都無力改變。這是故事中最不遜的一面，然而從眞正的涵義看來，卻是最眞誠的理念。因爲馮內果非常明白失去自由意志的下場，他曾經是戰俘，被迫看到整座城市被夷平，他、上帝或任何人都無能爲力。他只能幫忙數屍體，總共數了十三萬具。

所以馮內果和任何人一樣，都瞭解自由意志的價值，卻也明白它的極限，知道可能隨時、隨地都會突然遭到剝奪。我想用一句話做結尾，這句話最能概括這種狀況，也是馮內果在《第五號屠宰場》所引用的〈寧靜祈禱文[53]〉。當然，我也可以引述《時震》的文字，但是只有這段話最一針見血。而且從無神論者口中說出，更是詼諧滑稽：

『主啊，請賜予我寧靜，接受我無法改變的事情，賜我勇氣，改變我能改變的事情，賜我智慧，使我永能分辨兩者的差異。』

53 Serenity Prayer，美國清教徒神學家 Reinhold Niebuhr 在一九四三年寫的禱告詞。

阿門。」

大家一片靜默。我屏氣凝神，等待他公布事實，卻始終沒等到。彼德森先生只是清清喉嚨，然後說：「另外有件事情也很重要，我要感謝亞雷克斯成立這個讀書會。如果還有人以爲我是籌辦人，請別懷疑，不是我。我認爲這個點子太瘋狂，還說不會有人參加，所以我才願意出借場地。」

席間出現少許笑聲，彼德森先生可能漸漸習慣發表演說了。

「說正經的，」他繼續說。「謝謝你，亞雷克斯，這對我而言意義非凡，我相信很多人也有同感。」

也許他還說了什麼，就算有，我也聽不見。我的臉像西瓜般紅通通，接著眼睛開始灼痛。

「我必須先失陪。」我說。

到了浴室，我放聲哭泣，徹底洗過臉才回去加入眾人的行列。

★★★

一個多小時後，大家都離開，彼德森先生又重複稍早說的話，彷彿說一次還不夠。「我是眞心的，」他肅穆地重複。「過去十四個月非常感謝你，希望你以後也能記得。」

我知道這種句子需要眞心又有意義的回覆，但是我如果多說幾句，一定又會開始哭。

「好。」我說。

實在超級不得體。

就是因爲這個理由，也只有這個理由，我才決定稍晚再跑一趟。我說過，我覺得當天似乎有什麼事情不太對勁，然而還不至於促使我回去看彼德森先生。眞要說起來，他的最後一段心得還讓我頗放心。我認爲，他終於準備面對未來，還希望得到寧靜，接受無可改變的事情。這就代表我對他誤會有多深，重點也放錯地方。當晚又折返，純粹是機緣巧合。

我打算不到兩分鐘就離開，我以爲只要走到他家門口，說完我先前該說的話就行了：就是過去十四個月對我而言也意義非凡，無論接下來發生任何事情，他都不必獨自面對。這種話不能等到隔天再說。

當我敲前門時，沒有任何回應，但是我不意外也不擔心。彼德森先生不見得立刻應門，尤其他在晚間此時很有可能抽起大麻，遂而打起盹來。

我又敲一次，然後試著開門。門沒鎖，玄關都是大麻味，不尋常。彼德森先生只在戶外抽大麻，下雨就在前廊抽。他不喜歡大麻的味道，至少不喜歡這個味道滲透到沙發布裡。彼德森先生總說舊習難改，我倒覺得他故意不戒掉。

我呼喊他的名字，沒聽到回應，以爲他在椅子上睡著。當我走進客廳，我就知道自己猜對了，他歪向一側，腿上還蓋著一張毯子。菸灰缸就放在旁邊的茶几上，旁邊還有杯幾乎全喝光的水，再過去一點就是翻開的便條紙。他用黑筆寫著這句話：「請不要救我。」

我摑他的臉也沒有反應，但是他的臉頰還溫熱，而且好像還有氣息。我只花幾秒就找到空藥罐：丹祈屏、普拿疼和可待因。我知道這是重要資訊。

我從便條紙上撕下他的留言，塞進我的口袋，打119求救。

17

強制住院

他的遺書在兩天後寄到，內容如下：

你無能為力，這是我一人的決定。我希望死得寧靜，有尊嚴。如果你現在無法明白，希望有一天會理解。請原諒我。

我沒有任何比較依據，但是從各方面看來，我都認爲這封遺書寫得爛透了，不過我還是歸檔收好。

這封信是一般件[54]，確保我不要太早收到。他另外寄了一封信，上面寫著「急件」，直接寄到手術室信箱，告知他的家庭醫生，請他盡速幫忙叫救護車載走他的遺體。他在信上也要求醫生通知我的母親，那麼到時就由她來告訴我。這似乎是最佳處理方法，等我放學回家，救護車已經有至少七小時的空檔可以載他到殯儀館，母親也能以和緩的方式告知噩耗。他妥善安排所有細節，以防他的屍體由我發現，他想得很周全體貼。

54 second class，約兩三天寄到。

想當然耳，他醒來時震怒不已。

救護車把我們載到由維爾醫院，我彷彿回到五又三分之一年前，也就是被流星砸到之後。你也知道，當時我昏迷兩週，醒來時自以爲到了天堂。彼德森先生只昏迷一晚，醒來時就知道計畫出差錯。儘管他意識極度模糊，也沒把醫院錯認爲死後的世界，看起來太井然有序了。

他短暫清醒時，母親已經領我回家，我們隔天下午再去看他，他又睡著了。有個護士告訴我們，他在訪客時間結束前都不可能清醒到有辦法交談，因爲他們給他極大劑量的嗎啡。我不確定這種作法是否百分百符合正統醫療程序，不過我能理解醫院爲何出此下策。他一醒來就開始抱怨，說他覺得經歷最可怕的宿醉，而且任何人在任何地方都不該忍受這種苦痛，這點倒不令我意外。畢竟醫生幫他洗胃前，他嚴重毒害自己。他不斷向那位護士叨念，說這個經驗比打越戰還可怕，如果他們不肯讓他死，至少讓他睡一會兒。最後終於找來一個醫生，他同意不能讓彼德森先生受苦。否則太不公平了——對醫護人員而言，況且也要考量房裡其他病患。問題是彼德森先生的肝臟和腎臟最近才受到莫大損害，無法服用標準安眠藥。因此他們爲他注射嗎啡，而且在往後二十四小時內，每隔四到六小時就用這種方法讓他保持安靜。

因此我們當天回去看他沒有太大意義。

我告訴母親，如果她同意，我希望向學校請假一週。她認爲這是明智之舉。

隔天伊莉送我到醫院，而且堅持要陪我進病房。我不確定她是不是受到母親請託，也可能是因爲她變態的好奇心。很難看出伊莉的動機，總之我很慶幸她送我來。

彼德森先生消瘦、鬍碴未刮，滿臉怒容。坦白說，他看起來就像個嚇人的食屍鬼，彷彿剛死而復生——其實也不意外。我們在病床一側落座時，他的表情毫無變化。

「哈囉。」我說。

「哈囉。」

語調和表情如出一轍。

「這是伊莉，她載我過來。希望你別介意她進來？她確定我沒事就會走了。」

「我不是很樂意見到你們**任何一個**，」彼德森先生說。「不過我大概也無可奈何吧。」

我假裝沒聽到。

「你好嗎？」

「你**覺得**呢？」

「你可能很不舒服。」

「我是很不舒服。你知道，他們不肯讓我離開這裡，至少短期之內都不肯，這是規定，他們命令我強制住院。如果我試圖離開，他們就會以一八四二年的精神衛生法案等狗屎東西爲名拘捕我。太野蠻了！我希望你開心。」

「我很開心你還活著。」我坦承。

「很好，至少我們有一人開心。」

我看伊莉一眼，她對我翻白眼。不知爲何，伊莉的態度在這兩天都絲毫未改變。她不是認爲應該如常對待我最好，就是根本沒有任何感想，她毫無所動的事情可以列出一長串名單，企圖自殺只是其中一項。

「你根本沒有權利這麼做，」彼德森先生繼續說。「這不是你的決定！」

「我懂了，」我說。「如果我們位置互換，你又會怎麼做？」

「我會尊重你的意願，讓你死去。」

這句話我也充耳不聞。「我幫你從家裡帶了些東西過來，」我說，示意他看地上的袋子。「有衣服和書等等。」

「書，太好了！我會過得更快活。你明知道我現在什麼也讀不了！」

「還有些CD，例如舒伯特的第五號交響曲、孟德爾頌第三號交響曲、莫札特的單簧管協奏曲、馬勒的第四號交響曲……」

「我更喜歡他的第六號交響曲[55]。」

「你還沒康復到可以聽第六號。」

「有沒有巴哈？」

「我下次帶巴哈來。」

「無伴奏大提琴組曲？」

55 此曲名為《悲劇》。

「什麼都好，**就是不要**大提琴組曲。」

「老天爺，小鬼，我想聽什麼都不能自己做主？」

「聽巴哈的大提琴組曲要有合適的時間和地點，我們都知道你在醫院安養時不適合聽這個。我只是想幫忙。」

「你想幫我？」

「對，我當然想幫你。」

「好，那就另外幫我帶樣東西。」

「你要什麼我都幫你帶，只要合理就行。」

「幫我帶點草來。」

「我不會幫你帶大麻。」

「我在這裡會發瘋。」

「太荒謬了。你想在哪裡抽大麻？廁所嗎？」

「如果有必要就這麼辦。」

「如果醫院逮到你抽大麻，絕對不會讓你提早出院。」

「他們這二十四小時都給我他媽的海洛因了！」

「我不會幫你帶大麻。」

彼德森先生轉向伊莉，「妳呢，ㄚ頭？妳願意幫我帶嗎？」

伊莉大剌剌地打量他幾秒。「我不認爲大麻會讓你**更不想**自殺，你說是吧？」

彼德森先生嗤之以鼻。「感謝妳對我的關心，也欣賞妳講話如此圓滑，不過這件事情不勞妳操心。」

伊莉聳肩。「這只是我的意見。就我看來，你喝點酒可能會好一點。」

彼德森先生回頭看我。「老天爺，她說眞的嗎？」

「我不知道，」我說。「有可能。」

「她也有名字！」伊莉指出。

「小姐，」彼德森先生說，「我現在來不及煩惱記新名字了。我的腦子已經變成一團漿糊，相信亞雷克斯一定和妳提過。必須面對這種遭遇並不特別令人愉快，大麻可以讓日子好過一點。也許妳會明白？」

「把我的名字說出來，我就幫你帶大麻。這個交易不錯吧？」

「莎莉。」

「是伊莉。」

「沒有人要幫你帶大麻，」我說。「伊莉說得對，這對你沒好處。」

「知道嗎，我受夠人們不斷指教哪些事情幫不了我。」

「就算對你有好處，你一抽，護士也會在十秒內沒收。你看不出來你只是瞎胡鬧嗎？」

「搞成這樣就是荒謬！而且都要怪你。」

「你這麼說不公平。」

「既然你不肯幫我，就請你離開。」

「你這樣太幼稚了。」
「走吧。」
「隨便，我下次會帶巴哈來。」
「如果我是你，不會浪費力氣。」
「如果你要繼續賭氣，也許我就不來了。」
「現在對我而言都無所謂了，你剝奪了我唯一的抉擇，希望你永遠不必體會我現在的心情。」
我頭也不回地走出去。

★★★

我站在飲料販賣機前，片刻之後，伊莉跟上來。「我沒想到會發生這種事情，」她說。「伍茲，你鑽得越深，人生就越詭異。他向來都是這個死樣子嗎？」
我不搭腔。可樂販賣機不收我某個五便士硬幣，我不斷投進去，它持續掉出來，我伸進口袋找零錢。
「說眞的，伍茲，你和聖人一樣有耐心。你知道他瘋了吧？」我還是不理她。她碰碰我的手臂，「亞雷克斯，你還好吧？」
「不好，」我說。「我不好，我又難過又生氣。」

「你應該生氣，他沒有權利對你說那番話。拿去，這給你。」她把一英鎊硬幣放到我的掌心。販賣機吃進硬幣，卻沒找零。「我不管他病得有多重，」伊莉繼續說。「他對你說的某些話實在太離譜了。」

「也許。」

「當然是啊！」

我在販賣機對面的椅子上坐下，伊莉也坐到我旁邊。

「你晚點還要來嗎？如果你決定不來，我也不會怪你。」

伊莉不說話，舌頭在一邊臉頰滑動。她似乎正在考慮怎麼說最恰當，這對她而言可是非常稀罕。「好吧，」她終於開口。「但是你要有心理準備，下次可能也是白費力氣。」

「是不是白費力氣不重要，」我說。「我照樣得來。」

「你不需要來。」

「一定要。」

「當殉道者沒意義，眞的，我知道你對倫理道德等狗屁東西有莫名其妙的看法，但是人不自救，你也救不了他。」

「不要說得這麼複雜，伊莉。這和倫理道德毫無關係，我也不期待他隔天就會有奇蹟般的改變，我知道接下來幾天都有可能這麼糟糕。」

「好吧。既然你知道，又何必浪費時間？何必明天再來忍受同樣的對待呢？」

「因爲他是我的朋友，他需要我，就算他不瞭解也無所謂，就算他時時刻刻都對我大吼人叫也沒關係。如果他必須那麼做，我就會忍耐。」

伊莉翻了好大一圈白眼。「老天爺，伍茲！你這些話一點道理也沒有！我瞭解你說你們是朋友！我是說，這有點不尋常——事實上根本是他媽的詭異到極點——但是我依然能理解。至於其他部分，我就不懂了。他看到你就火大，你則帶著窩囊的心情回家去，這對任何人有什麼幫助？給他幾天冷靜一下。」

我聳肩。「我不期望妳瞭解，我自己明白就好了。我能體會他的心情，他現在怕死了。他很害怕，又不知道該怎麼面對。」

「就拿你開刀？」

「沒錯。」

「然後呢？他認爲你能處理？」

「我**可以**……我必須面對。」

「天啊，伍茲，你還**眞是**他媽的聖人。」

「我不是聖人，只是就事論事。」

伊莉搖頭。

「妳要走了嗎？」我問。

「對，**行行好**，我們走吧。醫院搞得我七葷八素。」

「我沒逼妳上來。」我指出。

「我不是這個意思，我們走吧。」

可是我們一走到停車場，伊莉又說她得回去上「洗手間」，因爲她無法憋半小時開回格拉斯頓柏立，顯然也只有非常有限的先見之明。我在悶熱的車上似乎等了幾百年，心裡眞希望有足夠的零錢再買一瓶健怡可樂。我默默決定，下次一定要帶兩公升水瓶來醫院。

「妳在廁所花的時間還眞是久得不可思議。」伊莉回來時，我對她抱怨。

「靠，伍茲！你對女生說這什麼話啊？」

她發動引擎，引擎卻立刻停止運轉。

「妳的檔位……」

「我知道！」

「對了，妳開出去要小心路上有減速坡，因爲剛才開進來時……」

「你他媽閉嘴，讓我好好開車！」

我們一開過圓環，她立刻把音響轉到最大聲。不知爲何，伊莉和我每次交談都撐不了幾分鐘。

隔天我和母親一起回到醫院，我們才知道彼德森先生被換到更合適、「更長期」的病房，也就是精神病患特別病房——護士對彼此提到時都簡稱「精神病房」或「精神病」。隨意縮短這個名詞，對我而言有點太無法消受，但是母親認爲這對多數人而言更令人安心；大部分人，她說，聽到一個音節以上的醫療名詞都覺得不自在。根據她個人的經驗，她知道婦科也是這樣。不過我決定不再和她深聊。

「精神病」位於頂樓下一層，與底下的一般病房相較之下，氣氛竟然格外寧靜。我馬上發現這一區比較不忙碌，少有人往來，護理人員似乎也比較少。後來我發現，病患也比較少，而每個人的訪客又更少。大致說來，護士每天都可以在同樣時間照料病患、提供藥物，這有助於井然有序地管理。當然，有些是「問題病患」，但是這一區有超多單人房，隨時可以讓行爲「可能引起混亂或騷擾到別人」的患者入住。這些人多半是精神異常，亦即有精神病，例如人格分裂等，而不是異常憤怒的人，例如彼德森先生。他住在普通四人房，病床就在最左邊的靠窗角落，窗外可以看到一望無際的灰暗天空。除非是晴朗的天氣，否則護理人員最好還是把窗簾拉上。

母親堅持要「進來打個招呼」，彷彿以爲是來拜訪朋友，還沒完沒了地說起露西的小貓。牠們在我的生日當天出生（還眞怪），那天是秋分。因爲這一胎數目出奇的多，而且模樣不太好看，母親很難幫貓咪找到主人。我認爲彼德森先生對這件事才沒興趣，但是他還是連連點頭，表示自己正在聽（他對我的母親總是有不可思議的耐性），後來還得禮貌地拒絕她提議「領養一隻，減輕我們的負擔」。我不知道她腦袋想什麼，總之這不是玩笑話，因爲我母親不開玩笑。這個提議不是爲了解決問題，就是她早已審愼考慮，做出這個莫測高深的結論，認爲彼德森先生目前的狀況最需要一隻貓咪。無論如何，她離開之後，我便代她道歉。

「你媽就是你媽，」彼德森先生說。「她絕對是一片好意。」

「也許吧，」我附議。「可是她還是太離譜了，**她**才應該來住精神病房。」

彼德森先生聳肩。

「我幫你帶了《郭德堡變奏曲》，還多帶了幾個三號電池。」我說。

「謝謝你。」

「我應該問你有沒有好多了嗎？」

「並沒有覺得更糟糕。」

「那大概就很好了。」

「他們昨天派精神醫生過來，他開百憂解給我。百憂解欸！他以為我是抑鬱。」

「難道你不是？」

「我先前不是抑鬱。」

「可是你試圖自殺，」我指出。

「對，他也這麼說。顯然這是典型症狀，我這種狀況的人有那種舉動似乎不正常。」

「他一定很清楚自己做什麼。」

「小鬼，你對醫生太有信心了。他們問的問題有些簡直白癡到極點，我對未來是否覺得無望或黯淡？你會以為他們沒看過我的病歷。」

「我相信你誇大其辭。」

「你留下來親眼看看，等一下就會有一個或更多醫生來巡房了。」

「你要我留下來嗎？」

「有何不可？你們稍後可以開會討論怎麼做對我最好。」

我不發一語，卻也沒別過頭。我只是等著，而且彼德森先生彷彿突然滿臉通紅。

「你知道，那個女孩後來又來找我，」他說。「就在你們離開之後。」

「哪個女孩？」

「少白癡了，你認得她，就是有妹妹頭的那個。」

我花了好一會兒，才知道彼德森先生說的是伊莉的劉海。

「所以你和她……」

「沒有！」

「怎麼會沒有？我認爲她喜歡你。」

「應該沒有，至少不是那種感情。在我看來，她只喜歡低能兒，年紀比較大的低能兒。」

「她大一點之後就會改變。」

「這個話題讓我很不自在。」

彼德森先生聳肩。「好吧，就一個不喜歡你的人而言，她爲了我惹你傷心還眞火大。」

「她就是這樣，永遠都很憤怒。」

「她無敵火大。還說我是混帳，現在不值得任何同情。」

「沒錯，這的確像是她會說的話，」我承認。「她非常直接。」

「是啊，不過她這次說對了，我上次太惡劣。」

「對。」

「我很抱歉。」

我聳肩。

「你要明白我對**哪件事情**感到抱歉。」
「好，你說吧。」
「我很抱歉你必須經歷這些事情，你一定很難受。」
「是的。」
「但是我不後悔自己做的事情，也不打算假裝自己很遺憾。這點我得老實告訴你，只是我沒想到會是這種結果。我以為我計畫得很周全，絕對**不可能**走到這一步。我沒想到你會回來，也眞心希望你沒那麼做。」
「謝了，」我說。「還眞是精采的道歉。你知道，就算我沒回去，事情恐怕也不會有太大的差別。你的計畫太蹩腳，你吞了太多藥丸，還沒死就可能先吐出來。至於可待因，眞不知道你想什麼！」
「那是我手邊最強效的止痛藥，應該最容易服藥過量。」
「事情沒那麼簡單。可待因大概是最難以過量服用的止痛藥，況且你早就習慣吃這種藥。」
「我不曉得。」
「你顯然不知道！所以你現在待在這裡，實在不能怪**我**。你的計畫爛透了！」
「好，我瞭解了！看來下次要多做功課。」
突如其來的沉默蔓延了約莫一分鐘，我把《郭德堡變奏曲》丟在床頭櫃上，出去散步。
彼德森先生的精神科醫師貝德福是個非常高大的男子，有一雙鋼琴家的手和格外溫柔的聲音。後來彼德森先生告訴我，聽到這種聲音沒什麼好意外，因爲所有精神科醫師都受訓講這種腔調，還要非常熟習「這種聲音」，才獲准在這一個專科執業。我認爲，這絕對是他胡言亂語。

「你今天覺得怎麼樣？」貝德福醫生問。

「還可以，」彼德森先生說。

「你必須誠實地回答這些問題才可以，」醫生提醒他。

「我討厭這個地方，我想出去，」彼德森先生說。然而他沒清楚指明，是討厭精神病房，還是更廣義的宇宙。相當樂觀的貝德福醫生認定是前者。

「你明知現在不可能，」他溫和地說。「你最好別想這件事情，每天努力過日子。只要你夠健康，我們就會讓你出院，否則免談。」

彼德森先生破口大罵。「醫生，你**看過**我的病歷嗎？你知道我在不久的將來會碰上什麼事情吧？」

貝德福醫生嚴肅地點頭。「是的，我知道。」

「我的眼睛會更糟糕，腿也是。最後我連走路都走不動，必須坐輪椅。無法自己上廁所，無法說話，也無法吞嚥固態食物，我可能會被自己的嘔吐物噎死。」

「我明白你爲什麼有這種心情。」

「既然你明白，我們就不會有這些對話。事情不會有任何起色。」

「目前看起來也許是這樣，這不代表……」

「亞雷克斯！」彼德森先生轉頭面對我。「既然貝德福醫生似乎聽不到我的聲音，也許你可以好心告訴他我沒瘋，也比他想的更理智。」

我覺得雙頰通紅。「我相信貝德福醫生知道如何做好他的工作。」我說。

彼德森先生怒吼。

「沒有人認為你瘋了，」貝德福醫生鎮定地說下去。「你不是因此才住到這裡，你也很清楚，我對你說過了。你住在這裡，是因為你出院可能會危害到你自己的性命。」

「沒錯！我自己。」

「你的行為也會影響到別人，相信你一定明白這一點，你傷害的不只是你自己。」

貝德福醫生的目光往我這邊飄，我覺得臉更紅了。彼德森先生更是暴跳如雷。

「太好了！實在他媽的太棒了！當所有方法都失效時，大家永遠都可以從感情方面威脅你！你認為我應該為別人活下去？盡可能讓每個人都過得慘兮兮？」

貝德福醫生等了五秒。「我晚點再來好了，盡量休息一下。」

然後便離開。

壓迫性的沉默慢吞吞地徘徊了片刻，然後彼德森先生開口：

「小鬼，既然你還在這裡，不如說說你的看法。你有什麼感想？」

問題是我的感想也模糊不明，我已有太多神經被扯動。我掙扎著忖度自己想說的話，然後徒勞無功地聳肩。「你短期之內大概無法離開。」我說。

有那麼片刻，彼德森先生似乎想回嘴，最後卻只消沉地點點頭。我們兩個都累得不想再吵了。

18 盟約

「『約塞連因爲肝痛而住進醫院，結果只差一點點就是黃疸。既然如此，醫生便覺得困惑。如果是黃疸，他們還可以治療，如果不是黃疸，症狀也都消失，他們便能讓他出院。每次只差一點點就是黃疸，這可教他們傷透腦筋。』[56]」

我暫停朗誦。「黃疸就是會全身發黃的病嗎？」

「沒錯，這個字源於法文的*jaune*。」

「對吼，那當然……我不知道你會說法文。」

「我聽人家說過，多少學會了一點點。」

56 這是《第22條軍規》的節錄內容，該書描述二次世界大戰期間，駐紮在義大利小島的美國轟炸機中隊一連串的荒唐故事。主人翁轟炸機師約塞連不想枉死，裝病躲進醫院。軍醫雖然想幫助他，卻說根據「第22條軍規」，瘋子可以免於飛行，但是得由本人提出申請。弔詭的是，本人若能提出該申請，表示理智尚存，根本沒瘋，因此也不會獲准。約塞連原是為了報國從軍，卻在部隊看到各種瘋人瘋事，最後在憤怒與絕望下逃離軍隊。此書是 Joseph Heller 的處女作，也開創美國文壇黑色幽默文學。

「在越南學的嗎？越南以前由法國統治，對不對？」
「小鬼，你要不要繼續唸？我眞希望在訪客時間結束前，至少已經聽你讀完第一頁。」
我點頭，清清喉嚨唸下去。
「『他們每天早上都過來，這三個生氣勃勃卻神情肅穆的男子有著效率奇佳的嘴，和毫無效率的眼神，身邊總跟著護士達克特，這是其中一位不喜歡約塞連的護士。他們看著床尾的紀錄，不耐煩地問起他的病痛。當他說症狀一模一樣時，他們似乎非常惱火。』」
「『還是沒有進步？』上校……」
彼德森先生舉起一隻手，姿勢彷彿要阻擋來車。「小鬼，拜託，不要試著學美國腔。」
我用食指放進書裡當標記，「用英國腔唸這段可能會有點詭異。」
「聽你唸本來就很奇怪，我會想辦法習慣。如果不必聽那種腔調，我會更適應。」
「在我腦海中聽起來很好。」
「才怪，你那種腔調連阿拉巴馬州的希克斯維都混不過去[57]。」
「喔。」
「用你正常的腔調好好唸清楚就行了，聲音再大一點，我才不想張大耳朵才能聽到每個字。」
「我不想打擾其他病患嘛。」我坦承。

57 咸認阿拉巴馬州有南方口音，《阿甘正傳》的主人翁就出自此地，也是一口誇張的腔調。作者意指亞雷克斯的口音就算到了腔調也很重的阿拉巴馬，都會立刻露出馬腳。

「其他病患的腦子早被擾亂了，」彼德森先生指出，聲音還頗大。「閱讀輕鬆小品應該不會妨礙到他們吧？」

我得承認，應該不會。彼德森先生的病房還有另外兩名病患，他們似乎都不可能抱怨。對床的那位似乎和彼德森先生年紀相仿，是僵直型精神分裂症患者。他甚至從來沒動過，更別說開口了。有位可能是他妻子的女性每天來看他半小時，但無論是她、醫生或護士都無法讓他做出任何反應，連轉移他的目光都沒辦法，他永遠盯著窗框。他的喉嚨裡插著餵食管，下半身還裝著導尿管。我不知道他要如何吃飯，甚至有沒有吃固態食物。

隔壁床的另一名男子，也就是彼德森先生斜對角的那位，約莫一百五十歲。他也什麼都沒說過，因爲他永遠在一本便條紙上寫個不停——應該說是一本又一本地寫下去。照他寫字的速度看來，他一天至少寫完一本，但是誰幫他補充文具卻是個謎。他從來沒有訪客，所以應該是護士或精神病醫師吧，他們一定認爲拚命寫對他有幫助。

「他肯定是正在重寫《戰爭與和平》，」彼德森先生猜測。「而且還是加長版。」

我沒看過《戰爭與和平》，可是我明白彼德森先生的意思：《戰爭與和平》的頁數超多。這本書就是以這點聞名，長度大概是《第五號屠宰場》的十二倍，或是《第22條軍規》的三倍多；後者也是經典作品，彼德森先生說是他目前心理狀況唯一想聽的書。

我不再裝腔作勢，以平常的語調唸了幾頁之後，便瞭解他的意思。《第22條軍規》的第一章說到醫療人員時幾乎沒有好話，所以我應彼德森先生要求提高音量時，又開始覺得不好意思起來。他宣稱，要我大聲唸是因爲他覺得腦袋「泡滿水」——他把這點歸咎於服用百憂解，可是我漸漸懷疑這只是部分的事實。我認爲，他要哈洛威護士也聽到，此時她正在病房裡忙進忙出，執行各種例行工作。他用這種方法任性抗議醫院持續把他關在精神病房，我則無端被捲入。

不過就算他有此陰謀，哈洛威護士也不上鉤——至少一開始都相應不理。她默默地自顧自做事，我則不情願地唸出書中那些效率奇差的醫生和冷血護士的細節。除了我唸到那位德州人開始談論「黑鬼」——「『他們不准黑鬼加入這裡，黑鬼會分到特別的地方』」——她才停下手邊的工作，一臉震驚。

「沒事，」我向她保證，「這是諷刺。」

「才更符合角色特性，」彼德森先生澄清。

「沒錯，」我附議，「因爲我不能學美語腔調，所以才會這麼不明顯。」

「我不在乎符合什麼，」哈洛威護士說。「這個字眼不適合出現在病房裡。」

「當然適合，」彼德森先生反駁。

「如果讓其他病患感到不舒服或生氣就不適合，」哈洛威護士回敬。

「誰會生氣？」彼德森先生指著其他病患。「那個僵直型精神分裂症患者？還是那位托爾斯泰伯爵？」

僵直型精神分裂症病患動都不動，托爾斯泰伯爵如常地狂寫。哈洛威護士雙手叉腰地說：「我只是請你要有同理心，能不能至少唸小聲點？」

彼德森先生搖頭。「恐怕門都沒有，百憂解似乎嚴重影響我的聽力。」

「我會盡快提醒貝德福醫生。」

「我不想見貝德福醫生，他一點也幫不了我——除非他願意讓我停用這些藥。」

「也許我可以先審查不適合出現在病房的詞彙，」我建議。「例如只要說『黑X』、『混X』、『機車人』等等。」

「根本不可能有『機車人』，」彼德森先生憤怒地說。「當時還沒有這個俚語。」

「當時都沒有這些說法，」哈洛威護士說。「拜託，我只是請你們稍微體諒別人。」

因此我繼續用英國腔大聲唸《第22條軍規》，只不過邊唸邊修改髒話。幸好這類字眼並不多，所以彼德森先生只要小小忍耐——也許根本不必忍，他可能還覺得頗有趣，這點難以分辨。當我朗讀第一章時，他動也不動地躺著，眼睛沒睜開；唸完時，他也不發一語。所以我喝了一大口健怡可樂之後，心想不如繼續唸下去。

唸完第三章，我才提起心裡反覆思索的話題。彼德森先生和我已經好幾天沒討論到這方面，至少貝德福醫生來過之後就沒有。我們之所以避而不談，是因為我們的半停戰狀態還相當脆弱，至少就我個人而言，並不急著再掀起另一場爭論。然而我已經大聲唸了半小時，彼德森先生又正在閉目養神，我心想沒有比這時更恰當的時機了。

「彼德森先生，」我小心翼翼地開口，聲音又漸漸減弱。我發現，根本沒有任何說法可以婉轉地表達我想說的事情。我在腦海默默演練幾種版本，最後決定直接開門見山。「彼德森先生，我覺得你看起來並不沮喪，至少已經好多了。」

彼德森先生突然睜開眼睛。「我一開始就不沮喪，我早對你說過。」

「對，我知道。」

「我先前或目前的狀態根本就不能用『沮喪』來描述，只不過是一個具備太多資格又沒常識的精神科醫師硬加的標籤。」

「可是你……呃，你知道。如果他們明天讓你出院，我是說，你還是會……」

彼德森先生受夠這種含糊不清的問法。「拜託你行行好，直接說吧，小鬼！」

「你還是想死！」我脫口而出。

彼德森先生又閉上眼睛。他花了好一陣子才回答，等他開口時，聲音並不算冷酷，但還是相當尖銳，彷彿同時應付兩三種不同的衝動。「小鬼，我不想死，」他終於說。「沒有人**想**死。可是你知道我將來的狀況，我的未來已經可預知。如果我不想面對，脫身的方法只有一種。」

我數了一會兒自己的呼吸，然後說：「可是你現在的日子不算太差。我的意思是，還有些事情可以讓你得到樂趣。例如《第22條軍規》，你還能享受舒伯特的《降B大調第五號交響曲》。你的人生還不太糟糕，也許還要一陣子才會走下坡，你不知道自己還有多久的時間，也許還有兩、三年。」

「也許吧，」彼德森先生承認，然後陷入沉默。「你說得對，我現在的日子還值得過下去，也許還能順利地過個半年，甚至一年，我不知道。但是我**確切**知道，生活遲早會失衡，我遲早會過得生不如死。到那時，我很有可能已經無能爲力，可能會住進安養院，可能無法站立或講話，更別說採取必要措施結束生命，**那**才是我所不能忍受。」

「如果不必走到那一步呢？」我淡淡地問。

「一定會走到那一步，這就是問題所在。」

「我可以照顧你。」

「你沒辦法。」

「我可以。我已經……」

「你不行，這對我們兩個都是太大的折磨。沒有人可以照顧我，事情不是你所能想像。」

「可是我**想**照顧你。眞的，我已經想清楚。到時我不必上學，我是說，我可以休學……」

「小鬼，相信我，我知道自己說什麼，這不是可行的方法。」

我等著，又開始數自己的呼吸次數，這次數更久。我決心保持語調平穩。

「我一定有辦法改變你的心意。」我終於說。

「沒有。」

他的語調決絕，我知道談不下去了。

「我要走了，」我說。「我有一兩件事情得自己想清楚，明天我會再來，但是後天就不一定了。我母親要我週一開始上學。」

「你媽說得對，你應該回學校。」

我聳肩。「反正我可以在傍晚會客時間再來。」

彼德森先生彷彿想說些什麼勸退我，可是片刻過後，他的表情改變，最後，他只是點點頭。

隔天早上，我去伊莉的公寓，藉口是我大概應該謝謝她爲了我去斥責彼德森先生。其實這也不算托辭，我在那天下午之後就沒再見過她，我**眞心**認爲該向她道謝。除此之外，我需要找人談談，而我的朋友又不多。獨自反覆思索已經走到某個臨界點，我知道要再進一步，就得把某些想法說出來，聽聽實際說出來的感覺。但是我去找伊莉不是希望聽到建設性的看法，應該說是我已經遇到瓶頸，需要找人迂迴地聊聊——也就是碰到不合世俗邏輯的問題時，一般人的做法。

總之，我敲公寓門時大概是剛過十一點半，門就位於店鋪後方的金屬防火梯上。我以為週日此時拜訪別人，應該是合宜的時間，其實我也只能憑空猜測。無論上學、假日，我每天早上六點半起床，母親也是日出而作的人，我實在不太清楚一般人週末都睡到幾點。反正晚點總不會錯，結果伊莉在我敲了兩次之後才應門。開門時，她雖然起床了（那當然），卻還沒眞正「醒來」。她穿著黑色T恤和短得像內褲的短褲，而且頭髮睡得非常蓬亂。她顯然還沒有機會或是無心打理門面，我從她明顯的熊貓眼推論，她臉上還有昨天的殘妝，而且看到我並不開心。我一開始就出師不利。

「靠，伍茲！」伊莉唉聲歎氣地說。「現在是什麼鬼時間？」

我看了一下手錶，發現這應該是修辭性疑問句。「我以為妳起床了。」我道歉。

「我週日都不起床。」

「喔。」

「什麼事？」

「沒事。我正要去醫院，所以……」

「我沒辦法載你去，我沒車。你這顆超級大頭應該理解吧，如果車子在你媽那，就不可能在我這裡。」

「對，我明白。我不是這個意思，我要搭公車去，可是我想先……」

「伍茲，拜託！我快冷爆了！」

「對，看得出來。不然我下次再……」

「如果你想進來就進來。」

「如果妳還沒起床，我不想打擾妳。」

我還沒講完，伊莉已經轉身穿過廚房，走向客廳。「你已經吵到我了，白癡。我不想白白起床，把門帶上。外面大概只有零下三十度吧。」

這時是十一月，我估計實際溫度大概是攝氏八、九度，不過這件事恐怕不值得一提。我進屋，脫掉鞋子，關上門。

雖然伊莉一年前搬進來之後，我來過幾次，但是這是我頭一次沒和母親一道來，此時公寓看在我眼裡又是一番新面貌。當然，多數家具都一模一樣，但是整體的氣氛卻有相當大的改變。基本上，屋子染上住戶許多特質。乾淨是夠乾淨，卻很陰暗，有些地方也相當凌亂。窗簾放下來，待洗的碗盤疊得危險地老高，而且到處都是內衣。我放眼所及，每個房間的暖爐上都掛著內衣，雖然伊莉再三保證，這不是平日的擺飾，只不過那天剛好是「洗衣日」。然而你可以想像，訪客還是覺得不知所措。無論目光放在哪裡，到處都能看見這些黑色旗幟。

至於公寓的其他改變，我注意到的最大不同就是箱子房成了更衣室——但是我這麼說還是太客氣。說是「長靴櫃」，可能比較接近。

「我以前住在那個房間，」一到客廳坐在一堆CD盒和髒咖啡杯之間，我便告訴伊莉。「就是那個箱子房，我在那裡住了整整一年。」

伊莉皺起鼻子。「哪個房間？」

「箱子房。」我往後指，又說了一次。

「那個儲物間？」

「以前是書房，」我解釋。「我母親和我住在這裡時，有一年就充當我的臥室。」

「天啊，伍茲！那是他媽的儲物間欸！」

「當時我才十一歲，所以還不算太大。我母親也不想要我住那裡，可是我們沒什麼選擇。那時我沒辦法上學，也無法離開屋子。我的癲癇太嚴重了。」

伊莉搖頭。「你的人生就像亂七八糟的童話故事，你應該寫傳記，一定會大賣。」

「自傳。」我更正。

「什麼？」

「傳記是寫別人的故事，自己的故事叫做**自傳**。」

「你去死啦。要喝什麼？」

「妳有健怡可樂嗎？」

「冰箱有雜牌可樂，可以嗎？」

「不一定，含糖嗎？」

「有。」

「沒關係，我去樓下拿健怡可樂。必要時，我可以喝普通汽水，但是不能含糖，否則會讓我變得很古怪。」

「你本來就怪。」

我不知道該怎麼回應，只好什麼也不說，逕自下樓從倉庫拿我另外存放的健怡可樂。

我回來時，伊莉沒套上其他衣服，但是清了桌面讓我放飲料，還把電視開成無聲，就轉到那些無聊的音樂節目頻道，畫面中的女藝人老彎著腰扭來扭去，男藝人則總是抓著自己的睪丸，對攝影機擺出空手道姿勢。多數音樂錄影帶都拍成這樣，就連紅毛猩猩也看得出來龍去脈。反正伊莉也沒認真看，就我的認知而言，這不是她喜歡的音樂。然而，有許多「事情」需要同時進行，她這種人才能正常地發揮功能。所以她才會轉成靜音，卻不關掉電視。除了內衣之外，這也是會讓我分心的小問題，再加上先前談話中斷，我很難直接轉回我想聊的正題。只好選擇繼續聊「無關緊要的事情」，也許就能輕鬆切入。

「妙了，」我說，「標準的兩公升裝可樂有七十五茶匙的糖。」

伊莉的表情彷彿我剛說我的腳有蹼。

「等於八吋巧克力糖霜蛋糕的糖分。」我補充。

「是的，伍茲，這還眞是我整天聽到最有意思的事情。」

「我只是想閒話家常。」我說。

「你需要勤加練習。我們就廢話少說，好不好？你的朋友怎麼樣了？還是那麼瘋瘋癲癲嗎？」

有時，伊莉有自己獨特的智慧。

我花了十分鐘解釋彼德森先生不是眞的「瘋癲」——不是一般人以爲的那樣——不過他的確還有自殺傾向。只要他一天有這種念頭，醫院絕對不會讓他離開精神病房。

「所以他留在那裡也許是好事，」伊莉做出結論。「你是這麼想嗎？」

「不完全是，」我說。「也許現在可以，但是長遠看來並不好。」

「至少醫院有人照顧他。」

「他不這麼認爲。」

伊莉聳肩。「你怎麼看呢？」

「不知道，」我回答。「我現在腦袋一片混亂，就像想聚焦又沒辦法。我認爲……我現在的想法和一週前已經不同。現在的情況又更複雜……」

我的聲音漸漸變小，得花點時間整理思緒才能繼續說。「伊莉，我從沒對人提過。妳知道我昏迷兩週吧？就是被流星砸中之後？」

我以爲她會發表高見，卻沒有，只是點頭，然後點了一根菸。

「呃，」我說，「我很高興我醒來了，那當然。同時我也常常想著，就算沒醒來也無所謂，事情也不會有什麼改變，至少對我而言。妳懂我的意思嗎？」

「不懂。」伊莉說。

我又想了一會兒。

「好，」我說。「我的意思是，當我昏迷時，沒有任何不好的感覺，其實根本沒有任何感覺。我沒做夢，沒看到黑暗，甚至也沒有時間的感受。就我個人而言，那兩週根本不存在，從未發生過。我認爲那就像死亡，死亡什麼也不是，甚至不是一片虛無——就死者而言。妳懂嗎？」

伊莉吐出一大口煙，說：「人死了就是死了。我的意思是，週日早晨聽到這個還眞讓人有點洩氣，不過你就是這個意思吧？」

「沒錯。人死了就是死了，我是這麼相信，彼德森先生也這麼認爲。問題是，如果事實就是這樣，死亡不該令人沮喪，當然也不該令人害怕。從進化的觀點看來，當然應該讓人心驚膽跳，但是從邏輯的角度討論卻不會。」

「老天爺，伍茲！很恐怖，不恐怖……我開門時可沒說我想聽這個。拜託你，不要反反覆覆，直接用白話說出你想說的話。」

「我是說，死亡是世界上最輕鬆的事情，瀕臨死亡才可怕。」

伊莉做鬼臉，摸摸自己的頭。

「好吧，當我沒說。我想說的重點是：好久以來，我無法不去想彼德森先生將離開人世，可是現在……事情有所改變。這一點已經不重要了，善終也罷，慘死也罷，死了就是死了。」

伊莉對我眨了幾下眼睛。

「我不想看彼德森先生悲慘地死去。」我做出結論。

「你的意思是你不希望他死在精神病房？」

「對，這只是一部分。我們不知道他還有多少日子，也許還有好幾年。除非必要，我認爲他不該再把日子耗在醫院裡。」

伊莉沒搭腔。我盯著沒拉開的窗簾，結果發現，她也許會誤以爲我盯著她放在窗簾下的啵爐上的內衣。我立刻把目光移回她的臉上。

「他說妳又折回醫院看他，」我說。「就是上次，我在車裡等妳的那次。其實，他說妳回去罵他。」

「那件事啊，我知道你們是朋友，在你看來，可能認爲我竟然去罵一個快死的人，可是我忍不住。他實在太惡劣了。」

「我知道，也明白妳的目的。謝謝，那麼做還眞的有用 」

伊莉沒臉紅——她從不臉紅，可是我發現她別過頭，然後玩起打火機。我總覺得，如果我們坐得夠近，她可能會捶我。

「伍茲，」她過了一會兒之後說。「在某種程度上——總之很怪啦——因爲蘿文娜對待我的方式等等，你就像我的弟弟。雖然你非常古怪又有社交障礙，然而弟弟就是弟弟。這就是我對你的看法。」

我沒說話。

「我的意思是你通常惹得我火冒三丈，我往往無法理解你稱爲大腦的地方是發生了什麼事情。儘管如此，碰上這類事情，我還是覺得自己應該照顧你。」

我花了好些時間篩出她的恭維，也幾乎能確定她努力想擠出好話，也期待我有所回應。但是我還沒想出該說什麼，她就覺得無聊，開始看起電視了。

「伊莉，」我終於開口。

「什麼？」

「我喜歡妳的劉海。」

在那種狀況之下，這是我所能想到最好的回答了。

那晚，我把事實寫下來：

1. 彼德森先生**現在**不想死。

2. 但是他認爲總有一天會不想活下去。

3. 問題是這天出現時，他恐怕沒辦法完成自己的願望。

4. 所以他才想自殺，就算出院了也不會放棄危害自己的性命。

5. 他不沮喪，而且思路很清楚。

6. 他在遺書中表示，他想平靜又有尊嚴地離開人世，這應該是每個人的願望。

7. 但是他已經證明這個願望執行起來不容易。自殺不平靜也沒有尊嚴，而且不可靠又無章法。

過了一會兒，我劃掉第八項，重寫如下：

8. 他應該有權利爲自己做出選擇。

這是我所寫過第二難的內容。

★ ★ ★

三、四天後，我才和彼德森先生討論這些「事實」。我得先接受，自行消化，才能百分之百準備好接下來可能的對談，我知道絕對不能再有任何疑慮。我的主張必須滴水不漏，發表時還得要有斷然的說服力。唯有如此，我才能繼續進行。

我選擇最不可能遭到打擾，也就是病房最安靜的時刻，而且我壓低音量，免得讓托爾斯泰伯爵和僵直型精神分裂症病患聽到。

起頭就是告訴彼德森先生，我有幾件事情需要說，除非他覺得我說得不對才打斷我。接著我便指出事實，從第一項說到第七項，措辭就如同我先前所說　用的字眼、順序都一樣，只是改變代名詞。我先前的準備果然有代價，我從頭到尾說得平靜又清晰，完全不結巴又流暢。我知道在這種狀況之下，絕對不能感情用事。為了鋪陳我將要說的事情，彼德森先生必須瞭解我已經把每一點想得通透。

他一次也沒打斷我，我也不認為他會這麼做。我知道他何時會開始說話，就是在我說出第八項之後：**你應該有權利為自己做出選擇**。而且我又加了結尾：

「無論你選擇走哪一條路，我都願意支持你。如果有一天你不想再活下去，當那天到來時，我想幫你結束生命。」

我不希望你批評彼德森先生的不是。他當時就拚命想打消我這個念頭，我的建議嚇壞他了——這點我早就料到了。然而這場仗他絕無勝算，所有的事實都得到他的認同，也沒有爭論的餘地，他需要我幫忙。我們辯論起這一點時，我先演練過，他可沒有準備。

他說教了十分鐘，內容卻非常貧瘠，只是不斷重複，拉拉雜雜地指出我誤會他的願望，說我沒想清楚，批評我有多荒唐等等。

等他說累了，我便說：「你應該很清楚我已經徹底想通，畢竟我花了好幾天反覆思索。如果我指出的任何事實有不正確之處，請指正我。如果你不記得我說了什麼，我很樂意再複述。」

彼德森先生要我忘記他媽的事實，說事實一點也不重要。「唯一重要的一點，」他說，「就是我不能讓你幫我，不能幫這種忙。」

我等了一會兒，確定他可以聽得很明白。

「事實上你無權決定，」我說。「你認爲你有權利選擇自己的命運，我也百分之百同意，我只要求你給我同樣的權利。我認爲這件事情沒有錯，我根據自己的良心做出這個決定。剝奪我這個權利就太不可饒恕，如果你尊重我，就**必須**讓我做決定。」

我不知道後來又過了幾分鐘，也許是兩分鐘，也許是五分鐘。好幾次，彼德森先生似乎話都到了嘴邊，最後又吞回去。我已經不需要再說任何話，沉默的時間越久，我先前說過的話就越穩當。

最後彼德森先生只能揮手要我離開，說他需要時間想一想。但是我已經知道結論無庸置疑，我看到他眼眶泛著淚光，我只看他哭過這麼一次。

隔天就有定論了。彼德森先生問我是否眞正瞭解自己同意做什麼，我向他確定我很清楚。

「我不會改變心意，」他告訴我。「到了某一天，我會希望生命劃下句點。」

「我知道，」我說。「我只希望那一天越久越好。」

「我這是把自己完全交在你手中，你明白吧？」

「我倒不是這麼想。」

「你應該這麼想，事實就是這樣。除非你釐清這一點，否則我不會同意。」

「我知道了，」我說。

此後再也沒有回頭路，我們的盟約就此訂定。

19

大麻工廠

起初的狀況就類似車禍，令人出神又困惑。某件事情顯然發生了——造成創傷，彷彿還有那麼點不詳——但是那件事情的本質卻難以界定。好一段時間，沒有人確知究竟發生什麼問題——也不知道哪裡出錯，或原因是什麼——必須仔細研究車禍殘骸，才能做出結論，歸咎罪責。

根據英國法律，的確發生了幾項犯罪事實：這一點很早就確立，也毫無爭議。但是既然有罪行，誰是受害人，誰又是加害人呢？你一定知道，我在多佛遭到「逮捕」之後的幾週內，這就是媒體炒得沸沸揚揚的關鍵問題，而且在不同的階段都有新的論調。

起初，多數人都樂於把矛頭指向彼德森先生，畢竟這種選擇有許多好處。第一，他已經死了，因此沒有辦法爲自己辯護。第二，他也沒有遺族家人會因此遭到冒犯或觸怒。第三，他是美國人。第四，也是最重要的一點，他是這起事件中的成年人。儘管有人認爲，他絕對有權選擇結束自己的生命，也無法容忍他竟然因此把我扯進來。

我未成年——眾人辯論到最後總會回到這一點，雖然警方在初步報告中把決定歸咎於我，我卻沒有道德判斷能力足以做出這種判斷。在這個階段，只有一、兩個記者有異議，他們指出，即便我缺乏「道德判斷能力」，也只差幾個月而已。然而反對的聲音很快就遭到推翻，因爲我不只是未成年，顯然也處於非常脆弱的形勢。警方描述我是「聰明卻非常天真，可能還有點精神衰弱的少年」。我沒有父親，沒有朋友，母親的資格和能力也令人懷疑。此外，還有我「腦子受損」這件小事。我的倫理認知能力一定有所不足，雖然我才是開車到蘇黎世的人，這點事實卻變得無關緊要。就算從傳統觀念看來，我並未遭到挾持，肯定也是受人利用——也許在其他方面也遭到擺弄而不自知。

當然，上述最後一點引來進一步的揣測猜疑，輿論嚴格檢視我們這段情誼的「確切本質」。大眾已經知道我們打從我十三歲就認識，儘管彼德森先生過了將近四十年的幸福婚姻，毫無不當接觸兒童的前科（應該說**完全未**接觸任何孩童），也沒有一丁點兒證據支持這種懷疑，八卦小報卻認定他有戀童癖。然而輿論無法毀謗死者，儘管這種指控甚囂塵上了幾週，卻突然煙消灰滅，重點再度轉移。理由不是因爲眾人認爲毫無證據，只是這種假設太過時了。

故事再度出現轉折，反派壞蛋換人做做看。這次的倒楣鬼是瑞士的診所，說得確切一點，就是直言不諱的診所創立人兼董事夏佛先生。畢竟我能協助自殺，他也有責任。媒體也找到證據，指出他甚至**鼓勵**我積極參與「協助自殺程序」。起初，夏佛先生無視這些指責，最後終於發表聲明。倘若他懷疑此事有一絲脅迫或操弄——當然也包括我是否遭人利用，就會立刻取消程序。

但是媒體認爲，有必要進行更深度的調查。大眾一致認定我沒有道德判斷能力，接下來就是證明彼德森先生做出錯誤判斷，這場仗根本還沒打就有九成勝算。他們罔顧他的行爲已經充分說明決心，只說他在精神病房住了六週，還說他打過越戰，所以心智受損，永遠無法恢復（就算不明確）。

對於這些推論，夏佛先生的回覆相當簡潔：瑞士官方已經看過所有證件、錄影畫面，也認定所有參與者心智正常，並無失當或不負責任的行爲。就瑞士法律而言，毫無犯罪事實。

當然，他的失策之處就是提到錄影畫面。你可能已經知道，協助自殺的標準程序包括錄影，才能提出最可靠的佐證，確定當事人的自殺意圖。然而當時媒體並不瞭解，這個事實因此衍生出嶄新的可能。全英國立刻要求夏佛先生提供「死亡錄影帶」，唯有如此才合乎公眾利益。人們有權利自行判斷，否則無法解決這個爭端。

夏佛先生對此事的最後聲明省略抬頭和署名，只在某家週日印行的報上發表信函，而且全長只有一行：「本人瞭解英國的行事方法有所不同，但是在瑞士，媒體公審並不受到廣大的支持。」

這封信引起小小的外交危機，往後一週也有許多社論加以抨擊。然而夏佛先生果然不再回應，決定見好就收。

留在火線上的便只有我一人。

關於我的動機的討論，原本只像涓涓細流，慢慢地，大眾的看法有所改變。我的舉止不像受害者，情緒反應反常。很快地，就開始「眞相大白」：我自幼接觸邪教儀式；我在學校有暴力行爲，而且措辭猥褻；有人宣稱我從十五歲開始加入詭異邪教。以前大眾只是認爲我拙於應對，如今看來根本就是反社會。至於我腦子的狀況，媒體又有恐怖的新說法。有人說，我的情緒反應不同於腦子健全的正常人。

因爲先前指稱彼德森先生有戀童症，如今當然難以將他重新界定爲被害者。幸好，越來越多人認爲這種案例不見得需要被害人；就算需要，就說「倫理道德」受到迫害吧。有了這種新論調，彼德森先生和我就成了共犯，他決定自殺，而我拿了現金或毒品當報酬，也同意協助他。這種說法受到廣泛支持，直到遺囑等文件公諸於世，但是我現在不打算談這件事，大概要等到最後才提吧。我離題了，我的原意應該如下。

無論在哪個階段，媒體都緊抓著事實，指出我協助彼德森先生離開人世，說我們的安排是「死亡盟約」——然而這種說法根本沒說到重點，只不過有益於報紙銷售量。對我們而言，重點不在於死亡，而是關乎生命。因爲知道自己有出路，痛苦也不會大到難以忍受，彼德森先生才能繼續活下去，遠比他先前的解決方法活得更久。我們尚未說定的前幾週才籠罩在晦暗不明的絕望之中，協定之後，日子再度變得有意義。

有件關於時間的事實要告訴你：時間不如你所想像。並非宇宙中每個人在每個地方都能感受到時間的規律擺動，愛因斯坦在一百年前就用那顆異常大的腦袋發現這件事實。他研究出某個公式，顯示某人只要搭上速度接近光速的火車，對時間的看法就異於在月臺等候他的人。同樣地，坐在太陽表面的人會發現，他的手錶時間不同於失重地漂浮在行星間的人。對不同狀況下的不同的人，時間具有不同的價值。愛因斯坦用數學證明這個看法，但是就我的經驗而言，從主觀論點看來也不假。

例如，彼德森先生和我對最後那十六個月的時間流逝有不同的感受。他常告訴我，尤其到了最後階段，時間就像緩慢又平靜的漂流。如果非要我猜測原因，我會說這是因爲他原本沒想到能擁有這段光陰。或者更有可能是因爲他**任憑**時間漂流。他心滿意足，而且從未想到太遠之後的未來。他的日子變得簡單、有條不紊，只要用這種態度過生活，時間的確**可能**無盡地延伸。唯有煩惱該做東做西，時間才會有所改變，越想在一定時間內完成越多事項，時間就會越來越短。

當然，彼德森先生也不能完全不顧未來，還是有許多實際的事情需要考量。他得寫電郵和致電瑞士的診所，取得、影印和郵寄必要的病歷（還得向醫院謊稱是爲了去諮詢私人診所的專科醫生）。彼德森先生的案例一經評估、通過審查，他就不必再操煩這些事。只要定期交出最新的病歷，他便知道自己的出路安全無虞。當那天來到時，他就能在相當短的時間之內前往診所。其餘時間，他便能專心採取其他在短期和中期有幫助的措施。

根據醫生建議，他去醫院找物理治療師，對方教導他每天用簡單的運動延緩步行和平衡的退化問題。他家裝設座椅電梯，浴室和走廊牆壁都裝了堅固的扶手。每天都有人送三餐到他家，有位立陶宛籍的女士柯莉絲婷每週到府打掃兩次。除了撢灰塵、吸地等等之外，他們兩人還會喝咖啡，討論英國人有多古怪。怪異的是，彼德森先生發現自己行動受限之後，社交生活反而更活躍。如今他接觸的人當然不只有家務助理和專業醫療人員，一旦大家聽聞他生病的事實，每週都有一小撮人勤奮不懈地定期來看他。葛里芬太太每三、四天就會送來圓蛋糕和燉飯，就像時鐘般準確。菲歐娜·費頓和蘇菲·漢斯輪流帶來格拉斯頓柏立圖書館訂閱的有聲書和古典音樂CD。因爲人人都知道彼德森先生的狀況（幾乎每件事），他也不需要再躲躲藏藏，他公開坦然討論病情。至於上次企圖自殺卻被送往醫院獲救，他只簡明扼要地說：「當時我不認爲日子值得過下去，沒想到我錯了。」他說，他希望人們能瞭解，他當初是經過理智思考才做出那種決定。他可能是開玩笑，我不確定。諷刺的是，他彷彿認爲一旦承認自己死期將至，更容易過得無憂無慮。

就算彼德森先生的人生變得更輕鬆，我的時間卻永遠不夠用。不只是因爲每天要幫彼德森先生做許多雜事，我還決定在出發到瑞士之前，要完成較長期的任務。

第一項就是**學德文**。彼德森先生說沒有必要，因爲診所（還有瑞士所有人，他懷疑啦）人人都操一口流利的英語，然而我認爲還是有備無患。況且，一定程度的理解能力絕對有幫助。沿途總會碰到路標、街名、邊界管制站和飯店人員等等。爲了讓自己放心，我至少希望別人能理解我的意思。可惜我因爲實際和藝術的考量，學科測驗已經選修法文和西班牙文，這下只能利用午休時間學習了。

我求助於亞斯奎斯學院的德語老師康琵許勒女士，請問她是否願意放棄午餐時間擔任我的家教。她不肯。但是她建議我上初學者的學習網站，並且同意借我教科書和有聲資源，好讓我獨自學習。

我每週單獨花五小時學著點*Frühstück*（早餐），問路到*Busbahnhof*（公車站），告訴移民局官員*wir werden vier Tage bleiben*（我們要待四天）等等。除了有陽性、陰性、中性，動詞通常喜歡跑到句子最後的海角天邊，許多複合字如Geschwindigkeitsbegrenzung（速限）長到不可思議，其實德文的結構和英文差不多，雖然音調不算太優美，至少多數人還學得會——因爲有《第三集中營[58]》、《法櫃奇兵[59]》和「九十九顆氣球[60]」。我因此學得頗輕鬆，在六到八個月之內，就能順利講出德語。

可惜前往德國的第二項——通過駕駛考試——就沒那麼容易辦到。如果我年紀夠大，這件事情的優先順序一定排第一。

我不太確定我們何時決定開車到蘇黎世強過搭飛機，應該是相當早就有這個共識。彼德森先生不是擔心飛機引擎故障，或碰上伊斯蘭教極端分子等，只是純粹討厭搭飛機。他宣稱這種厭惡來自被關在狹小的空間，還得和那麼多人擠在一起又無處可逃。他可不想在臨終前還得忍受這一遭，何況我們也不知道屆時他的行動能力和平衡狀況會有多糟糕。所以我們兩個都認定，開車應該比較合適。我們可以慢慢開，隨時隨地停車休息，還能邊欣賞鄉間的美景，邊聽舒伯特與蕭邦的音樂。對於這個計畫，彼德森先生唯一的顧慮就是我得開車二十四小時——而且回程還得獨自開回來。我有辦法應付嗎？其實我不曉得，但是直覺告訴我這麼做才對。我從未搭過飛機，也無從判斷飛行是否比駕車更輕鬆。至少開車時，我知道自己要做什麼。

總而言之，雖然我得滿十七歲才能考駕照，這段時間還是可以先準備。我們開車出門時，彼德森先生因爲視力退化，已經無法妥善指導我，然而我依舊可以執行熟悉、風險又低的短程路線，例如載他來回商店，或在他的車道上練習倒車入庫。我也從頭到尾讀完《高速公路規則》，因此理論上已經精通駕駛。此外，我還得做好心理準備。

我先前提過，法律規定癲癇患者至少得一年完全不發作，才有資格開車。我相信自己無法

58 The Great Escape，帶有喜劇色彩的戰俘逃亡片，講述發生於二次大戰戰俘營的真實事件。
59 片中的反派就是德國納粹。
60 Neunundneunzig Luftballons，德國樂團 Nena 的曲子，歌詞主張反戰。

欺騙安德彼醫生，所以在滿十七歲之前這幾個月，心中那艘小船一定要駛得安穩順暢。儘管現在的生活更忙碌，我不能脫離常軌太遠，也不能改變原本的睡眠週期。依然最晚得在十點半以前上床，早上七點前就得起床冥想，進行靜心練習。

但是就我而言，這種作息才奏效。有了這種堅固的中心結構，我將近二十個月都不曾發病。安德彼醫生對我的進步非常開心，那次的半年回診剛好就在我十七歲生日前，他告訴我，一般而言，他會建議我減量服用卡巴氮平，並且漸漸酌量減少，在十年到一年內便可完全停藥。當然，他知道現在的狀況不比尋常，如果我還沒準備好——我的確還沒，暫時就沒必要改變用藥量。

我在十七歲生日當天通過駕照筆試，經過幾晚的密集課程和考試中心取消一次的七天後，也通過路考，而且只有一個小失誤，原因就是超車經過馬匹時太過謹慎。考官說，我肯定是天生駕駛好手。

至於每天塞滿我行事曆的小事，這個嘛，你大概可以想像我必須幫彼德森先生跑腿的差事。我得去郵局，柯莉絲婷沒來時就由我打掃家裡，幫他打信給特赦組織。要大聲朗誦給彼德森先生聽——一天至少一到二小時，通常是他看過卻又沒時間重讀的書。他說他發現自己越來越不想看新書，寧可選擇他認為**我**應該看的書。在《第22條軍規》之後，就是《飛越杜鵑窩[61]》，然後是

61 One Flew Over the Cuckoo's Nest，作者 KenKesey 透過自己在精神療養院的觀察，完成這部美國一九六〇年代的經典之作。一九七五年改編成電影，囊括奧斯卡五項大獎。

《一路上有你[62]》。後來回想起來，他越來越愛看悲喜交雜的故事。然而他說得對，這些書的確吸引我。一旦克服初期的害羞情緒之後，大聲朗讀那些書成了我那段期間少數可以暫時忘掉一切的活動。另外一件事情則是照顧大麻工廠，然而這個工作無法用一段文字簡要說明，我必須說得更詳盡。

★★★

首先該知道的事情如下：彼德森先生出院後，我對他的大麻的看法有戲劇化的改變。但是我要說清楚：我不太喜歡擾亂大腦自然成分的迷幻藥物。無論服用、抽吸、嗅聞、注射或插入任何沒經過三盲[63]實驗的藥物，對我而言多少都有點陌生，我不懂怎麼會有人想嘗試。事實上就是有，重點就在這裡。人們也喜歡危險的運動如拳擊、定點跳傘、追逐滔天巨浪的衝浪。我也不明白這些事情，但是我絕不會告訴別人**不應該**從事這些活動（也許拳擊除外）。

我明白彼德森先生應該有權自殺時，大概也瞭解在多數狀況下，不應該批評別人如何處置自

62 A Prayer fcr Owen Meany，作者 John Irvine，描述出奇矮小的主人翁如何自認有重責大任，必須執行上帝「託夢」指派的救人任務。

63 Triple-blind，即參與研究的個案、負責收集資料的工作人員以及分析資料的人員都不知道誰是實驗組，只知道組別代碼，直到分析結束後，組別代碼的含意才會公布。

己的腦子和身體。因此，彼德森先生喜歡在自家單獨享受抽大麻，在我看來已經沒什麼大不了。這件事情顯然不影響任何人，他又宣稱呼麻比醫生開的任何藥方都來得更有效。我當然無法客觀評估這項好處，然而這就是重點，這是他的選擇。如果彼德森先生認爲抽乾大麻能讓他過得更開心，我就有責任支持他。我很早就清楚，自己的角色必須主動又積極。

離開精神病房不久之後，他很快就無法再上下閣樓又陡又窄的階梯。當時是十一月底，他最後上去那次是八月底，自認將最後一次上樓採收。後來他就沒再播種，以爲園藝生涯就此告終，還關掉所有高亮度照明設備，把四加侖的花盆整齊地堆在角落，地板掃乾淨，關閉大麻工廠。但是現在他決定再多活一段時日，難題便來了。

他無法再上下閣樓階梯，卻也不能換地方栽種。彼德森先生在閣樓的配置絕非業餘手法，他栽種大麻三十年，已經累積許多大規模的高科技設備。閣樓有一千瓦的高壓納燈，支架上配有燈罩——類似撞球桌上方的電燈，根據底下植物的高度，這些燈還能用滑輪系統拉高或降低。另外還有除濕機、超大抽風機，幫助空氣循環，讓葉子保持乾爽，含有大麻脂。此外，閣樓才能密不見光，溫度也能受到精確的控制，兩者對於產量和調節大麻的繁殖週期都非常重要。就算有辦法把這些設備都搬到更方便的地方，日後彼德森先生也無法執行澆水、重新裝盆這些簡單的工作。這些事情得另外找人負責，那個人就是我。儘管彼德森先生和柯莉絲婷相處融洽，我們兩人都認爲請她到閣樓灌溉大麻，恐怕太過分。我想你大概也猜到了，種出品質一流的大麻可不同於照顧普通盆栽，竟然相當錯綜複雜。

我用泰晤士新羅馬字體，字型大小選用12級字，不空行地打了十四頁，才把彼德森先生交代的事項逐一打成參考手冊。這份資料囊括製造過程的每個階段，從發芽到晾乾、烘焙和存放。製作手冊（最後進了警方的證物櫃）是我的點子。彼德森先生鑽研箇中巧妙三十年，簡直將種植上等大麻當成一門藝術，我卻始終無法苟同這種心態。在我看來，種大麻自始至終都像研究科學，既然牽扯到科學，我當然喜歡。

不只是閣樓的樣貌和氛圍像實驗室——因爲那些燈光設備、滑輪系統和始終嗡嗡響的抽風機，就本質而言，的確**就是**個實驗室。在這個完美的白色空間中，所有變數都能受到監控、調整，以達到唯一的單純目的。那裡有溫度計、濕度計、磅秤和捲尺。有一整個櫃子放滿化學藥劑，有些用來除去自來水中的氯，有些是用在分枝上的生長激素，有富含氮和鉀的肥料，有些用來調整土壤酸鹼度，因爲酸鹼値最好盡量保持在最佳條件的6.5。這還只是讓我入迷的許多技術細節之一，另外還有明暗週期的問題，是用來模擬夏季與秋天：在十四週的生長階段中，每天要有十八小時的光照，然後減爲每天十二小時來誘發並延續八週的繁殖階段。然而彼德森先生的大麻繁殖從來不按牌理出牌。雄株性成熟之後，就得全數剔除。因爲未被授粉的雌株可以產生更多倍的大麻脂，就是這些大麻脂含有多數的大麻酚——這麼大費周章就是爲了這些精神刺激物質，至少對彼德森先生而言是如此。

對我而言，這門艱鉅複雜的事業意義就在於事業本身，栽種出上等成品爲我帶來莫大的成就感。

我負責大麻工廠幾個月之後，彼德森先生便受夠我詳細又充滿技術性的過程報告。至少有兩次，我名副其實地讓他無聊到睡著——一次是我試圖解釋如何算出燈光應該與植物間隔多遠，一次則是說到大麻在生長和開花階段爲何得採用不同波長的光線的假說，就是與太陽的路徑與光線在大氣中的擴散有關。

總而言之，我認爲這些精準的科學研究工作都很値得。我採收了三次，而且彼德森先生宣稱成果品質「超乎水平」。

簡而言之，這就是我那十六個月的生活。如你所見，在這段寸陰若歲的日子**依然**有靜止的時刻——那就是我可以喘口氣的時間，例如大聲唸書或照顧植物時；我是那麼全心投入，以至於所有事情都被拋到九霄雲外。然而時間並不因此停止流轉，彼德森先生也許認爲時間就像「緩慢又平靜的漂流」；對我而言，卻是眨眼就過，而且不消多久便飛撲來襲。

約莫是十月初吧，就在我剛拿到駕照之後，彼德森先生的口語表達問題變得顯而易見，但是我相信這個症狀一定已經出現一陣子了。起初只是有點模糊、緩慢——就像微醺的人，問題是彼德森先生當然沒喝酒（就算呼麻也沒那麼嗨）。他清楚自己所有狀況：難以發出某些聲音，字語就是不肯「固定」在喉嚨上，有時無法調節說話音量。起初這些問題只是令人心煩，卻日益嚴重。他很快就開始抱怨聲音不像「自己的」，彷彿搞叛變，不肯再聽命於他。他的思緒並未因此慢下來——在自己的腦海中依舊可以清楚發音咬字——但是說話表達越來越費力。

因此他順應改變。他漸漸選擇用寫字代替語言溝通，這恐怕是挫折之下的應變之計，而不是因爲不好意思或考量到實用問題。寫字不見得更快，然而他覺得藉此表達意見更可靠，也讓他更滿意。他的聲音雖然有異，字體卻從未改變，似乎更接近他的本意。然而從說話轉換成寫字也有難度，雙手雖然活動自如，還得克服視力的問題。對彼德森先生而言，視線在紙上上下左右地追隨著飛揚的字體，也是非常費時的事情，他很快就宣稱自己受不了，開始「盲目」揮灑——也就是不再看自己寫了什麼。他身上隨時都有原子筆和一本空白便條紙，而且盡量表達得簡短扼要。

看得懂嗎？他很早就寫過這句，當時才剛開始盲目寫字。

「可以，很清楚，」我向他保證。「雖然不能榮獲書寫大獎，不過日常生活溝通絕對沒問題。」

總比掙扎著說話好多了，彼德森先生寫道。

就大局而言，這些表達問題不過是瑣碎的不便。多花點時間，依然可以用奇特的方法溝通無礙。然而他若是喪失溝通能力，事情可就截然不同。但是我們都知道，那個階段沒有機會到來。

到了二〇一一年二月，他的行動受限顯然就是關鍵因素。此時就算使用助步車，煮開水或上廁所等簡單的工作都成了莫大障礙。三月初某個晚上，他說出無可避免的事實。他很快就無法獨自生活，對他而言，這就是極限，接受專人照顧餘生從來不在他的選擇之列。

時候到了，他寫道。

原來如此。我很驚訝自己如此平靜又不動搖。但是話說回來，我爲了這一刻已經準備良久。比起任何時刻，我現在必須更堅強、更堅定，這是身爲朋友最後所能幫的忙。我非得堅持這個信念不可。

我去電瑞士，約好四週後過去，因爲我們都認爲需要花這麼多時間準備。彼德森先生只需要在電話上簡短對話，重點是確認這是他本人的決定。

就這麼一通電話，一切便就緒。

我們都沒想到會碰上任何麻煩，從未料到離開會有任何困難。怎麼可能？除了一、兩個枝微末節的小問題——例如我打算如何告訴我母親——所有事情都仔細地打點妥當。病歷是最新版本，車子已經保養過、繳了稅，還用我的名字買了保險。我們決定好出發日期，以爲可以神不知鬼不覺地偷偷溜走。這才是事情的走向，一切應該如同我們所安排，沒想到會有那一跌。就是因爲這樁意外，才會引起後來的骨牌效應。否則，我確信事情　定會圓滿完成。

20

逃亡

發現他的人是柯莉絲婷——那是四月早晨十點鐘，我們原本預定四十八小時後啓程。他後來在紙條上寫著，他也不知道發生了什麼事情，可能只是一個簡單的小動作：步伐沒踏穩、沒看到某個突起物、一時頭昏或是暫時失去專注力。他試圖用左手臂阻止自己跌倒，結果卻被壓在身體下不得動彈，只是稍微減緩頭部撞到廚房地板的力道。

稍微動一下，他便知道左腕已經無法承受任何壓力，右手臂又無法撐起全身重量，或足以讓他滾成側躺或仰躺。他只能保持不動，左頰貼著冰冷的地板磁磚，一隻手臂歪成怪狀壓在身體下方，頭髮則覆蓋著凝結的血塊。

柯莉絲婷到了之後，做了任何理智的人都會做的事情，就是叫救護車。彼德森先生想勸她打消念頭，卻來不及阻止。他躺在地上演練的臺詞——他沒事，只需要扶他站起來等等諸如此類——說出口只是一連串虛弱的哀號和哮喘聲。柯莉絲婷對眼前局勢最初的評估並未因此打消，她不斷說著某個立陶宛字眼，恐怕重複了十到二十次之多。彼德森先生認爲，他大概猜得到是哪個字。

X光指出他的左手小指骨折，必須包上繃帶，用夾板固定在無名指邊。此外，他的頭部也需要縫好幾十針。儘管如此，醫生依然說他很幸運。如果他的健康狀況良好，也許當天就能出院，顯然事與願違。一般說來，這是小傷，但是對彼德森先生而言，這些傷令他更衰弱。此時他已經無法靠單邊拐杖行走，必須雙手並用才能平衡，也才有足夠力道移動。但是最大的問題，當然就是時機的不巧。

他們要我住院至少兩天，當晚我放學後到醫院，彼德森先生寫給我。

「這樣可能會有點趕，」我指出，其實他會劃線就已經很明白。「他們有可能讓你早點出院嗎？」

他們說太冒險了，彼德森先生寫道。我會頭暈，又吃不下醫院難吃的伙食，所以他們認為我可能腦震盪。

「你的確有可能腦震盪。」我承認。

我沒有腦震盪，我隨時都是這樣。這只是他們的託辭。

我看過之後皺起眉頭，「爲什麼是託辭？」

兩天？腦震盪要住兩天？一點道理也沒有。不讓我出院是因為不能讓我回家，很明顯嘛，你看看我！

我看著他。

我的左腕不能承受任何重量，這個該死的夾板又害我不能握手。我兩天後要怎麼走出這裡？

我被關起來了。

我的腦子迅速運轉。「我明天一早就打給瑞士，」我說。「我會向他們說明狀況，請他們延後時間。還來得及吧？一旦他們准你出院，你的狀況應該還可以長途旅行。」

彼德森先生花了好一段時間，才寫了半頁紙回答我。

亞雷克斯，他們不會放我出院。你還不明白嗎？沒有任何腦袋清楚的醫生會說我可以回家，他們要我在這裡住到連這一丁點行動能力都沒有為止。然後他們會把我交給社工，我會從這裡直接被送到療養院。現在唯一肯讓我離開的方法，除非是我被放進屍袋。你應該懂吧！

我懂。無論人們多麼盡心幫忙，彼德森先生已經無法獨居。天底下不會有醫生說他健康無虞，可以回家獨立生活。我們已經拖到無可再拖的地步了。

「現在不走就永遠走不了，是不是？」我問。

對，現在不走就來不及了，我不能錯過這次約定的時間。

「我可以在明天晚上之前把行李放上車。」我說。

彼德森先生小小咳了一陣子。那還是小事，你想到要怎麼告訴你母親了嗎？

「我還在思考，」我坦承。

趕快想！總得找個藉口，不能不告而別失蹤一週。

「我知道。」

如果她能承受事實，就老實告訴她。否則就說我想在死前看看阿爾卑斯山等等，只要別讓她起疑就行了。要解釋，以後時間多的是。

我抱著頭，深呼吸了幾分鐘。

「我母親這個人太難以捉摸，」我說。「我不知道老實告訴她會不會走漏風聲。可是……我也不知道該怎麼對她說謊。我平時就不太會撒謊，怎麼說都瞞不過她。無論我怎麼想，似乎都有可能會釀成大難。」

亞雷克斯，我很抱歉，我無法幫你解決這件事情，你得自己想辦法。我的直覺認為你應該老實告訴她，但是你必須自己做決定。重點是你非得想個理由才能離開。

我點頭。

接下來唯一的問題就是你要怎麼帶我離開這裡。

「我們可能需要輪椅。」

他們把折疊輪椅收在某個地方，你可能得先問過再借一張。就說你要帶我去洗手間，護士應該不會反對有人願意分擔工作。

「廁所在櫃檯的這一邊，」我指出。「這個藉口只能讓我們走到那裡。」

借到輪椅才是重點，接下來只能見機行事。

我皺眉想了一會兒。「我非常確定，櫃檯全天候都有護士，探病時間一定又有更多人手，根本不可能有機會不露痕跡地把你推出去。」

也許吧。但是有些時刻被擋下的機率比較小，只要偷偷經過櫃檯不被看到就更好了。如果不行，只好編藉口。再不然，就只能以速度取勝了。

「速度？」我降低音量悄悄說。「你要我盡快推輪椅衝向電梯，然後就交給命運的安排？」

對，如果有必要。

「這是哪門子的B計畫？」

這是B計畫的B計畫。

「如果好好跟他們協商呢？」我問。「我們向櫃檯值班護士解釋你不肯住院，所以我們要提早幾天出院。我知道這不符合醫生建議，但是眞有人能阻止我們嗎？」

你才十七歲，我的腦子又變成一灘漿糊，彼德森先生潦草地寫著。任何人想都不想就會阻止我們，相信我，我們的希望根本毫無意義。

我做個鬼臉，然後揉揉太陽穴。

這是下下策，彼德森先生寫著，可是如果我們非跑不可也只能這麼做了，要有心理準備。

「好。」我說。

拿出我的殘障識別證，車子盡量停在前面大門附近。只要順利上車，就沒問題了。

「好。」

現在回家好好休息，明天正常上學，晚上再過來，到時我們再確定細節。還有，你和我都想想何時移動我是最佳時機。待會出去時把路線看清楚，看看櫃檯，搞清楚他們把輪椅放在哪裡。

「好。」

彼德森先生迅速寫了張便條，然後撕下先前的五、六張紙條遞給我。

出去時把這些紙丟進垃圾桶，這是他最後寫下的句子。

大麻工廠在三週前採收最後一次之後便停工，我在手掌大小的袋子裝滿晾乾、烘焙過的大麻花苞，有一袋半就放在彼德森先生的置物箱備用。後車廂則放了四十八罐健怡可樂。雨刷水已經加滿，輪胎也都打氣打到31ＰＳＩ。油箱全滿，後車座的手提袋中放滿可以聽三十多小時的古典音樂ＣＤ，從巴哈、貝多芬到巴爾托克[64]都有。行李箱已經打包好，清單上的每樣東西也都準備妥當。那時是週四晚上八點，我已經準備要出發。

我告訴母親，當晚要到醫院探病，還說彼德森先生隔天早上八點就會出院，我當晚會晚點回家，隔天早上則是一大早就會在上學前先去接他；所以她往後二十四小時不太可能見到我。她問我是否需要她幫忙，要不要她打去學校解釋，說明我可能會晚一點到校。她那麼體貼，我幾乎快反胃。可是我知道自己要堅守計畫，現在已經無法回頭。

我給母親的信花了很長的時間才寫完，我從未耗費這麼久的時間。我寫了十五張草稿，幾乎每張都寫不到一半就被揉皺丟到彼德森先生的客廳地上。最後終於寫完，等我寫完，再用時間除以全部字數，我判定，這可能是世上最費力的一封信。最後還得把它送出去。

我離開彼德森先生的車道十分鐘後，把車子停在格拉斯頓柏立大街上，鬼鬼祟祟地走到母親店鋪後方的暗巷。我當然只能把信留在這裡，如果放在我的房間，她可能太早看到。放在店裡的櫃檯上，我就能算準她拆信的時間：大約是隔天早上八點四十到四十五分之間。而且她不必獨自看信，伊莉會陪著她。因爲她非常有可能歇斯底里，所以有人在她身旁很重要。

64 Béla Bartók（1881~1945），匈牙利作曲家。

店鋪上方窗戶的燈亮著，窗簾沒拉攏的地方就看得到明亮、清晰的直線將玻璃一分爲二。伊莉在家，但是我早就料到。只要我動作夠輕，她在家也無所謂。

我早就認爲前門不安全，因爲門上有兩組笨重的風鈴，就算在關了門的倉庫裡也聽得到鈴聲。我不確定樓上能不能聽到，卻也沒必要冒這個風險。我躡手躡腳地走到商店後方，走到二樓廚房窗戶可以看到的院子前時也先駐足偵察。我偷偷摸摸看了一下，樓上的百葉窗往上拉，但是廚房燈沒開。我的眼睛已經適應黑暗，雖然看到昏黃的光線，但是應該是走廊的燈光。我知道一走到院子，警示燈就會亮，從樓上窗口便能一覽無遺。然而就算是伊莉，我也很難想像她會坐在廚房不開燈，所以我猜她應該在其他地方。這盞燈大概一分鐘後就會自動關閉，除非我超級不走運，否則她應該不會剛好在這段時間走進廚房看到我。

悄悄走六步便抵達後門，我先等眼睛適應院子的強光，然後把鑰匙插進門鎖。後門嘎嘎響地打開，然後喀地一聲關上，一陣微微的顫動傳上我的手臂。這扇門太緊又厚重，無法無聲地帶上，但是我已經盡可能減小噪音。我站在陰暗的無人店裡，心想這個聲音實際上可能沒那麼大，除非有人張大耳朵，或剛好在這一刻走過階梯頂端，否則應該不會注意到這個沉悶的背景聲音。儘管如此，我沒心情久留。

我從一個口袋拿出手電筒，從另一個拿出信，速速走到前面櫃檯。我沒把信封封死，以免我放在收銀機旁時臨時打算修改。如今看過最後一眼，我自認已經無法再改寫或補充。日後一定要仔細解釋，但不是現在。我把信放回信封，正要封上。

背後的燈大亮。

我嚇得跳了一呎高，轉身看到伊莉站在門口。她舉高的右手拿著一只高跟長靴，後來她解釋那是她臨時可以找到的最佳武器。警示燈自動點亮，她又聽到後門打開，幾乎沒時間反應。原來晚上坐在廚房餐桌邊就著燭火抽菸，是伊莉放鬆身心的方法。可是我的入侵破壞了她的安寧，她再度全身緊張。

「挖哩勒靠腰哩，伍茲！」她說。「你害我嚇得差點剉屎！你他媽怎麼會來？爲什麼不開燈？你他媽怎麼不敲門呢？」

我白癡似地目瞪口呆了幾秒，不知所措也無法搭腔　只能從尚未密封的信封裡拿出信來給她。

出國去幫助彼德森先生離開人世，信上寫著。請勿擔心。

從她盯著信的時間長短判斷，她肯定來回看過至少十幾次，而且嘴巴都沒闔上。她呆若木雞，彷彿用冰塊雕成。

「伍茲，拜託你，請你告訴我這是笑話，是我太蠢看不懂。」

「這不是笑話，」我說。「我們今晚就出發。」

我沒時間閃躲，她的右手摑向我的臉頰，如同雷劈。我坐在地上，耳朵只聽得到嗡嗡聲。

「你他媽的死白癡！」伊莉大叫。「我知道那個老頭是個瘋子，結果你也一個樣！我還以爲你那顆扭曲的腦袋至少還有一丁點的常識哩！我他媽的老天爺，伍茲！你想什麼？他想自殺是一件事，說服你幫忙可不一樣，這實在太他媽的變態了！」

「他沒說服我，」我平淡地說。「反而是我得說服他。」

伊莉把手指插進頭髮中，開始像頭困獸般前後踱步，偶爾停下來也只是搖搖頭、罵髒話，好幾次看來都想再海扁我。最後她終於停下來，坐在我旁邊的地板上，我們兩個都背靠著櫃檯。

「你馬上打給你媽，」她說。

「我不打。」

「你不打，我來，」她威脅

「妳也不准打給她。」

她把信還給我。「伍茲，這件事情變態到我都不知道該怎麼說。」

「不會，」我說，「一點也不會。也許現在看來好像是，其實不會，妳要相信我。我們很清楚自己在做什麼。」

「你不知道！**根本**不曉得自己在做什麼！」

我默數到五，然後直視她的眼睛，我們兩個相距不到一呎。「伊莉，妳要聽我說。我**知道**自己做的是正確的事情，無論妳或任何人說什麼。都無法改變我的心意。我已經考慮過，也花了好幾個月仔細思考，沒有任何人強迫我做我不肯做的事情。」

「你會闖下大禍。」

「也許吧，但是我無所謂，我要做的事情沒有錯。」

伊莉不可置信地翻白眼。「天啊，伍茲！你怎麼這麼有自信？你不該如此篤定，不該對這種事情完全不動搖。」

我深呼吸了幾次，知道自己絕對不會改變心意。我先前殘餘的躊躇，都讓伊莉剛才那一掌給打散了。

「伊莉，」我開口，「我之所以這麼篤定，是因爲我知道以後只有兩種未來。一，彼德森先生四天後就會平靜又沒有痛苦地死去。二，他可能半年甚至一年後才過世，卻飽受許多無意義的痛苦折磨。到那時，他會死在病榻上，心情害怕，身體痛苦，甚至無法告訴任何人他有多害怕。到那時，他很有可能連移動眼球都辦不到。彼德森先生沒瘋，我也沒有。我們只是選擇比較可以忍受的出路，如果妳認爲這個決定不對，妳可以不要支持我們，什麼也不必做。我只求妳別插手，拜託。當我是朋友，幫幫這個忙。」

我知道這番話沒辦法講得更有說服力，也知道我說得可圈可點，然而說完之後看到伊莉流淚，還是讓我大感震驚。她別過頭，把臉埋在袖子裡哭泣。我完全沒料到她會有這種反應，也不知道該如何是好。我試著輕撫她的頭髮，但是因爲她全身顫抖，感覺就像我拍著她的頭，彷彿拍著一隻狗或一匹馬。我只好放棄，將手臂放在她的肩膀上，她靠過來，一會兒之後便停止哭泣，只是偶爾抽動。

「伍茲，我不知道該說什麼了。你是個他媽的聖人。」

然後她轉頭吻我，就親在我的嘴唇上。我吃驚得沒有反應，意外到沒回親她。老實說，我也不太知道**如何**親她。你可能還不清楚，我在某些方面蠢到無可救藥。怪的是——可能也最令我意外——伊莉的吻一點也不尷尬。我不覺得尷尬，我知道她也不認爲，之後，她又直接靠在我的肩膀上，彷彿什麼也不曾發生過，我們這個姿勢維持了不知道有多久。我的下唇溫暖又略微發麻，左頰則隱隱抽痛，彷彿給黃蜂螫到。我完全失去時間意識，也不著急，直到伊莉碰我左手——還握著信的那一手——才回到現實。

「你寫出那篇傑作花了多久的時間？」她問。

「六個半小時，」我承認。

「你當眞打算就這麼告訴她？」

「我**只能**用這個方法告訴她。」

「你害我左右爲難。」

「對，我知道，」我明白。「我不是故意的。」

「我知道。」

我仔細想了幾秒。「也許妳明天早上裝出驚訝表情比較妥當。」我建議。

「你實話實說也許比較妥當。」

「這就是事實，我沒騙她。」

「別再給我裝白癡，」伊莉反擊。「你明知道我是什麼意思。」

又過了一會兒，我望進房間後方櫃子上的四吋水晶球深處。

「我該走了，」我說。「我得趕去醫院，免得……」

「**不要**告訴我你要做什麼，」伊莉打斷我。「我不想再多欺騙你媽了。」

她掙脫我的手臂，擦乾眼淚，開始撫平頭髮。我起身封好信，放在收銀臺左側。

「你至少明天打給她吧？」我轉身走向商店後方，伊莉問我。「你至少應該打這通電話。」

我什麼也沒說。

伊莉雙手叉腰。「她一定想知道你沒事。」

「也許我可以打給妳？然後……」

「我才不要當你們母子的中間人，除非你先打給她，否則不准打給我。」

我咬住嘴唇。我知道往後幾天必須保持思緒清明，心無旁騖，和母親通話絕對不會讓我更輕鬆。

「怎麼樣？」我沉默片刻之後，伊莉問。

「我眞的得走了。」我告訴她。

如果伊莉當時還拿著高跟長靴，我相信她一定會往我身上丟。結果她只是轉身，一語不發地走回樓上公寓。我沒追上去，已經沒時間，何況也無濟於事。

走到戶外，晚間空氣明顯降溫。我匆匆回車上，全身唯一溫暖的地方就是左頰。

三十分鐘後，預定時間是三十分鐘前，我停在由維爾地區醫院前門二十公尺外的殘障車位。只有晚間稍晚才能停到大門口附近——日間根本不可能——這就是我們決定何時離開的關鍵因素。此時，整家醫院更安靜，大廳不會擠滿人，電梯也更有可能隨叫隨到。而且病房的醫生人數一定更少，如果走運，可能一個也沒有。如果到了必要時刻，醫生比護士或工友更可能攔下我們，因爲醫生習於做出快速又可靠的判斷。

當然，我們計畫離開的時間也有不可避免的問題。病房的走廊少有行人，甚至空無一人，就更難溜過櫃檯又不被看到。但是彼德森先生和我已經同意，根本沒有任何時間可以保證偷溜成功。最重要的考量是如果得逃跑，最好沒有路人或經過的醫護人員擋住去路。因此，我們計畫九點四十五分之後離開病房，護士在熄燈前最後一次巡房，所以櫃檯只有一個護士留守。護士會帶著病歷和滿車的藥物進進出出，最晚在九點四十八分就會過來，到時我已經把彼德森先生抬到輪椅上，他則謊稱要去上廁所。護士一走到隔壁病房，我們就出發，她們最快也要在十分鐘後才會回到櫃檯。

這個計畫在我的腦海中清楚又簡單，然而剛才給伊莉那麼一鬧，我提高警覺免得又有突發狀況。然而我走向病房時，所有情況果然如同我們所預料。除了走廊盡頭有個工友正在掃地，自動門到電梯這段路毫無障礙。等我抵達六樓就更開心，因為通往病房的走廊毫無人煙。櫃檯只有一名護士，另一人在隔壁的辦公室。整個地方就像太平間般安靜。

我一走向病床，彼德森先生便開始飛快地寫字。

你遲到了，他寫著。

「有事耽擱了，」我解釋。

有人揍你？

「伊莉打我。」

我就知道。你媽呢？你告訴她了？

「都解決了，」我避重就輕。

怎麼樣？

我聳肩。「我不是來了嗎？」

她還好嗎？

「會好起來的吧，只是要花點時間。」

幸好彼德森先生沒再拷問我，畢竟時間也不多了。我的手錶顯示，護士再過十五分鐘就會來巡房。

把這個放在我過夜的包包裡，彼德森先生寫道。然後他另外給我一張更大的紙條寫著：請捐給慈善機構。我把它塞進袋子裡。

「你到外面會冷，」我說。

我們已經討論過，我不能穿戴整齊去上廁所，否則像什麼話？穿睡袍就可以了，到車上再給我毯子。

「你不能一路穿病人長袍到蘇黎世。」我指出。

在三〇三號公路上再找地方停車讓我換衣服。你今天先睡過了嗎？

「早上睡了幾小時，你呢？」

我又不開車，就算沒睡也無所謂。渡輪的時刻表呢？

「我列印出來放在車上了。我們應該搭三點二十分那班，就算錯過，一小時後也還有一班。」

太好了，不要趕，要好手好腳地抵達那裡，不能讓我死在瑞士之前。

「哈哈。」我說。

說真的，如果你覺得需要停車休息就停車。

我點頭。但是我私心認爲，在明天早上八點四十五分之前，能離我母親有多遠就開多遠。

我們沉默了片刻之後，彼德森先生又遞來另一張紙條。時間到了。

我再度看看手錶，心跳開始加速。「我兩分鐘就回來。」我說。

我在巡房開始時走到櫃檯，果然兩張摺疊輪椅都被收起來，就放在櫃檯旁邊的小凹室裡。我早就認定借用之前得先問過，雖然櫃檯的護士埋首在厚厚一疊的文件中，頭也沒抬，然而我有正當理由，大可不必偷偷摸摸。

我走到櫃檯，記下她的名牌說：「打擾了，費萊契護士。」

她立刻抬頭，直視我的左頰。我判斷她大概四十五歲，顴骨高聳，全身散發一種女教師的古板氣質，眼睛下方的眼袋顯示她已經值班很久了。我決定要特別謹慎，格外有禮。

「很抱歉打擾妳，」我說。「請問能不能借用一張輪椅？我的朋友，就是二號病房的彼德森先生想去洗手間，但是妳一定知道，他現在行動不便。」

語氣似乎有點太矯情，如果她認爲我笨拙又害羞，我倒認爲更好。

費萊契護士用筆敲方正的下巴幾秒，「能不能等護士過去，你是……？」

「伍茲，」我說。「恐怕沒辦法呢。」

費萊契護士皺起鼻子。「伍茲先生，沒有醫護人員的監督，你的朋友不可以下床，醫生特別交代過。我們可不希望他又跌倒。」

「我已經照顧他一段時間了，我保證，有我在，他絕對不會跌倒。」

她的視線又飄到我的臉頰。「抱歉要問你一聲，伍茲先生，你和人打架嗎？」
「不是，我是和平主義者。」
「有人揍你嗎？」
「對，一個朋友。」
費萊契護士決定不再追問。她起身，從桌子底下拿出花瓶形狀的厚紙板容器。「也許這可以解決彼德森先生的需要？」
我含蓄地咳嗽。「不行，他需要的是另一種。」
費萊契護士的表情不爲所動，又用筆敲了下巴幾下，然後說：「喔，好吧，拿張輪椅去。如果你無法扶他進去或出來，就等護士幫忙，我們不希望有任何閃失。」
我沒多逗留，免得她改變心意，火速拿了最近的一張輪椅，趕回彼德森先生的床邊。
「抱歉，」我說。「沒想到要這麼久。」
櫃檯的人是誰？彼德森先生寫道。
「費萊契護士。」
太好了，那個毫無幽默感的費萊契護士，沒必要就別和她說話。
「我同意，」我說。「其他護士來過了嗎？」
彼德森先生搖頭。他已經把床調成直立，正在迅速作勢要我推輪椅過來。儘管費萊契護士再三警告，搬運他其實並不困難，他只要把左手靠在我的肩膀，右手用床邊的桌子撐起來，雙腳著地之後，走兩步路再轉身就能安全地坐到輪椅上。

幾分鐘後，有個護士來到床邊，立刻質問彼德森先生為何下床，我們又為什麼不等人幫忙。她問的是我，但是我們偏要她等彼德森先生寫下一堆文字說明解釋。我們早就商量好，應該盡量拖延護士，直到她的同事已經忙完隔壁床的病人，準備前往下一間病房。此外，我們也認為，費時又瑣碎的溝通方式最能打消她提供協助的念頭。

「費萊契護士說可以？」彼德森先生終於遞出紙條之後，我們的護士問。

對，她說沒問題。亞雷克斯會幫忙，他很能幹。等我服用可待因之後，我們就出發去廁所。現在可以麻煩妳給我了嗎？

護士無言地把放了藥物的小塑膠杯拿給他。

謝謝妳，彼德森先生寫著。

護士轉向我，「探病時間再十五分鐘就結束，到時你就得離開。」語畢，她和另一個護士便把分發藥品的推車推到走廊。

走吧，彼德森先生寫道。記住，要有自信地走過去，但是不要匆匆忙忙。如果她開口問，就搬出我們先前說好的臺詞。

「好。」我說。

我們出了走廊便右轉，我自認步伐大小適中，速度不疾不徐。我抬頭挺胸，雙眼盯著病房區盡頭的對開大門。我們接近櫃檯時，我看都沒看一眼，不過我大概知道費萊契護士就在我的視線範圍內。她依然駝著背處理文件，我不知道她是否注意到我們，總之五秒之內就會有答案。我屏氣凝神，繼續往前走，握著輪椅扶把的手壓得太用力，指節都泛白了。兩步，三步。雙腿不再像是我自己的腿，簡直就僵硬得如同高蹺，不過再走十公尺就能走到門邊。櫃檯已經在我們後方，一片寂靜之中，我的腳跟幾乎沒發出任何聲響。再走十幾步就自由了。

「我不知道你們想去哪裡，伍茲先生，」費萊契護士說。

沒辦法，我只能停下腳步，轉身面對她。

「我記得洗手間在另外一邊。」

「有人，」我輕快地說。「我們決定用六A的廁所。」

費萊契護士用筆敲桌子。「六A的廁所是六A的病患專用，彼德森先生一定可以再等五分鐘。」

我往下瞥求助，彼德森先生已經開始龍飛鳳舞。他把草草撕下的便條紙拿給我，我再轉交給費萊契護士。

彼德森先生不能等。

我試圖用安撫的語調說明。「妳也看到了，狀況有點緊急。」

費萊契護士撇嘴。「恐怕沒辦法，彼德森先生不可以在妥當的醫護監督之外下床，我當然也不能放任你們在醫院閒晃找洗手間，何況這裡的設施就已經很充足。你們現在回去，洗手間可能已經沒人了。」

彼德森先生又憤怒地寫起來。

太離譜！我們要去就是要去，我才不要被當成小孩子或病人！

我幫忙遞紙條，費萊契護士相當平靜地看完，然後毫不猶豫地掀起桌子旁邊的板子，走到走廊，故意擋在我們和出口之間。她似乎準備就緒，彷彿認為只要有必要就親自把彼德森先生推回房間。

我像尊雕像般站著，看著我們的計畫在我眼前墜毀、燃燒。

費萊契護士雙手抱胸，「彼德森先生，」她開口。「我明白你很沮喪，但是這件事情無可討論。醫生已經評估過你的狀況，也都清楚交代過我們。你要離開病房一定要有醫護人員陪同，我很抱歉，但是我們這都是為了你好。」

亞雷克斯，把這張交給費萊契護士，彼德森先生潦草地寫著。因為時間急迫，她又沒興趣聽我的話，我就把發言權交給你，請你向她解釋我們要離開了，馬上就要走。

我交出紙條。費萊契護士看了一下，然後聳肩。「很抱歉，我不懂，太潦草了。」

「紙條上寫著要我代表彼德森先生發言，」我說。「他受夠了，既然別人沒興趣聽他說話，他也不想說了。」

費萊契護士睜大眼睛，意思就是表示我這句話說得太重，我還是不顧後果地說下去。

「我們要離開，」我說。「彼德森先生不想留下來，我要帶他出院。」

費萊契護士的聲音平靜、冷峻。「不行，不可能。依他現在的狀況，**哪裡**也不能去。」

「妳恐怕沒有權利做這個決定，」我說。「只有他自己可以決定去留，麻煩妳去拿出院相關文件。」

「小夥子，我知道你自以為自己玩的是哪一招，可是這是非常嚴重的狀況，彼德森先生不能出院，沒有醫生的許可，你絕對不准帶他離開。」

我與她四目相對，彼此僵持不下，彼德森先生傳來另一張紙條。

叫她打給醫生。

「什麼？」劇本可沒寫到這段。

彼德森先生寫字的模樣彷彿中了邪。

叫她非打不可！我們要讓她回到桌子後面，她一打電話，你就推我離開。

我摺好紙條，放回口袋。

「他要妳打給醫生，麻煩了。」

「什麼？」

「他要妳立刻打給醫生。」

「伍茲先生，我已經快失去耐性，這不是緊急狀況，我才不要打給……」

「這就是緊急狀況，妳害彼德森先生痛苦不堪，又說非得醫生同意才能出院，所以我們請妳打給醫生。」

費萊契護士閉上眼睛，從那張緊閉的嘴中吐一口氣。「麻煩請你先把彼德森先生推回病房，我保證下次有機會時，一定立刻請醫生過去看他。」

我盯著費萊契護士約五秒，然後退後兩步，把彼德森先牛的輪椅停在櫃檯邊，還故意誇張地把腳煞車都停好。

「我們哪裡也不去，」我說。「現在就打，看看醫生要多久才能過來。如果答案令我們滿意，彼德森先生才會考慮回到床上。」

有那麼一會兒，費萊契護士彷彿不動如山。我們先前計畫時都沒討論到這點，但是我很快就決定，我也許得撞開她。

結果，她突然放下雙臂，轉身走回去，「好吧。」她掀起櫃檯的板子，回到桌子前，拿起話筒。「我完全知道醫生會說什麼，但是你們既然要我非打不可，那就打吧。」她用力按了四個數字的分機號碼，我趁她別過目光，撬開輪椅的煞車。「喂，我是六B的費萊契護士，我想找……」

我拔腿就跑。

對開大門阻擋我們的時間還不到三次猛烈心跳，我加速轉過九十度直角，然後站穩雙腿，跑向電梯。五秒之後，我們狂奔的動能幾乎足以讓我雙手脫臼，還因此超過最近的電梯兩米多。彼德森先生在座位上危險地搖晃著，我一時止不住腳步以致椅子一邊的手把埋進我的肋骨，但是我沒時間停下來喘口氣。只能快速退後，用力按電梯鈕六、七次。等待電梯上升五層，我覺得備受折磨，但是電梯門一開，裡面空無一人，我立刻覺得如釋重負。進電梯之後，一按一樓按鈕，我便從耳中奔流的血液聽到急促腳步聲。我轉身看到費萊契護士和一名高瘦的工人衝向漸漸關閉的電梯門。我不知道她從哪兒招來這名手下，總之他來得太晚，已經無法阻擋我們。電梯顯示的數字爲一樓，我立刻像火箭般衝出門，其實這時已經沒必要這麼匆忙。大廳依然空蕩蕩，如果不是這麼空曠，剛才的努力就白費了。然而我無法慢下來，血液中仍有大量的腎上腺素，大量氧氣也被送到大腦、雙手和雙腳，我根本**不可能**放慢動作。世上沒有一個急救人員把病患推進醫院的速度，能比得上我把彼德森先生推出來。我像瘋狂賽車手般衝過出口坡道的髮夾彎，奔過某個看得津津有味的抽菸路人，在二十公尺之後緊急煞車，離我們車了的副駕駛座車門不到一呎遠。

我們完全沒交談，一刻不停留。我扶彼德森先生上車時，他在我懷中幾乎毫無重量。我什麼也沒多想就把輪椅折好，放進後車廂。三分鐘後，我已經繞過醫院的圓環，離開雙向高速公路進入特易購停車場，旁邊一整排的高大樹木剛好可以遮住我們。

我打開車內燈，等待雙手停止顫抖。

彼德森先生遞來一張紙條：你做得很好，我以你為榮。

我擦擦眼睛，深呼吸了十次左右。

「我不知道剛才發了什麼瘋，竟然帶走輪椅，」我招供，「我原本打算留在停車場，這下得等最後再拿去還了。我不想偷健保局的錢。」

彼德森先生開始發出一連串又像被勒住，又像給噎到的聲音。好一會兒之後，我才發現他是在大笑，又過了片刻才知道，原來我也開始狂笑。我們的笑聲不像聽到笑話的反應，而是歇斯底里，如同獵狗的嚎叫聲，而且動作巨大到我全身抖個不停，眼淚順著臉頰直流。幾分鐘之後，我的腦袋才夠清楚，有辦法看下一張便條。

你沒事吧？

「我很好。」

那就好，我們走吧。

我轉開引擎，開回馬路上。十分鐘後，我們已經在A三〇三公路上，往東駛入越來越深沉的夜色中。

21

基本粒子

我們上岸抵達加來[65]時，是當地時間早上六點，東方地平線開始漸漸明亮。幾分鐘後，我們離開港口，毫無阻礙地通過海關，開了一百哩才在聖康坦[66]市郊吃早餐。

多佛海峽平靜無風，這趟跨海之旅並無特別之處。我們登上渡輪之後，許久未闔眼的彼德森先生終於不支睡著。他坐在輪椅上，在底下甲板的僻靜角落打盹，我則獨自上樓到開放的上層甲板。這是我第一次坐船，也是第一次前往比倫敦更遠的地方。接下來九十分鐘，我幾乎都往船頭移動，看著滾滾黑水在底下翻騰，星子則紛紛在我眼前升起。我身邊空無一人，船上少數乘客都在下層，因此沒有任何干擾，只有波濤聲和緩慢轉動的天空。因爲甲板上的燈光微弱，四周夠黑暗，我才能看到寬廣拱型銀河劃過仙后座尾部，然後往南滑落，經過射手座，沉入海中。土星在處女座右側下沉，金星則在雙魚座的左方前端上升；水平線爲天空帶來全新的對稱與和諧。我

65 Calais，法國北部的港口，與英國的多佛隔海峽相望。
66 Saint-Quentin，位於法國北方。

頓時想到母親，她對眼前這番景象肯定有深不可測的見解。然而這個想法來去如一陣風，多數時候，我什麼也沒想。只是把眼前景色盡收眼底，任憑心思隨波逐流，如同一隻乘著暖風的蝴蝶。

我的腦子處於全新的境地。我不思考未來；先前發生的每件事情——無論在店裡或醫院——似乎也成了南柯一夢，唯有現在最眞實。逃離途中所引發的腎上腺素早就消逝，我全身如同受到徹底的洗滌，我因此變得沉著又警醒。也許這只是我的揣測。我離開醫院之後已經喝了八罐健怡可樂，可能因此才有助於我的腦袋清楚又專注。總而言之，我不需要睡眠，而且不只現在不需要，我們抵達蘇黎世之前，我都認爲自己不必睡覺。我很難解釋這個預期，又不讓人覺得語調和我母親如出一轍，反正最簡單的解釋如下：送彼德森先生到瑞士是我的責任，也是我獲派的工作；既然我接受了，就知道自己有辦法撐到最後。如果我得一路不睡，開七百哩到蘇黎世，我會照辦。就算我得開到中國、紐西蘭，甚至月球背面，我也會辦到。我知道目標，也會想辦法帶彼德森先生到那裡。事情就是這麼簡單。

離開港口時，我不累，從聖康坦下高速公路時，我也不累；倒是飢腸轆轆。我在加油站餐廳吃了五個巧克力麵包，又喝了更多健怡可樂。彼德森先生只吞得下一個牛角麵包，還得先用咖啡沾濕；因爲他呑嚥困難，已經很難吃下固體食物。飯後，他開著車門抽大麻，我則找塊長滿青草的山坡冥想。草地有點潮濕，但是我肩膀上披著毯子保暖。不間斷的汽車噪音成了我的呼吸節奏，浪起，浪退，最後褪成一片空無。

我們就以這種節奏一路開到瑞士邊界，每九十分鐘開一百哩，然後在沿線不同的加油站和小鎮停留，好讓我伸伸腳，彼德森先生也才有時間再抽大麻。在那段橫跨歐洲的十個小時當中，他抽的大麻比平常更多。他說這是因為我最後一次的收成**特別平順、好抽，好到不該浪費**，然而我懷疑另有理由。我不確定彼德森先生離開醫院之後是否更痛苦，但是他顯然更不舒服。那次跌倒讓他元氣大傷，臥床兩天半更是有損他的行動能力。就算只是這麼短時間沒活動，他的肌肉和神經路徑又因此更退化。他不斷想辦法減緩僵硬和抽筋的痛苦，就算要把雙腿從副駕駛座的位子移到地面，好面向車外，他顯然都很吃力。

儘管我還是有罪惡感，輪椅在此時就成了天上掉下來的禮物，彼德森先生也很快就接受事實，願意持續使用。我推著他進出餐廳，然後持續往東南開。

法國北邊的農地較遼闊，除此之外，景色就與英國南方鄉間沒有太大差異。要不是有路標、收費站和靠右開車的規定，感覺就和英國差不多。然而越遠離海岸，越深入葡萄酒產區，風景就開始有所變化，到了我們停車吃午餐的呂內維爾[67]就不太像英國了。在瑞士邊界以西的聖路易[68]休息時，我已經夠有身處異國的感受，決定可以打給我母親了。

我不知道那通電話有什麼可以告訴你，總之不太順利。除此之外，實在沒什麼好說。

當時是當地時間下午三點，英國夏令時間是兩點。我心想，已經給她五小時看信、消化內容，無論她最初有何反應，應該也沒那麼強烈了。事實上沒有太多證據證明我這個理論奏效，我

67 Lunéville，在法國東北方。
68 Saint-Louis。

一說話，她就哭泣，我掛電話時，她還哭個不停。當中她只努力擠出幾句不連貫的句子，最常說的是「噢，亞雷克斯。」她問我人在哪裡，要我回家，只要我直接回家，絕對不會遭殃。我聽不懂她這句話的意思，也早就認定我不能把我的下落告訴她。我只能說我很平安，下週末之前就會回家，但是這個保證也無法改善狀況，恐怕還讓她更激動。我等了又等，希望母親可以哭乾眼淚，最後只好請她把話筒轉給伊莉，然而她顯然也聽不到我說話。

「我還是對伊莉說好了，」我又重複。「可以請妳叫她來聽電話嗎？」

母親繼續哭。

我掛斷電話，因爲我也無計可施了。

我們在下午三、四點越過邊境，一小時後抵達蘇黎世。當地的車速緩慢，瑞士的都市人都是平靜又體貼的駕駛人，因此我有充裕的時間可以找地標、街名，確定方向是否符合我腦海中那張地圖。對了，我應該告訴你，那張圖可是包羅萬象呢。我先前就決定，最好背下整座城市的地圖，因此過去一個月都忙著進行這個計畫。我有好幾個晚上和午休時間都趴在米其林地圖上，背下許多又長又複雜的路名，例如 Pfingstweidstrasse、Seebahnstrasse 和 Alfred-Escher-Strasse 等等。接下來，我又另外利用幾個晚上和幾天午休時間，搞熟不同都會區。主要地區分爲一到十二區，在蘇黎世湖北端形成內外兩圈，第一區的舊城區是中心樞紐，依照順時鐘方向往外繞兩圈。我發現這種城市規劃方式非常實用，而且就我從網路上蒐集的資料更能確定，瑞士人果然相當實際。他們長久以來都有辦法不涉入戰爭，寧可致力於更有建設性的事業，例如科學研究、可靠的金融銀行業以及製造超級精準的鐘錶。

儘管背下米其林地圖讓我一進入蘇黎世就熟悉方向，事後回想，這些準備工作實在多餘。你可能不曉得，蘇黎世是個非常特別的城市，位於利馬特河盆地。我先前說過，這個城市的形狀就像拱橋，或較寬的馬蹄，湖的北岸就是中空地帶。利馬特河從北到南切過舊城區中央，幾乎將這個城市分割成對稱的兩半，而阿爾卑斯山就在河口正南方三十公里。有了這些天然地標，在蘇黎世找路並不難。不過這純粹只是我個人的經驗談。

此外，開車很容易抵達夏佛先生推薦的第八區飯店，可能對我們也有幫助。蘇黎世多數飯店都在城中區的利馬特河附近，但是我們下榻之處卻在烏托弗萊路旁，這條道路是蘇黎世湖東北方的主要大道。根據客戶的要求和預算，夏佛先生的口袋名單中有幾十間飯店。畢竟他有豐富的經驗，知道如何照顧前來瑞士自殺的外國客戶。

彼德森先生的要求其實很簡單，我大約一個月前就打成電郵寄出，大約就在日期確定之後。他希望這家飯店的地點僻靜，交通方便，附停車場，房間設施則要符合行動不便者的需求。他的房間必須寬敞，方便殘障者使用，例如浴室要有扶手，房內至少要有一張堅固的高背椅。此外，他希望房間有陽臺，不想選擇「等死的時候會住的地方」。

如果你有辦法想到更恰當的說法，他告訴我，就麻煩你了。

可惜我也想不到，而且我最好如實轉述他的願望，以免製造任何誤解，因此最後就採用上述的措辭。一抵達飯店，我便覺得符合彼德森先生的標準，然而我在這方面也同樣沒有太多經驗。我從未住過飯店——只在電影中看過，所以不曉得等死之前所下榻的飯店是哪種模樣或氛圍。我只能說這家飯店看起來相當高級，大廳很寬敞，天花板挑高，四處有高聳的石柱，地板不是大理石就是很相似的仿大理石材質。櫃檯的桌子是擦得發亮的厚重深色木材，上面有金色的牌子刻著德文、英文和法文，如下所示：

Empfang／Reception／Réception（櫃檯）

不過我認爲其中至少有一個翻譯可能太多餘了。

「*Guten Tag, mein Herr,*（先生，早安，）」我用輕快、標準的德語說。「*Wir haben zwei Zimmer reserviert. Der Name ist "Peterson".*（我們訂了兩個房間，房客姓氏是彼德森。）」

對方是儀容整齊的矮小男子，穿著毫無皺褶的平整西裝，臉上掛著專業的淡淡微笑。他用準確又幾乎沒有口音的英語回答：「啊，有的。彼德森先生。歡迎光臨湖濱飯店，兩位在這裡一定能賓至如歸。」

「*Ich bin nicht Herr Peterson,*（我不是彼德森先生，）」我更正他。「*Herr Peterson ist der Mann im Stuhl.*（坐在椅子上的那位才是彼德森先生。）」

接待人員點頭示意。「我看到了，非常抱歉搞錯了。」

「*Das macht nichts. Können Sie uns mit unserem Gepäck helfen?*（沒關係，可以請人幫我們搬行李嗎？）」

接待人員緊張地站直。「當然可以，我馬上請人過去協助。現在能不能麻煩你填完幾張表格呢？」

「*Ja. Das wird kein Problem sein.*（好，沒問題。）」

這番奇怪的對話你來我往地進行了好一陣子。我猜，接待人員拒絕講德語可能是某種我不熟悉的飯店禮儀。至於他略微緊張的反應，恐怕是因爲我學戰爭片的腔調學得太過火。總之，我最後離開櫃檯時很滿意對方至少瞭解我的意思。

彼德森先生的房間在一樓，而且非常寬敞。房內有面超高的拱型窗，陽臺則往西面對整座湖泊。因爲當時已經是傍晚，所以整個房間灑滿落日餘暉，彷彿是廉價的汽車海報，因爲相片過度曝光，幾乎要刺傷觀賞者的眼睛。我必須等眼睛適應強光，才能看清楚室內裝潢，我的第一印象就是這個房間符合彼德森先生的要求。房裡有兩張高背寬椅，還有一張只有一邊扶手、椅子腳又短又窄的怪模怪樣沙發。所有家具之間都有充裕的空間方便走動，還有兩盞金屬底座往上打的立燈。牆上有張異常瘦高的女子肖像，拿著異常細長的菸。另一面牆則有一面由五片玻璃對稱拼成的鏡子——四個梯形圍著中間的五角形，樣式彷彿是超人的「孤獨堡壘[69]」中會有的家具。整間客房的裝潢都是這種幾何設計，卻同時散發出摩登又古典的風格，就連浴室的鍍鉻扶手也像剛雕成的骨董。

媽的哩，彼德森先生寫道。

「看起來不像臨死前住的地方，」我大膽指出。

的確不像。

69 Fortress of Solitude，超人在北極的祕密冰封基地。

「老實說，夏佛先生完全達到你的要求。」

這個人一定他媽的有幽默感，彼德森先生寫著。

我的房間就在走廊對面，是所謂的「標準」房，這種分類有其相對性。這個房間沒有陽臺、湖景，可能也只有彼德森先生的殘疾住房的三分之二大；除此之外，其他設備都差不多。房裡也有結實的鮮紅色扶手椅、附洗手間、一張暗色木質書桌，旁邊還有一盞立燈。房裡有老式的電話，不但有聽筒架，還有圓形的撥號盤。牆上則裝有二十八吋的液晶螢幕，有許多德語、法語、義大利語頻道和MTV、CNN、BBC新聞可看。書桌中間的櫃子有個隱藏式迷你冰箱，就在保險櫃下方，裡面放了四瓶兩百五十毫升的紅酒，我把它們放進衣櫃，另外放了六罐健怡可樂。

晚餐後，我一人待在房裡，當時約是中歐時間八點半。我打給伊莉，她果然還是那套標準問候語。

「靠，伍茲！」她說。「我明明叫你不要打給我！」

「妳說我打給我母親之後才能打給妳，」我明白指出。「我先前打給她了。」

「我知道，我得牽著她的手，陪她痛苦地講完他媽的整通電話！」

「我早說過打給她是個爛主意。」

「打給她才不是爛主意。她一小時前剛離開，她要花這麼久的時間才有辦法冷靜下來，今天店裡甚至沒營業。」

我花了一點時間消化這個資訊，就某種層面看來，她暫停營業比我先前聽她哭五分鐘還令我難受。過去七年來，母親一次也沒休假過，在那之前，只有流星撞擊事件才逼她休業了一陣子。

「她想占卜都沒辦法，」伊莉繼續說。「她試過，但是塔羅牌不再對她說話。」

我不知道該說什麼，只能無言以對。

「伍茲？你還在嗎？你該不會也要掛我電話吧？」

「我以為妳不想和我說話。」我指出。

「我才不是那麼說。你給我閉嘴，聽清楚。還有一件事情你必須知道，警方已經出動了。」

「警察？」

「他們幾小時前來過，問了一堆鬼問題，你可能捅出大麻煩了。」

我的心思跳起詭異又笨拙的舞步。「她去報警？」

「你說誰報警？」

「我母親？」

「你少白癡了！」我幾乎可以聽見伊莉翻白眼的聲音。「才不是你媽去報警，當然不可能啦！你真以為她會做那種事情？」

「我不知道。」

「你不知道？那就是你的問題，就是這樣。有時候你還真是他媽的什麼鬼也不知道！」

「對，這個我明白。」

「是醫院報警。」

「警察怎麼說？」我問。

「你覺得警察會怎麼說？他們問到你的『心智狀態』，還問了你可能會去哪裡，或是會有什麼計畫。還逼你媽拿出那封荒謬的信給他們看。」

「他們看過了？」

「不要再重複我說的話了！他們看過，也把它當『證物』帶走了。他們說你的措辭令人擔憂，諸如此類的廢話等等。」

「我已經沒辦法想出更妥當的寫法了。」

「對，**我**明白。你媽總有一天也會瞭解。但是對於不認識你的人而言……天啊，伍茲，那封信就像出自人魔漢尼拔・萊克特[70]！有時候碰到某些事情，你不希望別人覺得你太冷漠，太無所謂。」

「我不冷漠，也不是無所謂，」我說。「妳很清楚。」

「我知道，警察可不知道。他們認爲你冷酷無情，還問到能不能和你講道理。他們要呼籲民眾協尋——你知道，例如有人駕車肇事逃逸，或是有變態挾持小孩時，警方都會這麼做。他們還要你媽上全國新聞，請求你回家。」

「她答應了？」

「我不知道。現在**她自己**恐怕也不清楚。就算她不肯，警方也會發布消息。你知道警察是什

70 Hannibal Lecter，《沉默的羔羊》系列電影的瘋狂主角。

麼鬼樣子，就跟醫院一樣：當然要幫自己擦屁股，不希望人們覺得他們什麼也沒做。」

我思索了一會兒。「我可以明天再打給妳嗎？」

「你**最好**明天再打！」伊莉語帶威脅。「既然你不打算跟你媽談，至少得找個人談談。」然後電話就掛斷了。伊莉結束電話的態度，一如她平常面對面聊天的模樣。非常唐突。

當時我才發現自己快累壞了。連續四十小時沒睡不是漸漸地影響我，而是倏地襲來：全身立刻感到癱軟。我用最後殘存的力氣把話筒掛回去，便和衣躺在沒掀被單的床上。一夜無夢。

★★★

隔天，夏佛先生依約前來，和我們約早上十點在飯店酒吧碰面。後來他告訴我們，他的方針是盡量在看診前先見過每個客戶。打從他十二年前開業以來，已經幫助一千一百四十七個外國人在瑞士死亡（彼德森先生是第一千一百四十八個），如果有客戶沒見到，都是因為他們特別交代不要碰面。

我對夏佛先生的第一印象，就是無論從哪個層面，他都比我想像中更巨大。他高大、魁梧，估計六十歲出頭。他戴著粗框眼鏡，一頭銀白色的頭髮，一對碚色的眼睛非常肅穆。儘管他說的是微不足道的小事，眼神依舊非常莊嚴。夏佛先生穿著深灰色的西裝、打著暗藍色領帶，而且我發現他握手的勁道，就和我一模一樣：上下兩次，從頭到尾都直視對方。他一開口，英文說得又快又流利，雖然某些字的用法有些奇怪，腔調也比飯店櫃檯人員稍重：例如某些「w」的音特別長，也說得像德語；發「s」音開頭的字時，有百分之七十五的機率都有輕微的嗡嗡聲，所以「將」念起來就像「槍」，「自殺」則像「刺殺」。你可以自己想像，但是爲免混淆，我就不一一寫下了。

除了「早安」之外，我就沒試著和夏佛先生說德語了。因爲如果是有時間預習的主題，我就能應付，倘若要即席發揮，我的能力就很有限。我們和夏佛先生討論的範圍，大多都未曾出現在我的線上德語課。

「兩位滿意你們的飯店房間吧？」我們握過手，各自落座之後，夏佛先生問。

彼德森先生點頭。

「彼德森先生開口說話很辛苦，」我解釋。「現在的病情也讓他無法直視別人，所以他寧可用寫字溝通。」

夏佛先生微笑讚許，「沒關係的。用最自在的方法溝通就行了。」

謝謝，彼德森先生寫道。飯店非常棒。

夏佛先生親切地點頭。「我不常推薦這家飯店，但它卻是我個人相當中意的一間。我認爲這裡應該符合你的要求，裝飾派藝術的裝潢優雅又實際。」

原來這種既現代又古典的家具風格就是裝飾派藝術啊。夏佛先生花了好些時間討論這家飯店，他說這裡在一九一九年開業，以往蘇黎世知識分子都喜歡在這裡出入。詹姆士・喬哀思[71]在一九三〇年代也多次下榻這家飯店，當時他雖然已經搬離蘇黎世，卻常回來找他的驗光師。一九一五年到一九一七年期間，他就住在轉角的凱茲路（Kreuzstrasse）和席斐路（Seefeldstrasse）交叉口的公寓。我告訴夏佛先生我聽過詹姆士・喬哀思，原因是「夸克」，這個基本粒子的名稱來自喬哀思因某故所創的字[72]。這個資訊似乎讓夏佛先生覺得妙不可言。

「我認爲，現在應該談正事了，」他就此結束先前的閒話家常。「你和醫生第一次會診的時間是今晚六點，第二次則是明晚七點。希望你不會覺得拖這麼久很不方便，很多人不能諒解，但是法律規定兩次會診不能短於這個時間。」

我們不急，彼德森先生寫道。

夏佛先生微笑，眼神依然肅穆。「你們要明白，這種規定是安全措施。只有醫生可以開藥讓你結束自己的生命，她必須確定這的確是你的願望，而且你有非常正當的理由。」

她有可能認定我沒有正當理由結束自己的生命嗎？彼德森先生問。

「應該不會，」夏佛先生回答。「萊因哈特醫生已經詳讀過你的病歷，這位女士深富同情心。她只需要確定你明白自己做的決定，而且這個決定是經過鄭重考慮。請你謹記在心，你隨時可以改變心意，想要另做選擇絕對來得及。」

---

71 James Joyce（1882~1941），愛爾蘭文豪，長年落腳歐陸，著有《都柏林人》、《尤里西斯》等。

72 「夸克」這個概念是由物理學家 Murray Gell-Mann 與 George Zweig 於 1964 年所提出，靈感來自喬哀思的《芬尼根守靈夜》。

謝謝你，彼德森先生寫著。我已經下定決心。

夏佛先生點頭。「是的，那當然。但是你一定明白我們爲何要再三確認，同樣的問題在今天、明天、後天都會重複被問到。」

我明白。。回醫生同意開處方箋，然後呢？

「之後就可以在隔天進行。你得簽授權書給我們的員工，就會有人代替你去領藥。接下來就由我們處理。我們在市郊有間舒服的民宅，屆時將有兩個人陪伴你。他們都經驗老到，在各個階段都有能力協助你。他們唯一幫不了的忙就是注射藥物，雖然會在場陪伴你，但是最後結束你生命的人必須是你自己，你得決定何時下手。我們的人員不會催促你，在任何方面都不會讓你覺得有壓力。」

亞雷克斯呢？

「如果你們兩個都同意，亞雷克斯可以全程陪伴。根據我們的經驗，最後親友能陪在身邊是莫大的安慰——其實對相關人等都是一大慰藉。當然，這都由你們自己決定。」

我是說最後。结束之後，亞雷克斯怎麼辦？

「我們的人員會照顧他，他們在這方面有豐富的經驗。之所以安排兩位人員在場，就是一位可以陪同家人，另一位處理必要事項。我們必須連絡驗屍官和警方，這是處理自殺的標準程序，但是亞雷克斯沒有必要和他們接觸。我們的證詞和你簽署的文件，就足以證明一切都按照法令規定。放心，保護客戶與其親友是我們的第一要務。」

謝謝你，彼德森先生寫。我就是想問這件事。

我就是在此時問夏佛先生，他究竟幫助多少人往生，然後我迅速算出每四天就有一人。

「是的，應該沒錯。」夏佛先生證實。

貴公司非常有效率，彼德森先生寫著。

「希望閣下是恭維的意思？」夏佛先生問。

彼德森先生點頭。

「謝謝你，」夏佛先生說。「我應該告訴你，有許多人不認爲這是恭維。相當奇怪，他們似乎認爲死亡不該執行得如此有效率——好像這麼做就缺乏同情心。希望你們瞭解，這絕非事實。這麼說吧：你希望自己葬禮的扶棺人是手勁穩妥，還是悲傷到可能會把棺木摔到地上的人？」

彼德森先生頷首示意。夏佛先生的眼神自始至終都相當嚴肅。

「很好，我們應該有共識。我們容忍警察和公僕有某個限度的無能，但是在死亡這一行可不能有任何失職。」

除非你們還有任何問題，否則這次會面就此結束。畢竟你們的時間非常寶貴。你們想過兩次會面之間要做些什麼嗎？」

「我們要遊覽蘇黎世。」我說。

夏佛先生點頭。「很好，這個城市有許多迷人之處。明天晚上呢？有什麼晚餐計畫嗎？我有許多好餐廳可以推薦，你們需要嗎？不然我很會料理紅酒燉牛肉，也很樂意請你們到我家作客。」

我看彼德森先生，他聳肩，臉上掛著一抹歪斜的笑容。我也聳肩。「那就恭敬不如從命，」我說，「但是你得提供詳細的指示，因爲我們沒有衛星導航系統。」

我們逛遍蘇黎世，卻沒特地做什麼。我們在舊城區閒晃，看了許多廣場、教堂和鐘面。我們來回跨越利馬特河六次之多。我推著彼德森先生上下電車，找到歌劇院、市政廳、美術館和愛因斯坦學生時代住過的房子。門邊有個小小的匾額寫著：「*Hier wohnte von 1896-1900 der grosse Physiker und Friedensfreund Albert Einstein.*」

我幫彼德森先生翻譯如下：「從一八九六年到一九〇〇年，此處住過偉大物理學家暨和平之友愛因斯坦。」

和平之友？彼德森先生詢問。

「*Friedensfreund*，」我說。「應該沒翻錯。*Freund* 絕對是『朋友』，我記得 *Frieden* 是『和平』的意思。」

反戰人士？彼德森先生建議。

「對，你翻得比較好。」我承認。

我們沒進去愛因斯坦的家，也沒進去任何一間經過的博物館、教堂或藝廊。彼德森先生說，除非有必要，否則他不想待在室內，尤其不想進去任何安靜的場所。他穿梭在各地，享受流通空氣和人來人往的戶外比較開心。他不想長時間保持不動。

我們回飯店時還有充裕的時間準備，才和萊因哈特醫生碰面，地點就約在彼德森先生的客房內。我們兩個都坐在結實的裝飾派藝術椅子上，萊因哈特醫生則坐在幾呎外的單扶手沙發上。夏佛先生說她深富同情心，但是她的問題也很仔細。因爲彼德森先生往往得詳細回答，所以這次會面花了頗長的時間。

萊因哈特醫生問起彼德森先生左手的傷勢，他說是幾天前跌倒，已經去醫院接受治療。（他省略這段故事的下半段——在我看來很是明智。）然後她又問了很多關於他的PSP病情，以及他生活受到哪些影響。這可能是那次會面最簡單的部分，因爲事實清楚又無可爭論。後來問到上次企圖自殺和後來住院的事件——他在精神病房住了六週——可就複雜多了。這些事項都明白地記錄在他的病歷中，而且我們彷彿被拖進《第22條軍規》的兩難境地。

根據瑞士法律，萊因哈特醫生解釋，開用禁藥和麻醉藥品的規定非常嚴格。相關的規章有層層的限制，而且連名字都頗爲驚人，就是*die Betäubungsmittelverschreibungsverordnung*（管理需要麻醉處方的法律）。即使是以德語爲母語，已經習慣超長單字的人，都覺得這個名詞相當可怖。然而，萊因哈特醫生向我們保證，一旦理解，*die Betäubungsmittelverschreibungsverordnung*其實沒有那麼複雜——或者應該說，就醫生協助自殺的方面並不複雜。簡而言之，有三條非常合理的規定：病患必須清楚表達想死的願望，這個願望必須持之以恆，而且患者的心智必須相當健全。想當然耳，就是最後這點有問題，因爲就醫療標準而言——國際疾病分類第十版的「精神與行爲障礙」所認定——自毀的慾望就證明心理不健康。

彼德森先生寫了一頁多解釋他住院的理由，還說他被迫服用百憂解六週，但是他從未覺得自己「抑鬱」——在精神科醫師診治他之前都不覺得。

我被強制住院才抑鬱，彼德森先生作此結論，不是因為抑鬱才去住院。

幸好彼德森先生曾被診斷爲「抑鬱」的病歷並不算重要因素，萊因哈特醫生非常滿意他的解釋。她只要確定他現在想得很清楚，尋死的願望不是一時沮喪所致。他成爲協助自殺診所的會員已經有十五個月，也證明他不是一時想不開。萊因哈特醫生自認可以爲他開處方箋，又不會違反 *die Betäubungsmittelverschreibungsverordnung*。

然而彼德森先生是否能自己結束生命，她倒是比較擔憂。這些開來協助自殺的藥劑——她不稱爲藥方——是戊巴比妥鈉。因爲多數患者無法安全地注射到自己的靜脈，所以必須口服。藥劑會放進六十公撮的水中溶解，然後得迅速飲用，最好是一次喝完。這麼一來就會在幾分鐘內安詳地失去意識，再過幾分鐘就會引發呼吸衰竭。萊因哈特醫生向我們保證，全程不痛苦，也毫無風險，但是戊巴比妥鈉必須迅速、全部吞下。啜飲溶液或不完全飲用，便可能導致失去意識甚至麻醉昏迷，但是不見得保證致死。

當然，問題在於彼德森先生難以喝下不黏稠的飲料。導致他難以言語的神經退化症狀，也影響他控制喉嚨肌肉的能力。六十公撮的水雖然不多，但是溶了戊巴比妥鈉之後就會變得非常苦，很有可能引發哽塞的反射作用。

萊因哈特醫生必須相信彼德森先生可以喝下一小杯水，又不引發任何併發症狀，因此她要他試喝兩次。第一次有點困難，但是他依然在七秒內完成，醫生認爲這個時間還算令人滿意。第二次，萊因哈特醫生建議由我拿著杯子，他用吸管飲用。（這種協助也可以接受，因爲我沒灌他喝，彼德森先生還是得親手結束自己的生命。）他不必擔心手眼協調的問題，便能全心控制喉嚨肌肉，因此認爲這個方法比較簡單。萊因哈特醫生很滿意，也允諾隔天晚上的會診時間絕對更短。我們只要再重複回答實際問題，也就是彼德森先生再度確認尋死的願望，醫生就能開處方箋。此後再也沒有任何阻礙。

當天我打給伊莉時並不晚，可能還沒九點，離我上次和她通話間隔不到二十四小時。然而在這短短轉眼間，已然風起雲湧。

今天早上，警方已經公開呼籲：他們希望我，或是任何知道我的下落的人立刻連絡索美塞特暨亞芬的警方。母親拒絕警方的邀請，不肯親自上陣，只願意提供我的近照。可是伊莉說，那張照片拍得並不好。

「她大概只找到這張近照，」伊莉告訴我。「搞不好是她唯一找得到的照片。否則我不知道她爲什麼要給他們**那張**。」

照片中的我坐在家裡，露西坐在我的腿上。「可能是她唯一能叫我別動的照片，」我推論。「她知道我不喜歡拍照。」

「看得出來。」

「我看起來很火大嗎？」

「不火大啊。我是說，你臉上有種糾結的表情，總之糾成一團就對了，但是我不會說你看起來火大，那麼說還太客氣。老實說，你看起來眞他媽的邪惡。」

「至少照片裡有貓咪，」我認定。「我看起來應該比較有人性。」

「那隻貓只讓你看起來就像龐德電影裡的大反派。」

「喔。」

「電視不斷播放這張照片，還不只是地方頻道喔，晚間已經上了**全國**新聞了。說真的，這是大新聞，而且會鬧得越來越大。鬼都看得出來，這則新聞攸關『公眾利益』，所有細節都戲劇化到引起大眾注意。已經有兩個記者打來店裡。相信我，這則新聞還會繼續報下去。」

同樣地，我還是沒向彼德森先生透露這通電話的任何細節，因為對他沒有任何好處。儘管伊莉說得天花亂墜，我還是覺得家鄉發生的事情彷彿與我無關。我懷疑歐洲人不太關心英國的新聞，更別說索美塞特了。但是隔天早上，彼德森先生說他想出城去逛逛，我倒認為這個主意不壞。

我不在乎去哪裡，他告訴我，*但是我想更近距離欣賞那些山。*

「你要我開車帶你去山上？」我問。

不是，我們應該走路去。

「喔。」

我開玩笑啦。

「這樣啊。」

路線就由你決定，你想去哪裡就去哪裡，只要遠離城區就好。

我想了幾秒，「你覺得『歐洲核子研究組織』[73]如何？」我問。

★★★

我們開車到「歐洲核子研究組織」。來回路程大概四百哩，幸好彼德森先生自稱在搭車旅遊這方面還保持「美國人的心態」。既然有十一個小時的空檔，他不認爲開過半個瑞士來回[73]有多可怕，我也不覺得。

遵照*Geschwindigkeitsbegrenzung*（速限）再開上A1高速公路，也就是直接穿過瑞士中央高原連接日內瓦、柏恩和蘇黎世的道路，我們回程甚至開不到三小時。但是去程則選擇費時四小時的路線欣賞風景。我們繞過阿爾卑斯山腳，中間還在印特拉肯[75]休息。那裡的風景猶如明信片——話說瑞士幾乎每個地方都這麼美。在這種國家，你無法想像有人會亂丟垃圾。這裡有清新的空氣，悠久的古堡、雄偉的峰巒，湖泊更是各個都像面明鏡，只反映出純淨的蔚藍、蓊鬱和雪白。

當然，我們抵達日內瓦西北方鄰近法國邊境的「歐洲核子研究組織」時，景色已經沒那麼如詩如畫，但是環境依然雅致。連綿起伏的山丘散布著葡萄園、森林和村莊。北方依稀可見到侏羅山脈，東南方五十哩外則矗立著白朗峰。至於「歐洲核子研究組織」本身，我的第一印象是雖然大，看起來卻相當普通，就像任何都市或大城市郊的大型公司。附近有公車站，停車場的大小

73 他們從瑞士東北方的蘇黎世開到西南方的日內瓦。

74 CERN，位於瑞士日內瓦西部，鄰近法國。成立於1954年，為歐洲多國參與的國際性組織，也是全球最大的粒子物理研究中心。

75 Interlaken，位於少女峰山腳。

相當於一家超市，裡面停滿省油的掀背車。這裡有個接待處，還有許多貌似普通辦公室的平頂廢樓。在外面走動的工作人員看起來也不特別**異常**，只是沒有人打領帶罷了。（你可能也知道，除非回答議會質詢或領諾貝爾獎，否則科學家都不打領帶。）最別致的特色就是中央大道飛揚的二十面歐洲國旗，以及接待中心對面的三十乘以四十公尺的木材球體。不過這只是表象，我知道「歐洲核子研究組織」最引人入勝之處深埋在我們腳下幾百公尺。

我們不能下去看「大型強子對撞器」，因爲這是人類史上最昂貴的科學實驗設備，不能供人參觀。接待人員介紹我們去看「科學創新館」，也就是對面的木材建築物，裡面常設展覽介紹「歐洲核子研究組織」的工作和粒子物理學。

「大型強子」是什麼東西？我推彼德森先生過去時，他問我。

「不是說強子很大，」我解釋，「大的是加速器。強子只是質子、中子或類似的粒子，而且有一定的大小，就像乒乓球一樣[76]。其實可以說它們和乒乓球一模一樣，不過尺寸只有二十五兆分之一。」

這個數字對我沒意義。

「二點五乘以十的十三次方，也就是二十五之後跟著十二個零。」

更沒意義了。

76 大型強子對撞器的目的是將質子加速到前所未有的速度，然後對撞粉碎，揭示宇宙的奧祕。啓用前，科學家用乒乓球注入圓形管道中測試。可能是因此，主角才有此比喻。

「如果把質子比喻成一顆乒乓球，」我解釋，「那麼正常大小的乒乓球直徑就是太陽直徑的七百倍，大概相當於參宿四。」

太離譜了，彼德森先生寫道。

儘管「科學創新館」外觀宏偉，一走到展覽區彷彿來到外星人太空船的指揮中心。彼德森先生說有**那麼一點像幻覺後看到的景象**，雖然這和我所體驗的幻覺截然不同，但是我完全能體會他的意思。館內是寬敞的圓形場地，分布著不同尺寸的球體、螢幕和互動顯示儀。彩色聚光燈打在展示物品上，隨著參觀者在場內移動，光線會轉移、變暗或變亮。這些燈光都非常戲劇化，具有強烈的未來風格，例如藍綠色、藍紫色和鋼青色。而且不可避免地，背景還有許多詭異的環場音效——都是行銷團隊和公關人員用來把分子物理學打點得「性感誘人」的標準配備，彷彿這門學科需要這種包裝。不過老實說，這些視聽影片的確令人印象深刻，展覽的安排也可圈可點。互動顯示儀有英語發音選項，所以彼德森先生不必辛苦地看字幕，只要觸控螢幕一次就有二到五分鐘的講解，主題可能是反物質、暗能量或海森堡測不準原理等。因為螢幕畫面移動太快，彼德森先生的視線無法跟上，所以我便不時補充說明。起初我只是解釋螢幕上出現了哪些畫面，後來越講解越複雜。我不知道自己是怎麼回事，但是說得越多，我就越不想停下來。不尋常的是，彼德森先生彷彿也不急著打斷我，甚至還提出問題。

我猜乒乓球比喻可能激發了他對這類題材的求知欲。不知為何，他似乎很喜歡那些荒謬的對照——更別說基礎物理學擅長的驚人數字和基準了。當然，顯示儀已經提供許多統計數字和譬喻。有個說明原子結構的標準範例如下：如果把原子比喻成足球館，原子核就相當於放置在中心的一顆豌豆，電子則相當於圍繞在最遠的座位席的灰塵微粒，其餘地方都空無一物。此外，「大型強子對撞器」中的強子，被加到終端速度是零點九九九九九九的光速，在這種速度之下，強子在二十七公里長的環狀隧道中每秒旋轉一萬一千次。然而彼德森先生知道這些資訊還不滿足，不久就要我算出各種荒謬的數學問題。

那些強子要花多久的時間回到蘇黎世？他問。

我得把他的便條紙湊近互動螢幕才看得到字，再用便條紙背面計算。「如果走A1公路，只要不到千分之一秒。」我回答。「相對地，我們開車要花三小時。」

如果從蘇黎世到太陽呢？彼德森先生問。

「八分二十秒。」（這個我不必親自計算。）

我們呢？

「開車嗎？」

對，開車。

這次算得比較久，如果一天開二十四小時而且不超速，結果是需要一百四十年多一點。

最令我印象深刻的數字，就是「大型強子對撞器」中所創造的「奇特」粒子的壽命。較長壽的粒子只存在幾百萬分之一秒便衰退，較短命的根本無法以一般常理「觀察」得知。這些粒子一產生，幾乎同時就消失，短到沒有儀器敏感到可以記錄到它們的存在，只能在它們消逝之後才推論也許存在過。然而我越思索這件事，想到宇宙的歷史有多悠久，以及宇宙到最後熱寂[77]時已經存在多少年——屆時所有的星星消失，黑洞蒸發，所有的核子衰退，只剩下基本粒子漂浮在漫無邊際的黑暗中——我越是往這方面想，越認爲**所有**事情都類似那些奇特的粒子。宇宙之浩瀚使得其餘所有事情都變得如此之微小，存在的時間如此之短暫。相對於整個宇宙而言，就連星星存在的時間也只有一眨眼。

但是我不想分享這個比喻。

當晚我打給伊莉——當時萊因哈特醫生已經結束第二次造訪，但是我們還沒去品嚐夏佛先生的紅酒燉牛肉——她說我的新聞已經「像是濾過性病毒」般散開。先前只有兩個記者打到店裡，才隔一晚，就有十幾個人輪流守著瞄準店門的鏡頭，不斷大聲要求我的母親接受採訪。到目前爲止，她只回答了一次，對方還是趁她早上開店沒有防備時提問。她被問到心情如何。

「我很難過，這很明顯吧。」她回答。

記者群查過字典，到了下午三、四點，就報導我母親是「心神錯亂」。此後她再也未發表任何言論，這又被當成她有多憂慮的證明。人們希望理解她受到多人的折磨，就算她沉默不語也無法打消他們的念頭。

77 Heat death，一種假說，即所有可以做功的能量會徹底耗竭，所以宇宙就此死亡。

「我說過，」伊莉說。「這個新聞關係到『公眾利益』，不可能不報導。新聞還是每個小時都播報警方的呼籲，還在播你那張超級難看的照片，提到你那封『令人心驚膽跳』的信。」

「這種新聞過幾天就沒人要看了，」我推論，「而且又不……」

「網路上也都是你的新聞，」伊莉繼續咆哮。「各個論壇的鄉民都在討論你！你竟然沒看到。瑞士總有網路可用吧？」

「網路就是瑞士發明的，」我說。結果我的心臟猛然撞擊胸腔。「是誰提到瑞士？」

「每個人啊！大家都說你去了瑞士。顯然全世界只有這個國家提供醫療協助給想自殺的外國人。事情就是這樣吧？如果你要載那個老頭開下懸崖，只要在多塞特[78]就成了，沒必要出國。就連警察都猜到了。」

「喔。」

我不知道該接什麼話，似乎還聽到伊莉在話筒彼端點菸。

「聽我說，」她說。「新聞說他們已經連絡瑞士當局。」

「誰？警察嗎？」

「警方，內政部……反正就是處理這類鳥事的單位。」

我思索了片刻。「我還在這裡，他們應該拿我沒辦法。根據瑞士法律，我們的行為完全合

78 Dorset，位於英格蘭南部，鄰近英吉利海峽。

法，這就是重點。」

「你才十七歲，警方把重點放在**這裡**。他們說這是特殊案例，瑞士當局應該出面干涉。」

「瑞士人不喜歡管別人的閒事。」我指出。

「噢，拜託你別再這麼冷靜了！也許有人正在找你。你要瞭解這一點。」

「這個我明白。只要再撐二十四小時就好了，之後……」

「閉嘴！」伊莉打斷我。「我不想知道。我**眞的**不想知道。你小心點就是了，我只有這點要求。」

我沒答腔。

伊莉罵了一句髒話便掛斷電話。

我開電視轉到英國國家廣播公司新聞頻道，只等了十分鐘就看到我自己的照片。果然不是一張好照片。我關掉電視，在床上坐了五分鐘，專心調整呼吸。

我說服自己，事情急轉直下，我也無能爲力。就我所知，自從我們抵達瑞士之後，彼德森先生一次也沒打開電視。他不知道國內發生什麼事情，我得繼續保持現狀。未知數就只剩夏佛先生，不知道他對這類狀況是否有任何「應對指南」。我猜他沒有。

我們開了十五分鐘才抵達他給的地址，這間屋子位於外圍第十二區的東邊市郊。夏佛先生的住所儉樸又實用——瑞士人似乎都喜歡這種矮屋頂，沒有多餘裝飾的方正房屋。感應燈照亮一小片草地，青草修剪得非常整齊，可能是人工草皮。屋內的擺設也同樣整齊，而且不需要費太多心思保養。

雖然我們一到，我便默默提高警覺觀察他，夏佛先生的神態彷彿沒有任何異狀。他的言行舉止還是一如上次所見——怪異地揉合了嚴肅和冷淡，所以有時就像冷面笑匠的搞笑發言。這不是因爲他缺乏這一行所應有的端莊穩重；應該說是他的肅穆氣質不當地滲入其他層面。他討論死亡時正經八百，討論紅酒燉牛肉裡的肉、蘑菇和紅酒比例時，也同樣謹小慎微。而且他耗費相當長的時間討論這兩個話題。

原來夏佛先生並非一開始就從事這門「死亡行業」，他擔任人權律師二十多年，全心相信所謂的「最後人權」——死亡的權利——因此放棄法律專業，開設私人診所。幾乎只有他的機構願意協助瑞士國民，也樂於幫助外國人。夏佛先生認爲，人權不該有國界之分。

不消說，那頓晚餐並不特別「尋常」，但是幾分鐘之後，我竟然相當放鬆。夏佛先生彷彿對主人一角應付裕如，而且與彼德森先生三方溝通，就某種層面而言，比一對一來得更輕鬆。彼德森先生必須先把紙條遞給我看，我再交給夏佛先生，因此他有更多時間可以寫字、休息。因爲夏佛先生昨天已經見識過這種溝通方式，立刻不假思索地接受。他的模樣彷彿這本來就是一般對話的方法。此外，我練習德語時，他也非常有耐性。因爲得到提示，我很快地從簡單的寒暄——*es schmeckt sehr gut*（很好吃）——進展到更複雜的完整句子：*Keinen Wein für mich, Herr Schäfer*（不必給我酒，夏佛先生）。*Ich trinke keinen Alkohol*（我不喝酒）。*Aber ich habe eine grosse Lust auf Coca-Cola*（可是我非常喜歡喝可口可樂）。*Keine Angst–ich habe einige Dosen im Auto*（放心，我車上還有幾罐）。

但是夏佛先生雖然能忍受我慢吞吞地講德語，卻不太能接受我對他的稱呼，他認爲太拘謹了。

「我們現在更熟了，叫我魯道夫就好，」他堅持。

我告訴夏佛先生，我不太叫得出口。「有點太……」我想另外找字代替『太像麋鹿』，卻找不到，只好說：「如果可以，我能叫你魯迪嗎？」

「可以，」夏佛先生同意。「其實我兩個已經成年的女兒都這麼叫我。」

他告訴我這件事情令我有點尷尬，但是我沒多說。

夏佛先生聊起他的女兒，兩人都還住在蘇黎世，他的前妻也是，他們十年前和平地離婚了。就在這番看似平淡的閒話家常中，事情突然發生危險的轉折。

「我太太很不高興我轉換事業跑道，」夏佛先生告訴我們。「應該說她不喜歡這行帶來的媒體報導。幸好這麼多年下來，情況已經改善許多，但是你要知道，有些案例還是有莫大爭議。」

一個眼神就足以告訴我，夏佛先生已經不是在討論一般狀況。我驚慌地用眼神警告他，希望彼德森先生沒注意到。在我看來，他應該沒發現。因爲眼球的問題，他很難注意到他人迅速交換眼神。

夏佛先生啜飲紅酒，目光始終沒挪開，表情也毫無改變。「*Er weiss es nicht*（他不知道？）」他問，語調平穩。

「*Nein*（不知道），」我證實。「*Ich denke, dass es so besser ist*（我覺得這樣比較好。）」

夏佛先生體諒地點點頭。

如果你們要繼續講德語，彼德森先生寫，我想出去抽根菸。

我把紙條遞給夏佛先生，趁他分心時，我又再度用眼神警告，只不過這次是看彼德森先生。就目前的狀況看來，現在不是「抽菸」的好時機，然而他不是沒看到就是不予理會。

「我建議你到後面的陽臺抽，」夏佛先生說。「亞雷克斯剛好趁機幫我洗碗，可以嗎？」

「你這麼做不太妥當吧，」我把他的輪椅停在雙扇落地窗外時這麼說。「至少要謹慎一點。我們又不知道夏佛先生對這種事情的看法。」

他專門幫人自殺欸，彼德森先生指出。抽點大麻應該不會惹火他。

「如果他認為這有損你的判斷，可能就會在意。」

我覺得，如果彼德森先生還能翻白眼，這時可能就這麼做了。放輕鬆，他潦草地寫著，這是大麻，又不是安公子。

我等了三十秒才回廚房，夏佛先生已經在水槽放滿泡泡水，示意要我拿吊在暖爐上的抹布。

「亞雷克斯，」他開口，「看來我們有個小狀況。」

「是的，」我同意。

「當然，我早就知道這些狀況很不尋常。我們偶爾也會看到比你更小的孩子——可能是子女或孫輩——希望能陪到最後，能向親人道別。然而那種狀況都是全家出席。就我的經驗而言，你的例子很特別。」

「彼德森先生沒有家人，」我說。「他只有我。」

「是的，我應該能理解。我就直話直說了。你幾歲，亞雷克斯？」

「有差別嗎？」
「不見得。」
「我十七歲了，」我承認。「可以開車，可以繁衍下一代，卻還沒有權利投票或喝酒。」
夏佛先生正經地點頭。「有人認爲開車和生育的責任，遠大過投票和喝酒。不過現在不提這個。」他停下來，看了我一會兒。「我很難猜出你的年紀，」他說。「就很多層面而言，在我看來，你不只十七歲，但是在某些方面，你似乎又非常稚嫩。希望你別在意我這麼說？」
「我不在意。我聽過類似的評語，也不知道該如何改變。」
「你不該改變，」夏佛先生說。「做你自己就好了。在德語中，我們會說你是*Ein Arglose*（不疑有他的人），但是沒有適切的英文可以對應。最接近的說法是『純眞的人』，但是也不太貼切。*Ein Arglose* 應該比較接近『沒有心機的人』，就是你表裡如一，不會欺騙別人。」
我聳肩。「我**也會**想欺騙別人，只不過非常不擅長，所以沒必要多此一舉。」
夏佛先生點頭。「這只不過是另一種說法，再次證明你天生不會騙人。」
我忖度了一會兒。「也許吧，」我做出結論，「可是並非永遠都不騙人。畢竟我現在就沒對彼德森先生百分之百誠實，你是這個意思嗎？」
「不是。我們都知道這是兩碼子事。你說謊騙他了？」
「沒有，只是有些事情沒告訴他。」
「這是因爲你想保護他？我這麼想對不對？」
「對，」我承認。「如果他知道國內發生的事情，可能會被迫做出糟糕的決定。他那麼做是爲了保護**我**，問題是他沒有這個必要，這對誰都沒有好處。」

夏佛先生再度點頭。「我相信，你知道這些舉動可能帶來的後果吧？現在英國警方已經插手，你回國可能會被起訴，不再受到瑞士法律的保護。」

「我知道。我不在乎面對那些後果。我只是不想把這個重擔加在彼德森先生身上，他不應該考慮那些事情。不是現在。」

「好，」夏佛先生說，「我再問你。你知道將來可能會承擔責任，還是希望留在這裡？我說的對嗎？你現在不會想離開？」

「不想，我要留在這裡。」

「是因爲你覺得有必要留下來？」

「不是，是因爲我認爲我這麼做是對的。」

我擦乾最後一個盤子，夏佛先生指向餐桌。我們兩個都坐下。

「你知道，亞雷克斯，」他說，「我認爲，如果你年紀夠大，已經有自主意願想來這裡，那麼你的年紀也大到可以留下來。多數人會說我擁護自由意志，你瞭解這個意思嗎？」

我仔細想過這個名詞。「應該就是相信自由市場的好處吧，」我說。「是這樣嗎？」

夏佛先生微笑。「就我而言不是。意思是我認爲每個人都應該可以自由做出自己的決定，不需要理會別人說三道四，說什麼該做、什麼不該做。唯一的限制，就是人們不可以傷害或利用別人——這就是與自由市場不同之處。」

夏佛先生幫自己倒了一杯紅酒，才繼續說。「我想說的是，就這個狀況看來，你應該有權利自己做決定，就像你的朋友艾薩克也應該自由決定自己的命運。沒有人可以干涉。」

我斟酌他所說的話。「所以你**不會**打發我們回家？」

「這有違我二十年來所支持的信念。我會在最後階段請人回家，唯一的理由就是我或萊因哈特醫生認爲他們不是自願要來，或者他們不瞭解自己做的決定。但是就這次的狀況而言，我們都沒有疑慮。」

「新聞上說的那些事情呢？你不會告訴彼德森先生？」

「不會。我的責任正好相反。我不該影響他，而他的決定也不該受到外界壓力左右，我非常清楚這一點。我什麼也不會告訴他。」夏佛先生停頓，喝了口紅酒。「然而你要明白，你的情況和我不一樣。你有不同的壓力。」

「你是說**我**該告訴他？」

「不是，這由你決定，不是我。我的意思是，你應該多考慮考慮。明天對你而言會非常難受，你必須要有心理準備。在你自己的心中，你必須確定自己做的是正確的事情。」

我的視線橫過沒有隔間的客廳，望向陽臺外。「我做得對。」我說。

我知道這個信念，也唯有這個信念，有力量支持我撐過往後二十四小時。否則，我一定會崩潰。

22

沒有名字的屋子

那間屋子沒有名字，沒有門牌號碼。因爲沒有人住在那裡，待過的人頂多幾小時就離開，也就沒必要取名了。至於遞送貨物，如果眞有包裹會送到這裡，那麼大概就說是「那間房子」吧。那個地區沒有其他房子，不可能會搞錯。

屋子就位於蘇黎世以東二十分鐘車程外的小型工廠區，至於坐落於工業區則是法律規定。雖然瑞士多數人認爲，這樣的地方在原則上有存在的權利，卻少有人認爲應該位於他們的後院附近。

因此，這間屋子蓄意蓋在城外，而且不協調地立在倉庫、小工廠之間，兩條車水馬龍的高速公路就在附近交錯而過。儘管如此，這間屋子經過巧思布置，希望盡可能像是正常的房舍。屋外有條小小的車道，還有圍籬和前廊。屋內有小巧的廚房、一個洗手間，一般屋子該有的舒適裝潢，這裡應有盡有：兩張長沙發、兩張床、一張圓桌、四張椅子、椅墊、立燈等等。牆上掛著風景畫，偌大的窗戶和通往庭院的門則有利於採光充足。屋裡有音響，想聽音樂的人就能使用，後院甚至有花園種著矮灌木，設置了小噴泉。整間屋子的周圍都有圍牆，但是依然能聽到馬路傳來的噪音，疾駛而過的車聲相當有節奏，就像浪來浪走。

我們把車停在前面車道邊，彼德森先生說他想把輪椅留在後車廂。自己走路進去對我而言很重要，他寫著。

我點頭。

他右手拄著柺杖，左手臂放在我的肩膀上，我們就這樣緩緩走上車道。彼德森先生這週鮮少走路，所以花了很久的時間才走到。

我的神經繃得很緊——就像我們逃離由維爾醫院那晚一樣，而且我再度整夜沒睡。我們一回到飯店，我便熬夜思考夏佛先生的一番話，想到凌晨兩點。之後我依然不累，喝了五罐健怡可樂，開始讀起從「歐洲核子研究組織」禮品店買回來的五十年歷史簡介。到了早上六點，我已經讀到一九九〇年代中期成功製造反氫原子，卻仍舊毫無睡意。我到湖邊進行早晨的冥想，剛好是日出時分，附近幾乎沒有人——只有兩個慢跑者，還有一家天鵝在水面上漂浮。湖濱的散步區域種了許多丁香花，此時恰巧是花朵怒放的季節，空氣中瀰漫著清新的香草味。

彼德森先生抽了幾次大麻，因此可以酣睡到早上七點。當時我已經回到飯店，幫他盥洗更衣。他寫著，希望自己看起來很體面。這件事情對他而言也很重要。

「你感覺怎麼樣？」我問。

很平靜，他寫著。平靜又果決。你呢？

「一樣，」我說。

你確定？

「對，」我勉強擠出微笑。「我也很堅定。」

我扶著他走最後幾步路到沒有名字的房屋門前，心意更堅定了。我有任務要執行，也撐了這麼久。就算先前我懷疑是否該把國內的事情告訴彼德森先生，這些念頭在此刻也已經煙消雲散。這件事情的關鍵一如氧氣般清透：如果我告訴他，無論他做什麼決定，一定很痛苦。我們兩個都會受到折磨，實際上根本沒有必要。我不需要絞盡腦汁說服自己的良心，才不做這件無意義的殘忍事情。這只是常識罷了。

佩特拉——在屋裡和我們碰面的兩名伴護人員之一——幫自己和彼德森先生泡了咖啡之後，便和我們一起坐在圓桌邊。另外一位李納斯卻沒有。他在門邊迎接我們是我唯一看到他的時刻。接下來，他就隱身「幕後」，準備文件和處理其他必要事項。稍後將由李納斯負責與瑞士當局交涉，確定死亡事實，安排運送彼德森先生的遺體去火化。佩特拉的角色則是隨時陪在我們身邊——在每個階段陪我們聊天，回答每個問題，全程照料我們。一旦時候到了，也是由她準備、送上戊巴比妥鈉。然而這必須由彼德森先生親自要求，其他人都不能代替他。

我對佩特拉的第一印象，就是她很不起眼。她絕對不超過五呎，如同彼德森先生一樣皮包骨，卻不像他以前那般精瘦有力。她的頭髮是灰金色，綁成俐落的馬尾，如果到英國過冬，她的皮膚肯定愈發蒼白。她的聲音輕柔，臉上只有一點淡妝，眼線也不明顯，這種妝容反而讓她看起來更蒼白、更瘦小，也更年輕。儘管身型嬌小，她卻有種明確的自信，讓我覺得很安心。撇開她沉著、令人安心的氣質不談，她竟然讓我聯想到母親。

我花了很長的時間猜測佩特拉的背景，納悶她怎麼會來這裡——這份工作是否也像其他正常工作一般登報徵人、一一面試。最後我猜膩了，乾脆直接開口問她。

亞雷克斯喜歡搞清楚每件事情，彼德森先生道歉。

「她說過我們可以問問題，」我指出。

「我說過，」佩特拉附和。她花了好些時間看著彼德森先生不需看紙便寫下的紙條——她依然覺得這個技巧相當有趣，然後說她加入夏佛先生診所的七年前是專業護士，在報上讀到他的文章之後便『冒險應徵』。「我認爲這是個重要的工作，而且我絕對能勝任。」佩特拉做出這個結論。

佩特拉的發言一貫如此，直接、坦率，然而用她輕柔的聲音說出來之後，就連最簡單、簡短的句子都蘊含同理心。也許這就是她適合這份工作的原因之一。

她必須重複彼德森先生多半已經被問過兩、三次的問題，但是這些問題現在聽來卻如此赤裸又即時。「你希望今天死？」佩特拉問。「你想清楚了嗎？這是你自己的決定嗎？」隨後她再度重複，指出沒必要因爲壓力就被迫繼續——直到服用毒藥之前，隨時可以撤銷決定。佩特拉沒把戊巴比妥鈉稱爲藥品或藥物。在最後的緊要關頭，絕對不能有模糊地帶。

彼德森先生必須寫字回答所有問題，然後又簽了六、七張文件，再度確認他的意願，並且授權給這兩名伴護，請他們在他死後代爲與瑞士當局交涉。接著，我扶他去廁所。（我不希望臨終還想著我要撒尿，彼德森先生寫著。）我們回來之後，他便告訴佩特拉他已經準備好服用止吐藥。這是標準的預防措施，確保戊巴比妥鈉——口感非常苦——能留在體內。此時，佩特拉同樣直言不諱。「戊巴比妥鈉喝起來就是毒藥的味道，」她告訴我們。「胃部的自然反應就是把它吐出來。」一定要先吃止吐藥，而且要在服毒前至少半小時吃下，才能確保藥效完全發揮。

現在就只能等待。

我有一百萬件事情想說，卻一件都無法在腦海裡整理好。我不知道從何說起，表情可能也很激動，因爲過了一會兒，彼德森先生遞來一張紙條。

我都明白，你什麼也不必說。你能在這裡陪我就夠了。

我點頭。他說得對，有時言語只是多餘。

你應該放點音樂，彼德森先生寫。

「你想聽什麼？」

彼德森先生露出似笑非笑的笑容。很多。我現在無法做這麼重大的決定，你選吧。

我想了一分鐘，「莫札特應該最適合。」我說。

彼德森先生點頭。同意。

我放了莫札特的C大調第21號鋼琴協奏曲。彼德森先生閉目聆聽，我坐著看陽臺外的兩隻麻雀在後院纖細樹苗間穿梭，地面上的飄忽影子就像牠們的傀儡。雙層玻璃隔絕了馬路和工廠的噪音，聽不到外界的颯颯聲，屋內只有莫札特層層疊疊忽明忽滅的音符，以及我緩慢的呼吸聲。

音樂結束時，彼德森先生示意我去找退避到角落椅子的佩特拉。

我準備好現在死了，他寫。我要妳幫我準備毒藥。

我扶著他坐到望向外面花園的沙發上。

「要我再放音樂嗎？」我問。

再放一次莫札特，彼德森先生寫著。非常合適。

不到幾分鐘，佩特拉就端來一小杯溶解的戊巴比妥鈉。溶液清透、無色，就像普通自來水。她小心翼翼地放在彼德森先生旁邊的桌上，還準備了醫生交代的吸管。

「喝完之後的二到五分鐘，你就會失去意識，」佩特拉說。「然後你便會死去。你明白嗎？」

彼德森先生點頭。

「我需要你寫下來。」佩特拉說。

我明白，彼德森先生寫著。他撕下這張紙後，又寫了一張，這次是給我。你要唸書給我聽嗎？紙條上寫著。

「對。」我說。我已經準備好《第五號屠宰場》，打算在他服用毒藥之後開始唸，他要我繼續唸到他睡著。他這個想法是爲了他自己，也是爲我著想。他知道我需要有事可做，免得胡思亂想。

謝謝你，亞雷克斯，彼德森先生寫。

「我愛你，」我說。「我愛你，我會想念你。」

我知道，我也是，你會好好的。

「我知道。」

好好照顧自己，開車回家小心點。

「我開車向來安全，」我說。

彼德森先生點頭，幾乎只是小小點了一下。

那麼另一邊見了，他寫。那是他寫的最後一句話。那是個爛笑話，但是我很慶幸他開了這個玩笑。

「另一邊見了。」我說。

彼德森先生用吸管喝下戊巴比妥鈉時，我穩穩地拿著杯子，而且確定所有飲料都被喝光，才把杯子放回桌上。然後，我開始朗讀。

聽著，我唸。

畢勒．皮爾格林睡著時是老邁的鰥夫，醒來就是他結婚的那天……

彼德森先生聽我唸，莫札特的樂曲繼續演奏。我又往下唸了三頁。

我在特拉法馬鐸星學到最重要事情，就是人死了只是看起來像死了。其實他在過去還好好地活著，所以人們在他的葬禮上哭得死去活來實在很傻氣。所有的時刻，過去、現在和未來始終都存在著，也會永遠存在。特拉法馬鐸星人可以注視著所有這些不同的片刻，好比我們欣賞著連綿的洛磯山脈。他們看到這些時光如何地永恆，也能觀賞任何讓他們感興趣的片刻。我們地球人有個錯誤觀念，以爲時光是接二連三，如同成串的珠子，而這個片刻一旦過去就不再重現……

我唸到一半停下來時，C大調第21號鋼琴協奏曲已經到了第二樂章。彼德森先生閉上眼睛，變慢的呼吸節奏如同沉睡。沒多久之後，他便死了。

我隔天早上去領骨灰。火化一具屍體要不了多少時間——從頭到尾只要兩個小時，至於事前安排好的協助自殺，也就是附有詳細文件的死者，更是可以迅速取得死亡證明書，繼而發放火化許可。驗屍官只要確認死亡事實，檢查所有文件都已經備齊即可——就彼德森先生的案例而言是有的。所有的證據都白紙黑字地寫著：自殺意圖宣告書、證實身分的護照、李納斯、佩特拉和萊因哈特醫生的簽名證詞。死亡事實與死亡原因不出幾分鐘便得到確認。如果不是我筋疲力竭，其實當天下午就能去領回骨灰。

但是我卻回飯店連睡十二個小時。醒來之後，外面天色已暗，我猜大概是凌晨三點。我的睡眠慣例被破壞無遺，但是當時我並未注意到癲癇可能即將發作。我依然處於泡泡之中。不是覺得一切都不奇怪，就是感到事事都莫名。至於哪個才對，我沒多想。

我還是沒哭，儘管佩特拉堅持我應該哭泣。她說，我應該「徹底地發洩」，說我不必再故作堅強。我老實告訴她：我這不是裝堅強，只是一點也不想哭。

我回到前一天早上冥想的地點，周遭環境絲毫未變。湖面上有同一群天鵝，步道上的丁香花依然芬芳。唯一的差異，就是這次冥想不太管用。冥想的目的是掃蕩腦內雜訊，然而我的腦子一開始就是一片空白，根本沒有任何雜訊可以清除。

半小時後，我回到飯店收好行李。這次的東西並不多，彼德森先生的衣服和行李箱都捐給紅十字會了。

我在八點前退房，發現值班的還是上次的職員——就是三天前為我們辦理住房，拒絕講德語的那位。

「彼德森先生呢？」他問我。我認為這個問題很奇怪，我以為他早就看到只有我的房間多延一天。

「*Herr Peterson hat gestern ausgecheckt.*」我說。彼德森先生昨天就退房了。

我九點抵達火化場，那是他們開始營業的時間。因爲所有費用都是預先支付，因此我沒等多久便領到骨灰。我只要簽一份領取書，十分鐘後便開車上路。

我沒計畫何時停車或是要在哪裡休息，反正就開到我感到疲累，或需要伸伸腳時——只要我能順利越過邊界。也許會被攔下來，但是我認爲更大的問題應該是在加來買渡輪票時才會碰上。

結果不到一小時，我就被迫開下高速公路，當時我正開過波茨博格隧道[79]，事情來得毫無預警。冷不防地，我又聞到丁香花的味道。我一看到交流道就開下去，離開高速公路一、二哩便停車，旁邊是彷彿已經荒廢的僻靜村莊。我站在車外，雙手扶著軟帽，想辦法數呼吸次數，但是算到五或六，就發覺自己抖個不停。

接著我便放聲大哭，不知道哭了多久，也許一分鐘，也許十分鐘。我坐在石子路上，背靠著保險桿，哭到我覺得不需要再哭，哭到全身停止發抖，哭到神智再度清醒。我回到車上，把彼德森先生放在我旁邊的副駕駛座上，往北自投羅網。

79 Bözberg Tunnel，位於瑞士A3高速公路上。

23

遺囑

母親大概凌晨四點抵達多佛警局，趕來的模樣彷彿是火燒屁股，當時我已經和賀斯督察長與副督察康寧罕兜兜轉轉地談了至少兩個半小時。他們讓她進入第三訊問室，她一到連寒暄都省了，立刻衝到我的座位邊，抱住我的頭就往她的腹部壓。她壓著我至少三分鐘，我不知道是誰覺得比較尷尬——是我，督察長還是副督察——總之過了一會兒，我不再掙扎著把脖子扭回正常姿勢，索性順著她的意思。儘管身體扭曲，與其接受警方的粗魯對待，我寧可對方是母親。

「伍茲太太，」賀斯督察長開口，「如果妳願意坐下，我們可以告訴妳目前的情況是……」

母親不肯瞭解情況，也不想坐下。「我現在就要帶亞雷克斯回家。」她說。

兩名警察對看一眼，然後賀斯督察長繼續說：「我瞭解妳現在很難受，伍茲太太，但是我們有些問題還得問他。妳當然可以一起聽，但是這次的訊問恐怕還沒結束。」

「我懂了。」母親放開我的頭，兩手叉腰。「你們用什麼罪名起訴他？」

「他還沒被控**任何罪名**，」賀斯督察長指出。「目前我們只是提出問題，只要妳肯合作，我們就能……」

「我不願意合作，」母親打斷他。「既然沒起訴他，我現在就帶他走。」

副督察康寧罕介入：「伍茲太太，妳要知道，就算沒控訴他，我們也能扣押妳兒子四十八小時。可是這個過程就太……」

「太離譜了！」母親發火。「你們知道過去這週對他來說有多難熬嗎？現在是半夜，他才十七歲，你們也有點同情心吧！再這樣下去，你們會害他癲癇發作！」

「其實我已經發作一次了，」我說。

「他已經發作一次了！」

「只是部分性發作，」我澄清。「幾分鐘就過去了。但是我最好別開車回家，以策安全。」

「你當然不可能開車回家！**我**會開車載你回家。」

「伍茲太太……」賀斯督察長開口。

「太離譜了！」母親又說一次。「你們在玩什麼名堂？這相當於刑求嘛！看看他：他生病，睡眠不足。你們大概沒給他機會看醫生，更別說幫他請律師了？」

賀斯督察長試圖扳回一城。「伍茲太太，我向妳保證：我們和妳兒子交談時，他絕對沒有任何不適的症狀。如果有，我們絕對會幫他請醫生。至於我們還沒幫他請律師，是因為他尚未受到起訴，這我也說過了。」

「他已經癲癇發作過一次了！」

「他聲稱的癲癇發作時，我們兩人都不在場。而且……」這次賀斯督察長嚴厲地舉起一隻手指先發制人。「而且有些狀況妳還不明白。」他向副督察康寧罕示意，後者第二次拿出那袋大麻，丟到桌子中央。

指。）

「我們在妳兒子車上找到，這可能和他的『癲癇』發作有關。」我們都聽得出他意有所

「我知道這是什麼，督察長，」我母親說。「我又不是低能兒。」

「這是大麻，」賀斯督察長正經八百地說。

「太荒謬了，」母親立刻反擊。「亞雷克斯不碰毒品。」

「那是彼德森先生的，」我解釋。

「對，這就說得過去了，」母親附和。

「我無意冒犯妳，伍茲太太……」賀斯督察長開口，語氣彷彿揭示將有壞事。「我無意冒犯，家長往往不瞭解子女的行爲。他們總覺得孩子……」

「你不必再說了，督察長，」母親說（那種語調絕對讓人說不下去，我很熟悉）。「第一，這是大麻。就目前的狀況看來，這根本無關緊要，而且它的存在也不致讓我兒子成爲不法之徒，你似乎很想暗示他是那種人。如果你要告訴我，只有歹徒才用禁藥，成千上萬的政客和法官都不碰——警察也包括在內——那麼我就要說你不但是騙子，還是僞君子。」然後是一陣令人背脊發涼的沉默。我母親不喜歡騙子，尤其討厭僞君子。「第二，」她繼續說，「你才認識他短短幾小時，如果你告訴我你比我更瞭解我兒子——至少瞭解到足以說我不明白他的個性——那麼，老實說，你需要去檢查你的腦子。」

賀斯督察長的臉脹得通紅，那顆痣不斷抽動。「伍茲太太！我只是說，妳的兒子不是妳想像中的天使……」

「我沒說他是天使，只說他生活很嚴謹。認爲他會碰毒品——會碰沒有三個博士頭銜的人所認可的物品——實在太可笑了。光是喝酒對他而言，就是莫大的品格缺陷！」

一陣充滿疑問的沉默。賀斯督察長和副督察康寧罕一定很驚訝母親突然抓狂，我卻目瞪口呆。事實原來和我以爲的完全相反，原來母親**眞的**很瞭解我。

先回過神來的人是賀斯督察長。「伍茲太太，我們離題了。這件事情不只是關於他個人使用，妳兒子已經承認他種植、提供這些大麻。而且還進行了好一陣子了。」

「我只提供給彼德森先生，」我澄清。「況且他從一九六五年就開始抽大麻，又不是我勸他用的。而且，我也沒拿出去兜售，我只是幫他種，因爲他沒辦法再走上閣樓。」

「這就對了！」母親說。「這不是爲了賺錢或個人利益。我不知道你們到底想告訴我什麼，督察長，這整件事情荒謬至極。我要帶我兒子回家，如果你們還有問題要問他，我會親自帶他回來。現在，我們要走了。如果你想阻撓我們，就得逮捕我們兩個，但是你記住了，等我出去，我會寫信投訴，而且絕對讓你們大開眼界。到時你們能保住飯碗就算走運！你們今晚的行爲太離譜了！眞該覺得不好意思。來，雷克斯，我們走！」

我起身跟著母親走出去。兩位警官都沒試圖阻攔我們。賀斯督察長口中念念有詞，但是我們已經走遠，聽不清楚。事情就是這麼簡單。

我們往西開，背後的天空漸漸大放光明，我在車裡把所有事情告訴母親。我努力向她解釋我爲什麼那麼做，但是她彷彿已經明白。她只想搞清楚事情的發生過程，等我說完時，她只批評了我一次。她說，我應該早點告訴她。

「我以爲妳會想辦法阻止我，」我說。

「我不會想辦法阻止你，」她回答。「基本上你已經成年，我無法再幫你做這類決定了。」

「妳剛剛在警察局不是這麼說，」我指出。「妳說我才十七歲。」

「我是你媽，」母親說。「我只是希望趕快帶你離開。你現在覺得怎麼樣了？」

「好多了，」我說。「當然，我還是覺得悲傷。但是現在是那種好的悲傷，不知道妳懂不懂。」我思索了一會兒。「我的意思是，我不會改變任何事情。我不在乎警察怎麼對我，就算他們把我關上一千年也一樣。我不認爲我做錯任何事情。」

「我也不認爲。」母親說。

後續實在沒什麼可說。我可以再仔細解釋接下來幾個月的發展——例如我的案子的各種改變，有陌生人和認識的人（安德彼醫生、威爾博士、夏佛先生）寄來的打氣信函，也有同樣多的人寄來指責信函，他們熱切祈禱我不朽的靈魂得到拯救或詛咒。我可以多談這些細節，但是事到如今，你應該已經知道該知道的多數事情。我的案子雷聲大，雨點小。在將近四個月的會面和「進一步的查問」，遠在媒體都失去興趣之後，我的案子終於撤銷。控訴我教唆自殺不符公眾利益，至於製造、持有非法麻醉藥品，而且意圖提供他人使用，我則遭到警告。威爾博士說，我不會因此無法進入好大學，也不會因此無法在理論物理學界大展身手。

然而這些事情其實根本不該拖這麼久，幾週就該解決了——這都要歸咎於那封遺囑的存在。

我沒料到這個錯綜複雜的因素，這也是我要告訴你的最後一件事情。

我從沒想過彼德森先生有遺囑。直到十八歲生日那天，我到她位於威爾士的整齊小辦公室見她，才知道他有律師。在那天之前，我不能得知遺囑內容。我知道有這份遺囑，還是警察告訴我的。他們拿到特別的合法許可，所以能拿到副本，因為內容「可能」（後來是「極有可能」）牽涉到他們的調查。

簡而言之，我是遺囑的主要受益人——受益人只有兩個——所以「頗有動機」希望彼德森先生離世（儘管我在多次供述中都清楚表明我的動機）。我試圖向警方明白指出，如果我事先知道有這份遺囑，才有可能心生歹念——否則這麼做不僅**沒有**道理，還很有可能害慘自己——但是他們彷彿認為我的辯詞薄弱。幸好律師告訴我，我不必證明自己不知道這份遺囑，而是警方得證明我事先知情。

「他們要怎麼證明？」我問。

我的律師聳肩。「如果你招供囉。」

「我可以承認許多事情，」我指出。「我還能承認我父親是教宗，那也不代表我說的是事實啊。」

律師承認我說的對，但是勸我在事情未塵埃落定之前，應該要有耐心，而且不要耍幽默，這通常是面對執法單位的最佳態度。

因此我終於可以看到遺囑的那天，我先前說過，就是我十八歲的生日。直到那天，我才知道警方要我招供什麼。為了給我精神上的支持，母親和伊莉陪同前往。那是個晴朗的週五早晨，也是秋分，是我印象中母親第三次休業。

當然，遺囑中充滿複雜的法律術語，但是目的很簡單。所有我該知道的資訊都寫在彼德森先生留給律師的信中。以下附上副本：

親愛的亞雷克斯：

如果你看到這封信，那麼一切應該照計畫完成，我已經不在生者之列。現在想來覺得好笑，畢竟在我執筆的現在，我還覺得自己生氣盎然。今天是個晴朗的春日，雖然要看著字往下寫有些許困難，我起床之後還沒注意到有其他症狀。也許腦子今天想放我一馬，好讓我把事情寫下來。你覺得呢？這種想法是不是給醫學難看？

回到正題吧：

我知道現在我已經死了。但是我顯然不知道寫完這封信之後還有多久的時間，希望還有好幾個月可活。在今天這樣的日子，感覺似乎很有可能。想到我竟然會希望能活更久，想到我能有這種想法，多半都要歸功於你。我希望你明白這點。我不知道自己還有多久的日子，但是我確定最後一定會有善終，我一點也不懷疑。你知道，我這個人從來沒有宗教信仰，但是我對你有信心。

放眼宇宙，怕沒有多少動物有特權可以安詳、沒有痛苦地死去。很可惜，這不是這個宇宙運作的方式，你我心知肚明。毫無痛苦的死亡絕不自然，我竟然即將走得安詳——而且事實上的確也有此幸——讓我覺得非常幸福。

放心，我不打算繼續討論這個恐怖的話題。我只是希望你知道，我死得很開心，而且幾年前（甚至幾個月前），我想都沒想到能有這等好事。綜觀人生，我這輩子算是過得很好，尤其享受人生中的太平日子。

如我所言，時光飛逝，我就直接說吧：

我已經交代律師，吩咐她在我死後如何處理我的「產業」（法律措辭就說是「產業」，可不是我做白日夢）。簡而言之就是如下處理：

既然我死了，他們應該已經連絡我城裡的地產經紀。他會賣掉我的房子，變賣房產的現金加上我所餘的存款，你可以拿到五萬英鎊。剩餘的部分（剩餘的錢，恐怕遠比你那份多）就捐給特赦組織，我相信你不會記恨他們。

五萬英鎊應該足以支付現在的教育費，就算是到倫敦求學也夠了，希望如此。你要拿到這筆錢的唯一條件，就是繼續求學。很抱歉，我非常堅持這一點。如果你要研究什麼「萬物至理」，一定需要時間、空間，也不能分心。我就為你爭取這麼多。

在你有機會解開奧祕之前，我就得離開這個宇宙，就我個人看來，是沒有多大遺憾。「最終的謎底」恐怕就是一連串令人氣餒的數學運算，但是這可能是我們必須保留各自意見的領域。

如今我唯一要說的就是：再次謝謝你，亞雷克斯。希望你母親能明白我們所做的決定，原諒我允許，也需要你的參與。我也希望這些事情不會給你招來法律方面的麻煩，我知道我們早就討論過，也相信你說得對：沒有理由會引來任何麻煩。既然沒有受害人，就沒有犯罪事實，這是常識。如果我依然有點操心，希望你能原諒我。從人類久遠的歷史看來，常識勝出的機會並不多。

思及於此，我就此停筆。

你的朋友艾薩克

我想，彼德森先生寫這封信時一定很開心。我遞給母親，她看過之後開始哭泣，然後傳給伊莉。伊莉沒哭，她迅速、挑剔地看完，才搖著頭把信還給我。

「還眞是要命。」她說。她指的大概是關於我該如何花這筆錢的條款。

我們離開事務所，走回車上，車子就停在大教堂附近。母親和伊莉各握著我一隻手，我不記得有誰說了什麼。我只記得我抬頭仰望大教堂、藍天，想著截然不同的事情。我想到建築，想到人們努力建構的所有美麗事物。我想到倫敦，想到自然史博物館，想到達爾文，想到「萬物至理」，想到未來。

這些思緒如同浮雲般掠過我心之眼——結合微小的電子、化學信號，繼而創造出整個世界——的虛擬空間，然而片刻之後，一切漸漸化開，僅餘一片平靜的蔚藍。我很快樂。

感謝辭

首先，我要大力感謝唐諾・法柏，也就是「寇特・馮內果版權信託」的董事，以及「強納森・凱普出版社」所有的好人兒，謝謝他們慷慨允諾我在這本小說中引用馮內果先生作品的文句。無疑地，寇特・馮內果給我帶來莫大的啓發，我對他虧欠良多。也要感謝「喬瑟夫・海勒產權」允許我引用《第22條軍規》；感謝諸位的慷慨。

在第五章中，亞雷克斯朗讀「馬汀・畢契關於隕石的書」，這是眞實作者撰寫的著作，全名是《流星和隕石：起源和觀察》。許多關於流星體、流星和隕石的資訊多半來自本書，我要誠摯地感謝畢契博士，同時也要道歉，請原諒我擅自以您爲發想，虛構」書中人物（也就是亞雷克斯口中的「畢契先生」。）我承認，在一兩處，還更改科學，以完成敝人的目的，任何錯誤都歸咎於本人。此外還要感謝「克羅伍德媒體」的肯・海瑟威，謝謝他允許我直接引言。

接下來還有其他人要感謝。

謝謝我在JBA的經紀人史坦，他帶我到酒館，對於我的書許下各種瘋狂的承諾——結果全都一一辦到。

感謝「Hodder」出版社的所有人，感謝他們爲這本書投注如此多的時間、精力和心神。我有點害怕一一列出人名，因爲我不知道會不會漏掉任何人，但是有幾個人名一定要特別提起：感謝艾莉絲和傑森，他們在國外版權方面大顯神通；感謝娜歐蜜和羅西，她們在我寫作時幫我行銷、做公關；感謝克里夫，他在我女兒出生之後傳來友善又令人安心的電郵，正是及時雨；感謝安珀，她是細心又有洞察力的原稿編輯；感謝哈麗葉，她設法幫我找到許可權、安排出差事宜，打點十幾樣其他必要事項。對於有時缺乏組織能力的人而言，我眞心感謝你們。

我還要特別個別感謝凱特・霍華，我了不起的編輯，她從第一天就深愛這本書，多虧她一路走來的熱切扶攜，才催生出這本作品。

另外，我母親幫我校對第三版的草稿，發現許多錯誤，還不斷鼓勵我，讓我銘記在心。我也要感謝其他家人，感謝父親從來沒催我去找個「眞正」的工作，感謝我的手足錫安、凱拉、希倫，他們在許許多多方面支持我。

最後，我最要感激艾莉克絲，我三年來唯一的讀者，因爲有她無私的愛和支持，才有這本書的問世。沒有她，根本就沒有感謝辭可寫。

虛構 004

男孩裡的小宇宙
THE UNIVERSE VERSUS ALEX WOODS

作者：蓋文．艾克坦斯 Gavin Extence
譯者：林師祺｜出版者：愛米粒出版有限公司｜地址：台北市10445中山北路二段26巷2號2樓｜編輯部專線：（02）25622159
傳真：（02）25818761｜【如果您對本書或本出版公司有任何意見，歡迎來電】

總編輯：莊靜君｜編輯：葉懿慧｜企劃：葉怡姍｜校對：謝惠鈴、吳素慧｜印刷：上好印刷股份有限公司　電話：（04）23150280｜裝訂：大和精緻裝訂股份有限公司　電話：（04）23110221｜
初版：二〇一三年（民102）八月一日｜二刷：二〇一七年（民106）九月一日｜定價：360元｜
總經銷：知己圖書股份有限公司　郵政劃撥：15060393
（台北公司）台北市106辛亥路一段30號9樓　電話：（02）23672044／23672047　傳真：（02）23635741
（台中公司）台中市407工業30路1號　電話：（04）23595819　傳真：（04）23595493

國際書碼：978-986-89244-4-4　　CIP：102010475

Many thanks to Martin Beech for permission to feature an extract from *Meteors and Meteorites: Origins and Observations.*

因為閱讀，我們放膽作夢，恣意飛翔──成立於2012年8月15日。不設限地引進世界各國的作品，分為「虛構」、「非虛構」、「輕虛構」和「小米粒」系列。在看書成了非必要奢侈品，文學小說式微的年代，愛米粒堅持出版好看的故事，讓世界多一點希望。來自美國、英國、加拿大、澳洲、法國、義大利、墨西哥和日本等國家虛構與非虛構故事，陸續登場。

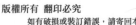

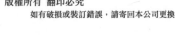

愛米粒出版
Emily

廣 告 回 信
台北郵局登記證
台北廣字第04474號

平 信

To：愛米粒出版有限公司 收

地址：台北市10445中山區中山北路二段26巷2號2樓

＊請沿虛線剪下，對摺裝訂寄回，謝謝！

當讀者碰上愛米粒

姓名：＿＿＿＿＿＿＿＿ □男／□女 出生年月日：＿＿＿

職業／學校名稱：＿＿＿＿＿＿＿＿

地址：＿＿＿＿＿＿＿＿

E-Mail：＿＿＿＿＿＿＿＿

＊請沿虛線剪下，對摺裝訂寄回，謝謝！

- **書名**：男孩裡的小宇宙
- **您想給這本書幾顆星？**

☆☆☆☆☆

- **這本書是在哪裡買的？**

a.實體書店 b.網路書店 c.量販店 d.__________

- **是如何知道或發現這本書的？**

a.實體書店 b.網路書店 c.愛米粒臉書 d.朋友推薦 e.____________

- **會被這本書給吸引的原因**？

a.書名 b.作者 c.主題 d.封面設計 e.文案 f.書評 g._____________

- **對這本書有什麼感想**？**想對作者或愛米粒說什麼話**？

※ 只要填寫回函卡並寄回，就有機會獲得神祕小禮物！

讀者只要留下正確的姓名、E-mail和聯絡地址，
並寄回愛米粒出版社，即可獲得晨星網路書店$30元的購書優惠券。
購書優惠券將mail至您的電子信箱（未填寫完整者恕無贈送！）

得獎名單將公布在愛米粒Emily粉絲頁面，敬請密切注意！
愛米粒Emily: https://www.facebook.com/emilypublishing

愛米粒出版有限公司
Emily Publishing Company, Ltd.